오늘 ⬚⬚⬚⬚⬚⬚⬚⬚⬚⬚⬚⬚⬚⬚⬚이드는 제국주의와 탈식민주의⬚⬚⬚⬚⬚⬚⬚⬚⬚⬚⬚⬚⬚⬚⬚⬚ 경험과 디아스포라 정체성을 집요하게 천착하며 고유한 작품 세계를 구축해 오고 있다. 1983년 단편 소설과 수필을 엮은 첫 책『강바닥에서(At the Bottom of the River)』를 출간하고, 1985년 자전적 성향이 강하게 드러나는 첫 장편 소설『애니 존(Annie John)』을 발표한다. 1988년 앤티가섬의 수탈과 타락의 역사를 신랄하게 고발한 에세이『어느 작은 섬(A Small Place)』을 펴내며 커다란 파문을 일으키고, 1990년『루시(Lucy)』, 1996년 펜포크너상 최종 후보이자 애니스필드울프상 수상작『내 어머니의 자서전(The Autobiography of My Mother)』, 1997년 페미나상 외국어 소설 부문 수상작『내 남동생(My Brother)』을 출간한다. 2002년 아버지를 잃은 소녀의 삶을 그려 낸『포터 씨(Mr. Potter)』, 2013년 작가 자신의 결혼 생활을 짙게 반영한『그때 지금을 보다(See Now Then)』를 발표한 뒤 다방면에서 작가 활동을 이어 오고 있다. 2021년 영국 왕립문학학회의 국제 작가로 선정되고, 2017년 인류 역사에 기여한 공로를 인정받아 댄데이비드상, 2022년 파리 리뷰 하다다상을 수상했다.

내 어머니의 자서전

THE AUTOBIOGRAPHY OF MY MOTHER

내 어머니의 자서전

저메이카 킨케이드 장편 소설 · 김희진 옮김
Jamaica Kincaid

민음사

차례

데릭 월컷에게

내 어머니는 내가 태어나던 순간 죽었고, 그래서 평생 동안 나와 영원 사이에 서 있는 존재는 아무것도 없었다. 내 등 뒤는 언제나 황량한 검은 바람이었다. 인생의 첫 무렵에는 그러리라는 사실을 알 수 없었다. 내가 그것을 알게 된 때는 인생의 중반, 내가 더는 젊지 않으며 넘치게 갖고 있던 어떤 것들은 줄어들고 거의 갖고 있지 않던 것들이 늘어났음을 깨달았을 때였다. 그리고 상실과 획득에 대한 이 깨달음으로 말미암아 나는 스스로의 앞뒤를 돌아보게 되었다. 나의 시초에는 한 번도 얼굴을 본 적 없는 이 여인이 있었으나, 나의 끝에는 세상의 검은 방과 나 사이에 아무것도, 아무도 없었다. 나는 평생 동안 내가 낭떠러지에 서 있었다고,

상실 때문에 내가 상처받기 쉽고, 힘들고, 의지할 곳 없다고 느끼게 되었으며, 그 사실을 알고 슬픔과 부끄러움과 스스로에 대한 연민에 휩싸였다.

내 어머니가 온 세상으로부터 상처받을 수 있는 연약한 어린아이인 나를 남겨 두고 사망하자, 아버지는 수고비를 주고 세탁을 맡기는 여인에게 나를 데려가서 돌봐 달라고 했다. 아버지는 그녀에게 두 보따리의 차이점을 강조했을 수도 있다. 하나는 제 자식, 세상에 하나뿐인 자식은 아니지만 유일하게 결혼한 여자에게서 태어난 자식이고, 다른 하나는 더러워진 자기 옷가지라고. 그는 보따리 하나를 다른 하나보다 더 곱게 다뤘을 테고, 다른 하나보다 더 신경 써서 관리해 달라고 지시했을 테고, 다른 하나보다 더 소중히 다뤄 주길 바랐을 테지만, 둘 중 무엇이 그것인지 나는 알 수 없다. 아버지는 몹시 허영심 강한 사내였고 겉모습을 매우 중히 여겼기 때문이다. 내가 그에게 짐이었다는 점을 안다. 더러워진 옷가지가 그에게 짐이었다는 점을 안다. 그가 혼자서 나를 보살피거나, 스스로 자기 옷을 세탁하는 법을 몰랐다는 점도 안다.

그는 어머니와 아주 작은 집에서 살았다. 그는 가난했지만 선량해서 가난했던 것은 아니었다. 부유해질 만큼 나쁜 짓을 하지 않았을 뿐이다. 이 집은 언덕 위에 있었고 그는 한 손엔 자기 아이를, 다른 손엔 옷 보따리를 들고 균형을 잡으며 언덕을 걸어 내려와서, 보따리와 아이를 한 여자에게 주었다. 여자는 아버지의 친척도, 어머니의 친척도 아니었다. 그녀의 이름은 유니스 폴이었고, 이미 여섯 자녀를 두었으며, 막내는 아직 아기였다. 그래서 그녀의 유방엔 나에게 먹일 젖이 남아 있었으나, 그 젖은 내 입에 시었고 나는 먹지 않으려고 들었다. 그녀가 사는 집은 다른 집들과 멀리 떨어져 있었고 그 집에서는 광활한 바다와 산의 정경이 보였으며, 내가 짜증을 내고 마음을 가라앉히지 못하면 그녀는 오래된 천 조각들로 나를 받쳐서 나무 그늘 아래 놓았고, 그 무정한 바다와 산들을 보며 나는 진이 다 빠질 때까지 울었다.

유니스 엄마는 박정한 사람이 아니었다. 그녀는 제 자식들을 다루는 것과 똑같이 나를 다루었다. 하지만 그녀가 제 자식들에게 다정했다는 얘기는 아니다. 이런 장소에서, 잔혹함은 유일한 유산이고 잔인함은 때로 공짜로 주어지는 유일한 것이다. 나는 그녀를 좋아하지 않았고, 한 번도 본 적 없는 얼굴을 그리워했다. 마치 누군가 오기를 기다리는 것처럼 나는 어깨 너머를 돌아보며 혹시 누가 오는지 확인했고, 유니스 엄마는 내게 뭘 찾느냐고 묻곤 했는데, 처음에는 농담이었으나 얼마간 시간이 지나도 내가 그 행동을 그만두지 않자 그녀는 내 눈에 유령이 보이는 것이라고 여겼다. 나는 유령이라고는 전혀 볼 줄 몰랐고, 그저 그 얼굴, 내가 영원히 산다 해도 결코 보지 못할 그 얼굴을 찾고 있을 뿐이었다.

아버지가 나를 맡긴, 내게 박정하지는 않았으나 어떻게 해야 할지 몰랐기에 상냥할 수 없었던 그 여자를 나는 결코 사랑할 수 없었다. 어쩌면 내가 그녀를 사랑할 수 없었던 이유 역시, 어떻게 해야 할지 몰랐기 때문일 수도 있다. 내가 모유를 거부하고 아직 이가 없던 시기에, 그녀는 내게 체로 거른 음식물을 먹였다. 이가 났을 때 내가 처음으로 한 행동은 내게 밥을 먹이는 그녀의 손을 꽉 문 것이었다. 그녀의 입에서는 아픔보다 놀라움으로 말미암은 작은 소리가 새어 나왔고, 그녀는 그 의미 — 내 최초의 배은망덕한 행동 — 를 알아챘으며, 그 때문에 이후 우리가 서로 알고 지낸 마지막 날까지 나를 경계하게 되었다.

나는 네 살까지 말을 하지 않았다. 그렇다고 해서 누구 하나 잠시라도 언짢아했던 것은 아니었다. 어쨌거나 그 일로 염려했을 사람은 아무도 없었다. 나는 내가 말할 수 있음을 알았지만 하고 싶지 않았다. 나는 이 주일에 한 번, 깨끗한 옷을 찾으러 올 때마다 아버지를 보았다. 그가 나를 보러 오는 거라고 생각한 적은 결코 없었다. 깨끗해진 옷을 찾으러 오는 거라고 생각했다. 그가 찾아오면, 나는 그의 앞에 서야 했고 그는 나더러 잘 지내느냐고 묻곤 했지만, 단지 형식적일 뿐이었다. 그는 결코 나를 만지거나 눈을 맞추지 않았다. 내 눈에 볼 게 뭐 있었겠는가? 유니스는 그의 옷을 세탁하고, 다림질하고, 개켰다. 옷들은 깨끗한 난징 무명 두 장에 선물처럼 싸여 집의 유일한 테이블 위에 놓인 채 그가 와서 가져가기를 기다렸다. 아버지의 방문은 꽤 규칙적이었으므로, 그가 평소처럼 모습을 보이지 않자 나는 눈치를 챘다. 나는 말했다. "아버지 어디에 있어요?"

나는 그 말을 영어로 — 프랑스어 방언*이나 영어 방언이 아닌 분명한 영어로 — 했고, 바로 그 점이 진짜 놀랄 만한 사실이었다. 내가 말을 했다는 것이 아니라 영어로, 누가 말하는 것을 들은 적도 없는 언어로 말했다는 사실. 유니스 엄마와 그 아이들은 도미니카의 언어인 프랑스어 방언으로 얘기했고, 아버지 역시 내게 말을 걸 때는 그 언어를 썼는데, 나를 무시해서가 아니라 그 밖의 다른 말을 알아듣지 못하리라고 생각했기 때문이었다. 하지만 누구도 알아채지 못했다. 그들은 오직 마침내 내 말문이 트였으며 아버지의 부재에 대해 물었다는 사실에만 경탄했다. 내 입에서 처음

---

* patois. 언어학에서 공식적으로 정의한 용어는 아니다. 피진, 크리올 등 두 언어가 섞여서 자연스럽게 만들어진 혼성어를 가리키기도 하고, 표준어와 대비되는 지방어를 가리키기도 한다.

으로 나온 말이 내가 결코 좋아하거나 사랑하지 못할 사람들의 언어였다는 점이, 지금은 더 이상 내게 미스터리가 아니다. 좋든 나쁘든, 내 인생에서 내가 떼어 낼 수 없이 묶여 있는 모든 것들은 고통의 원천이다.

그때 나는 네 살이었고 세상을 연속된 부드러운 선들의 얽힘처럼, 목탄 스케치처럼 보았다. 그랬기에 아버지가 찾아와서 옷가지를 가져갈 때면 내게는 그가 큰길에서 내가 사는 집 문으로 이어진 샛길에 별안간 나타났다가, 볼일을 마치면 샛길과 만나는 큰길로 접어들면서 사라지는 모습만이 보였다. 샛길 너머에 무엇이 있는지 나는 알지 못했고, 내 시야에서 사라진 뒤에도 그가 여전히 내 아버지인지 아니면 완전히 다른 뭔가로 변해서 아버지의 형상으로는 다시 볼 수 없을지 알 수 없었다. 나는 그 사실을 받아들였으리라. 세상은 그렇게 돌아가는 법이라고 믿게 되었으리라. 나는 말하지 않았고 말하지 않으려고 했다.

어느 날, 나는 일부러 그런 것은 아니었지만 접시를 깨뜨렸고, 그것은 유니스가 가져본 식기 중 유일한 본차이나 접시였는데, "미안해요."라는 말이 입 밖으로 나오지 않았다. 나는 접시를 잃은 그녀가 표현하는 슬픔에 매혹되었다. 마치 사랑하는 이의 죽음을 맞닥뜨린 듯 너무나 비탄에 젖고,

너무나 압도적이고, 너무나 깊은 슬픔이었다. 그녀는 배의 두툼한 살집을 부여잡고, 제 머리카락을 쥐어뜯고, 가슴을 쳤다. 커다란 눈물방울이 눈에서 솟아나 뺨을 타고 흘러내렸으며, 너무나 넘치게 흘러나왔기에 신화나 동화에서처럼 거기서 새로운 샘물이 솟아났더라도 어린 나는 놀라지 않으리라. 그 접시에 집착적인 호기심을 품고 들여다보다가 그녀의 눈에 띈 적이 있었으므로, 나는 그 접시에 손대지 말라는 경고를 거듭 들은 바 있었다. 나는 그 표면에 그려진 그림, 더할 나위 없이 부드러운 색조의 노랑, 분홍, 파랑, 초록으로 그려진 풀과 꽃이 가득한 탁 트인 들판의 그림을 쳐다보면서 경탄하곤 했다. 하늘의 태양은 밝게 타오르지 않고 부드럽게 빛났다. 구름은 엷고 장식처럼 여기저기 흩어져 있었으며, 두껍고 층층이 쌓여 있지도, 불행의 징조 같지도 않았다. 그 그림은 화창한 날의 풀과 꽃이 가득한 들판에 불과했으나 비밀스러운 풍족함, 행복, 평온함의 분위기가 어려 있었고, 그림 아래에는 금빛 글자로 '천국'이라는 한 단어가 쓰여 있었다. 물론 그것은 천국의 그림이 아니었고, 이상화된 잉글랜드 전원의 그림이었으나 나는 그 사실을 몰랐고, 잉글랜드 전원 같은 것이 존재한다는 사실조차 몰랐다. 그리고 유니스도 마찬가지였다. 그녀는 그 그림이 천국의 그림이며, 걱정도 신경 쓸 것도 부족할 것도 없는 생을 비밀스레 약속해 준다고 여겼다.

그 그림이 그려진 도자기 접시를 깨뜨려서 유니스 엄마를
그토록 울게 했을 때, 곧바로 미안하다는 생각은 들지 않았
고, 얼마 뒤에도 미안하다는 생각이 들지 않았다. 먼 훗날에
야 미안하다는 생각이 들었지만 그렇게 말하기에는 너무 늦
어 버렸으니, 그녀는 벌써 죽었기 때문이다. 어쩌면 그녀는
천국에 갔고 천국은 접시에 쓰인 약속을 실현시켜 주었으리
라. 내가 접시를 깨뜨리고 미안하다는 말을 하지 않자, 그녀
는 내 죽은 어머니를 저주하고, 내 아버지를 저주하고, 나를
저주했다. 그녀가 한 말들에는 의미가 없었다. 나는 그 말들
을 이해했으나 그 말들은 내게 상처가 되지 않았는데, 나는
그녀를 사랑하지 않았기 때문이다. 그리고 그녀도 나를 사
랑하지 않았다. 그녀는 빨래가 마땅히 있어야 할 곳, 하루
종일 햇볕이 바로 내리쬐는 장소에 자리한 돌무더기 속에
나를 무릎 꿇리고, 큰 돌을 하나씩 쥔 양손을 머리 위로 쳐
들고 있게 했다. 그녀는 내가 '미안해요.'라는 말을 할 때까
지 그 자세로 놔둘 작정이었지만, 나는 말하지 않았다. 말할
수가 없었다. 그건 내 의지를 넘어서는 일이었다. 그 말들은
내 입 밖으로 나올 수 없었다. 그녀가 나와 나를 태어나게
한 모든 이들을 저주하느라 제풀에 지쳐 나가떨어질 때까지
나는 그러고 있었다.

왜 이 처벌은 내 인상 속에 오래도록 남았을까? 어느 모로 보나 그 일은 붙잡은 자와 붙들린 자, 주인과 노예의 관계를 상기시키고, 큰 자와 작은 자, 힘센 자와 힘없는 자, 강한 자와 야한 자의 모티프를 지니고 있으며, 대지와 바다와 하늘을 배경으로 한 채 나를 굽어보고 선 유니스는 한 음절을 내뱉을 때마다 격노하고, 이제 인간이 아닌 것들로 연달아 변모하고 있었다. 몸통 부분의 색깔과 패턴이 치마와 다른 조악한 짜임새의 얇은 면 드레스를 입고, 빗질하지 않고 몇 달 동안 감지 않은 머리에 머리보다 더 오랫동안 빨지 않은 낡은 천을 두른 채. 드레스로 말할 것 같으면, 한때는 깨끗한 새것이었으나 때가 타 낡았으며, 때가 탄 덕분에 전에 없던 색조를 띠게 됨으로써 다시 새로워졌고, 결국에는 더러움 때문에 완전히 해어져서 조각날 운명이었는데, 그렇다고 그녀가 더러운 여자는 아니었다. 그녀는 매일 밤 발을 씻었다.

날은 맑았고, 우기가 아니었다. 바다에 나가서 낚시 그물을 드리운 남자들이 몇 사람 있었으나 맑은 날이었으므로 많이는 잡지 못할 것이었다. 그녀의 아이 셋이 빵을 먹고 있다가 빵 속을 작은 조약돌 모양으로 뭉쳐서 무릎 꿇고 있는 내게 던지며 나를 보고 웃어 댔다. 하늘에는 구름 한 점 없었고 바람 한 줄기 없었다. 파리 한 마리가 내 얼굴을 오락가락하며 이따금 입가에 내려앉았다. 지나치게 익은 빵나무 열매가 나무에서 떨어졌고, 그 소리는 몸의 부드럽고 살진 부위에 주먹이 닿는 소리 같았다. 이 모든 것, 이 모든 것을 나는 기억할 수 있다. 왜 그 일은 내 인상 속에 오래도록 남았을까?

거기 무릎 꿇고 있으면서 나는 육지거북 세 마리가 집 아래의 좁은 공간을 기어서 드나드는 모습을 보았고, 그것들과 사랑에 빠졌고, 내 곁에 두고 싶었고, 남은 평생 매일같이 그들에게만 말을 걸고 싶었다. 내 시련이 끝나고 한참 뒤에 ─ 내가 끝내 미안하다는 말을 하지 않았으므로 유니스 엄마의 마음에 들지 않는 방식으로 해결되었다. ─ 나는 거북 세 마리를 전부 가져다가, 제 마음 내키는 대로 오갈 수 없는, 그리하여 생살여탈이 전적으로 내게 달린 닫힌 장소에 두었다. 나는 채소 잎사귀와 작은 조개껍데기에 물을 담아서 가져다주었다. 나는 그것들이 아름답다고 생각했다. 희미한 노란 동그라미가 있는 진회색 등껍질, 긴 목, 비판하지 않는 눈, 기어갈 때의 느릿한 신중함. 하지만 거북들은 내 바람과 상관없이 등껍질 안으로 숨어들었고, 내가 불러도 나오지 않았다. 제대로 버릇을 가르치기 위해 나는 강바닥에서 진흙을 좀 가져와 거북의 목이 솟아나는 작은 구멍을 막았고, 진흙이 말라붙도록 두었다. 그러고는 돌과 함께 그들이 사는 장소를 덮어 버린 뒤 며칠간 잊고 지냈다. 그들 생각이 다시 떠올랐을 때, 나는 내버려 뒀던 장소로 가서 들여다보았다. 그 무렵 그들은 모두 죽어 있었다.

　나를 학교에 보낸다는 것은 아버지의 소망이었다. 흔치 않은 요청이었다. 여자아이들은 학교에 가지 않았고, 유니스 엄마의 여자아이들 역시 아무도 학교에 다니지 않았다. 무엇 때문에 그가 그런 결정을 내렸는지 나는 결코 알 수 없으리라. 다만 그가 별생각 없이 그러길 바랐다고 상상해 볼 수 있을 뿐인데, 왜냐하면 결국 나 같은 사람에게 교육이 무슨 소용이었겠는가? 나는 내가 가지지 못했던 것들을 이야기할 수 있을 뿐이다. 내가 가졌던 것들과 비교하며 가지지 못한 것들을 헤아리고 그 차이에서 괴로움을 느낄 뿐이다. 그럼에도, 그럼에도…… 내가 처음으로 집에서 멀어지는 샛길 너머에 무엇이 있는지 알게 된 계기는 바로 학교 덕분이었다. 나는 치마와 블라우스 천의 감촉을 ── 새것이었으므로 거칠었다. ── 아주 생생하게 기억할 수 있다. 녹색 치마와 베이지색 블라우스, 어딘가 다른 곳, 어딘가 먼 곳의 학교 교복의 색깔과 스타일을 모방한 교복이었다. 그리고 어디선지는 몰랐지만 아버지가 나를 위해 구해다 준, 두꺼운 천으로 된 갈색 신발과 갈색 면양말을 신었다. 그 물건들이 어디서 왔는지 몰랐다고, 내가 그것들의 출처를 궁금해했다고 하면서 내가 정말로 말하려는 것은, 그때 처음으로 신발이나 양말을 신었으며, 그 때문에 발이 붓고 아프고 피부에는 물집이 생기고 찢어졌으나, 나는 발이 길들 때까지 그것들을 신어야만 했고, 그렇게 내 발이 — 내 전부가 — 길들여졌다는 사실이다. 그날 아침은 여느 아침과 다를 바 없었고, 너무나 평범했기에 심오했다. 화창한 곳들이 있고 그렇지 않은 곳들이 있었는데, 그 둘(화창한 곳과 구름 낀 곳)은 하늘의 서로 다른 부분들을 제법 사이좋게 차지하고 있었다. 잎사귀의 녹색, 봉황목 꽃의 티질 듯한 붉은색, 캐슈 열매의 메스꺼운 노란색, 라임 냄새, 아몬드 냄새, 내 숨결 속의 커피 냄새, 내 얼굴에 휘날리던 유니스의 치맛자락과 그녀의 다리 사이에서 피어나던 냄새, 그것은 내가 절대 잊지 못할 냄새며, 내 몸에서 그런 냄새를 느낄 때마다 나는 그녀를 떠올리게 된다. 강에는 물이 많지 않아서 돌 위로 흐르는 급류 소리는 들리지 않았다. 바람이 부드러웠기에 잎사귀들은 나무에서 살랑대지 않았다.

학교를 향해 샛길을 걸어가는 여정에서 나는 이러한 시각적, 후각적, 청각적 감각들을 느꼈다. 큰길에 다다라서 새 신발을 신은 발을 디뎠고, 그 같은 경험은 내게 그때가 처음이었다. 나는 그 사실을 알았다. 큰길은 잔돌과 꽉 다져진 흙으로 이루어진 도로였고, 내딛는 한 걸음 한 걸음이 어색했다. 바닥은 움직이고 내 발은 뒤쪽으로 밀려났다. 도로는 내 앞으로 쭉 뻗었다가 길모퉁이를 돌아서 사라졌다. 우리는 그 길모퉁이를 향해 계속 걸었고, 거기에 이르자 그 길모퉁이마저 사라지고 똑같은 도로와 또 다른 모퉁이가 나타났다. 마지막 길모퉁이가 끝나기 전에 우리는 학교에 도착했다. 문 하나와 창문 네 개가 있는 작은 건물이었다. 바닥은 목재고, 지붕 들보를 따라 작은 파충류 한 마리가 기어가고 있었다. 긴 책상 세 개가 줄지어 놓여 있었고, 커다란 나무 탁상과 의자가 긴 책상 세 개를 마주 보고 배치되어 있었다. 나무 탁상과 의자 뒤에는 지도가 있었는데, 지도 맨 위에는 대영 제국(THE BRITISH EMPIRE)이라고 쓰여 있었다. 내가 처음으로 읽는 법을 배운 말이었다.

그 교실에는 언제나 남자아이들만 있었다. 내가 다른 여자아이들과 한 교실을 쓰게 된 때는 더 나이가 들어서였다. 그 새로운 상황에서 나는 두렵지 않았다. 그때 나는 두려워하는 법을 몰랐고 지금도 알지 못한다. 내가 두렵지 않았던 까닭은, 어린아이가 정말로 두려워하는 것은 제 어머니가 죽는 일뿐인데 내 어머니는 이미 죽었기 때문이다. 내가 태어났을 때 내 어머니는 죽었고, 나는 이미 그때껏 유니스, 내 어머니가 아닌, 나를 사랑할 수 없는 여자와 살아왔고,

언제 다시 볼 수 있을지 모른 채 아버지 없이 살았으므로, 그 상황에서 겁먹지 않았다. (그리고 그때 내가 정말 두렵지 않았다는 것이 진실은 아닐지라도, 내가 나 자신의 취약함을 스스로 인정하지 않은 것은 그때뿐이 아니었다.)

내가 지금에야 그 첫날들을 명확하고 통찰력 있게 이야기하는 것은 지어낸 말도, 놀라운 일도 아니다. 당시에 일어났던 모든 일들은 지금 내가 당연하게 여기는 뚜렷함으로 내 마음속에 도드라져 있다. 그때에는 의미가 없었고, 맥락이 없었고, 나는 아직 사건들의 내력을 알지 못했고, 전례들을 알지 못했다. 교사는 김리교 선교사들에게 교육받은 여자였다. 그녀는 아프리카인이었고, 그 점은 내 눈에도 보였으며, 그녀에게 자기 출신은 굴욕과 자기혐오의 근원이었고, 그녀는 마치 옷처럼, 덮개처럼, 혹은 늘 몸을 의지하는 지팡이처럼, 우리에게 넘겨주려는 생득권처럼 절망을 걸치고 있었다. 그녀는 우리를 사랑하지 않았다. 우리는 그녀를 사랑하지 않았다. 우리는 서로를 사랑하지 않았다, 그때에도, 어느 때에도. 학생은 남자아이 일곱과 나 하나였다. 남자아이들 역시 모두 아프리카 아이들이었다. 교사와 그 아이들은 나를 쳐다보고 또 쳐다보았다. 내 눈썹은 짙고, 머리칼은 굵고 풍성하게 구불거렸다. 내 눈 사이는 멀었고 아몬드 모양이었다. 내 입술은 뜻밖으로 넓고도 좁았다. 나는 아프리카인이었으나 전적으로 그렇지는 않았다. 내 어머니는 카리브 여자였고, 그들이 나를 볼 때 살피는 것은 그 점이었다. 카리브족은 패배한 뒤 몰살당했으며 정원의 잡초처럼 버려졌다. 아프리카인들은 패배했으나 살아남았다. 나를 볼 때 그들의 눈에는 카리브족만이 보였다. 그들은 틀렸으나 나는 그렇게 말하지 않았다.

그 무렵 나는 제법 대놓고 말하기 시작했다. 대개 나 자신에게, 남들에게는 반드시 필요할 때에만. 학교에서 우리는 영어로 말했고 — 방언이 아닌 제대로 된 영어로 — 우리끼리는 프랑스어 방언을 썼는데, 그것은 적절한 언어로 간주되지 않는, 프랑스 출신의 사람으로선 말할 수 없고 어렵사리 알아들을 수만 있는 언어였다. 내가 스스로에게 말하기 시작한 이유는 나의 목소리를 좋아하게 되었기 때문이다. 내 목소리는 내게 다정하게 들렸고, 나를 덜 고독하게 해 주었는데, 나는 고독했고 나 자신과 닮은 구석이 있는 사람들의 얼굴을 보고 싶었다. 왜냐하면 나는 누구였나? 내 어머니는 죽었고, 나는 오랫동안 아버지를 보지 못했다.

나는 매우 빨리 읽고 쓰는 법을 배웠다. 내 기억력, 정보를 기억하고 가장 사소한 상세함까지 생각해 내고 누가 무엇을 언제 말했는지 되새기는 능력은 이례적, 아니 너무나 이례적이었기에 내 교사, 선과 악만을 생각하도록 교육받았고 그런 일들에 대한 판단이 언제나 그릇되었던 교사는 내가 사악하다고, 내가 악령에 사로잡혔다고 말했다. 그리고 그 점에 의심의 여지가 없음을 못 박아 두고자 그녀는 내 어머니가 카리브족이었다는 사실을 다시금 지적했다.

당시 내 세상 — 고요하고, 부드럽고, 식물처럼 상처받기 쉽고, 타인들의 심한 변덕에 좌우되며, 주행성으로, 매일 아침 수평선에 창백한 여명이 비칠 때 시작되어서 매일 밤 갑작스러운 어둠의 방문으로 끝나던 — 은 내게 미스터리인 동시에 숱한 기쁨의 원천이었다. 나는 회색 하늘의 얼굴, 다공성에 거칠고 축축한 일굴이 매일 아침 학교까지 줄곧 나를 따라오는 것을, 내게 부드러운 물의 화살들을 내려보내는 것을 사랑했고, 똑같은 하늘이 혹독하고 숨을 곳 없이 새파랄 때, 잔혹한 태양의 배경일 때의 얼굴도 사랑했다. 결국 내 피처럼 내 일부가 된 무자비한 열기도 사랑했다. 아름다움이란 오직 크기에 달려 있다는 듯 거침없이 자라난 위압적인 나무들(어떤 것들은 줄기가 작은 나무둥치만 했다.)도 사랑했고, 눈을 감고 나뭇잎이 서로 스치는 소리만 들어도 나는 그것들을 죄다 구분할 수 있었다. 또한 나는 삼나무의 하얀 꽃이 내가 들을 수 있는 침묵 속에서 바닥에 떨어지기 시작하는 순간을, 아직 싱싱한 맨 처음 순간의 분홍색과 흰색의 부드러운 입맞춤 같은, 그리고 하루가 지나면 짓밟히고 시들고 갈색으로 변해서 눈에 거슬리는 꽃잎들을 사랑했다. 그리고 어느 날 저 스스로 흐름을 바꿔 작은 석호를 이룬 강을 사랑했고, 나는 그 강둑에 앉아 새[鳥] 가족들을, 알 낳는 개구리들을, 검은색에서 푸른색으로 노 푸른색에서 검은색으로 변하는 하늘을, 석호 너머의 바다에는 내리지만 바다 너머 산에는 내리지 않는 비를 바라보았다. 내가 처음 내 어머니 꿈을 꾸기 시작한 것은 바로 그 장소에 앉아서였다. 나는 내 주변 땅을 덮은 돌들 위에서 잠들었고, 내 작은 몸은 돌바닥이 깃털인 양 그 밑으로 잠겨 들었다. 나는 어머니가 사다리를 내려오는 모습을 보았다. 어머니는 길고 하얀 드레스를 입었는데, 드레스 밑단이 딱 발뒤꿈치 위에까지 닿았고, 노출된 부위는 그곳, 발뒤꿈치가 전부였다. 어머니는 내려오고 또 내려왔지만 모습은 그 이상 드러나지 않았다. 오직 발뒤꿈치만, 그리고 드레스 밑단뿐이었다. 처음에 나는 더 많이 보고 싶어서 애가 탔지만, 그러다가 나를 향해 내려오는 발뒤꿈치만을 보는 데에 만족하게 되었다. 깨어났을 때, 나는 잠들기 전의 아이와 같지 않았다. 나는 간절히 아버지가 보고 싶었고 계속 그의 곁에 머물고 싶었다.

내가 기억하기로는 전혀 특별할 일 없이 시작된 어느 날,

나는 일상적인 편지 쓰기의 원칙들을 배웠다. 편지는 여섯 부분으로 구성된다. 발신자 주소, 날짜, 수신자 주소, 인사나 안부, 편지 본문, 맺음말. 내가 처하게 될 처지 — 여자이며 그것도 가난한 — 의 사람에겐 무슨 일이 됐든 편지를 쓸 필요가 없으리라는 점은 익히 알려진 사실이었으나, 내게 그것, 편지 쓰는 법을 가르치는 모든 이들에게는 극도로 만족스러운 일이었음이 분명했다. 실수를 할 때면 나는 얻어맞고 모진 말을 들었다. 나와 아무런 상관없는 항의나 인식이나 기쁨을 표현하는 이의 편지들을 베껴 쓰는 연습을 하며 당시에 나는 화가 나지 않았다. 허영심이 칼만큼 위험한 무기가 될 수 있음을 이해하기에 나는 너무 어렸다. 나는 다만 나만의 편지를, 일곱 살 나이에 떠오르는 대로 내 인생에 대한 감정들을 표현하는 편지를 쓰고 싶었을 뿐이었다. 나는 아버지에게 편지를 쓰기 시작했다. "소중한 아빠", 나는 예쁘고 장식적인 글씨체로, 매질과 모진 말 속에서 탄생한 글씨체로 썼다. 내가 유니스에게 말과 행동으로 학대당하고 있으며 아버지가 그립고 몹시 사랑한다고, 나는 말했다. 똑같은 내용을 몇 번이고 되풀이해서 썼다. 거기에 상세한 묘사는 없었다. 상처받은 작은 동물의 애처로운 울음에 지나지 않았다. "소중한 아빠, 이 세상에 내게 남은 사람은 아빠뿐이고, 아무도 날 사랑하지 않아요, 아빠만이 날 사랑해 줄 수 있어요, 난 말로 얻어맞고, 회초리로 얻어맞고, 돌로 얻어 맞아요, 난 무엇보다도 아빠를 사랑해요, 아빠만이 날 구해 줄 수 있어요." 그 말들은 내 아버지를 향한 것이 결코 아니었고, 내가 발뒤꿈치만 볼 수 있는 사람을 향한 것이었다. 매일 밤 나는 그녀의 발뒤꿈치를, 나를 만나기 위해 내려오는, 영원히 나를 만나러 내려오는 발뒤꿈치만을 보았다.

그 편지들을 쓰면서 아버지에게 부칠 의도는 전혀 없었다. 나는 편지를 어떻게 부치는지 몰랐다. 나는 찢으면 여덟 개의 작은 정사각형이 나오도록 편지들을 접었다. 거기에 신비한 의미 따위는 없었다. 그저 학교 정문 바로 밖에 있는 큰 돌 아래 몰래 잘 집어넣을 수 있도록 그랬을 따름이었다. 매일 학교를 나서면서 나는 아버지에게 쓴 편지를 그 밑에 두었다. 나는 그 편지들을 비밀리에, 쉬는 시간이라고 우리에게 허락된 짧은 순간이나 내가 할 일을 다 마치고 누군가의 눈에 띄지 않을 때 썼다. 해야 할 일에 깊이 몰두한 척하면서, 나는 아버지에게 편지를 쓰곤 했다.

이 도움을 청하는 작은 외침이 즉각적인 구호로 이어지지는 않았다. 나는 내 고통을 인식했으나 그것이 덜어질 수 있다는 — 내 인생이 그리고 내 상황이 변할 수 있다는 — 생각은 떠오르지 않았다.

내 편지들은 이내 비밀이 아니게 되었다. 로만이라는 이름의 남자아이가, 내가 비밀 장소에 편지를 두는 모습을 보고 나 몰래 편지들을 꺼냈다. 그에겐 공감이, 연민이 없었다. 약자를 보호하려는 본능은 그의 안에서 전부 파괴되었다. 그는 내 편지들을 교사에게 가져갔다. 아버지에게 쓴 편지들에서 나는 "모두가 나를 미워해요, 아빠만이 나를 사랑해요."라고 썼는데, 나는 그 편지들을 아버지에게 정말 보낼 작정은 아니었고, 실제로 아버지를 향한 것도 아니었다. 진심으로 모두가 나를 미워하고 아버지만이 나를 사랑한다고 느끼느냐는 질문을 받았다면, 나는 뭐라 답해야 할지 몰랐으리라. 하지만 내 편지들, 그 사소한 낙서들에 대한 교사의 반응은 내게 자극제가 되었다. 그녀는 내가 쓴 '모두'라는 말이 자신을, 그리고 자신만을 가리킨다고 믿었다. 그녀는 내 말들이 거짓이고, 비방이며, 자기는 나를 부끄럽게 여기고, 내가 두렵지 않다고 했다. 교사는 이 모든 말을 학교의 다른 학생들이 보는 앞에서 내게 선언했다. 그들은 내가 굴욕을 당했다고 여겼고 내가 그렇게 창피당하는 모습을 보며 기쁨을 느꼈다. 나는 전혀 굴욕을 당했다고 느끼지 않았다. 뭔가를 느끼기는 했다. 그녀의 비뚤어지고 누런 이[齒]가 보였고, 나는 어쩌다 그렇게 되었을까 궁금히 여겼다. 그녀의 드레스 겨드랑이 부분엔 커다란 반달 모양으로 땀이 얼룩졌고, 나는 나 또한 여자가 되면 저렇게 땀을 흠뻑 흘릴지, 넘새는 어떨지 궁금해했다. 그녀의 어깨 너머 벽에는 알 주머니를 찬 커다란 암거미가 있었고, 나는 팔을 뻗어서 손바닥으로 으스러뜨리고 싶었는데, 그것이 전날 밤 내가 누워 자고 있을 때 내 입가에서 침을 빨아 먹고, 세 군데에 삭고 아픈 물린 자국을 남긴 거미와 똑같은 종(種)이거나 친척인지 알고 싶었기 때문이다. 바깥에는 이슬비가 내렸고, 아연 도금된 지붕에 울리는 빗소리가 들렸다.

교사는 자기 마음에 거리낄 것이 없음을 보여 주기 위해서 내 편지들을 아버지에게 보냈다. 그녀는 내가 자신의 꾸짖음을, 나에 대한 사랑에서 나온 꾸짖음을 미움의 표현으로 오해했고, 이는 내가 교만이라는 죄를 저질렀음을 보여 준다고 말했다. 그리고 내가 사랑과 증오, 둘의 차이를 구분하는 법을 배우게 되기를 바란다고 했다. 오늘날까지도 나는 그 둘을 구분해 보려고 애썼으나 끝내 해내지 못했는데, 그 둘은 종종 무척 닮은 얼굴을 하고 있었기 때문이다. 그녀가 그런 말을 했을 때, 나를 사랑한다는 것이 정말 사실인지 확인하기 위해, 그리고 너무나 빈번히 모진 타격 같았던 그녀의 말들이 정말 사랑의 표현인지 알아내기 위해 그녀의 얼굴을 바라보기는 했었다. 그때 그녀의 얼굴은 나를 사랑하는 듯 보이지 않았으나, 내가 오해했을 수도 있다. 어쩌면 나는 판단하기에 너무 어렸고, 알아채기에도 너무 어렸는지 모른다.

무슨 일이 일어났고 내가 무슨 일을 했는지, 나는 즉각
인식하지 못했다. 그러나 부지불식간에나마, 분별없게나마
나는 몇 마디 말을 통해 내 상황을 변화시켰다. 아마 내 생
명까지 구했을지도 모른다. 그 후로 나는 늘 스스로에게든
남들에게든 내 상황을 이야기하게 되었다. 내가 나 자신을
극도로 의식하고, 스스로의 욕구에 그토록 관심을 갖고, 그
욕구를 충족시키는 데 신경을 쓰고, 나의 불만을, 나의 즐거
움을 자각하게 된 계기는 그 때문이다. 뚜렷한 목적 없는 이
어린애다운 고통의 표현으로부터 내 인생이 바뀌었고 나는
그 점을 마음에 새겼다.

내 아버지는 교도소장의 제복을 입고 나를 데리러 왔다.
그에겐 아무 의미 없는 일이었고, 깊은 뜻 따위는 없었다. 그
는 경찰관 임무를 수행하던 세인트조지프 마을에서 로조
(Roseau)로 돌아가는 길이었다. 나는 그가 그날 오리라는
말을 듣지 못했고, 그가 오리라고 기대하지도 않았다. 학교
에서 돌아온 나는, 내가 살던 집으로 이어지는 큰길의 마지
막 길모퉁이에 서 있는 그를 보았다. 나는 그를 보고 놀랐지
만 그 사실을 완벽히 숨겼다. 누구에게도 드러내지 않았다.
내가 아버지를 그렇게 오래 그리워했던 —— 그가 더 이상 내

가 사는 집으로 더러운 옷가지를 가져오지 않고, 깨끗한 옷가지를 찾으러 오지 않게 된 — 이유는 재혼했기 때문이었다. 나는 그 말을 전해 들었지만, 그것이 무슨 의미인지 내게는 미스터리였다. 처음으로 세상이 둥글다는 것을 배웠을 때와 다르지 않았다. 나는 생각했다, 그게 무슨 의미이고, 왜 그랬을까? 아버지는 재혼했다. 그는 내 손을 잡았고, 뭔가 말했는데 영어로 말했고, 말하는 단어에 따라 입이 실룩대기 시작했고, 그러자 그는 순하고, 매력적이고, 친절해 보이기까지 했다. 나는 그의 말을 이해했다. 이제는 나를 위한 가정, 좋은 가정이 있다고 했다. 내가 그의 아내, 내 새어머니를 사랑하게 되리라고 했다. 내가 그를 사랑하는 만큼, 아마 그보다 더 그 역시 나를 사랑하는데, 그가 자신보다도 확실히 더 사랑했던 어떤 이를 내가 떠오르게 하기 때문이라고 했다. 나는 새집을 사랑하게 될 것이며, 머리 위의 하늘과 발밑의 땅을 사랑하게 되리라고 했다.

'사랑'이라는 말이 너무나 자주 나왔기에, 오히려 나의 일곱 살 난 가슴과 일곱 살 난 머리에는 실상 그런 것이 존재하지 않는다는 단서가 되었다. 아버지의 눈은 작아졌다가 커졌다. 그는 자기가 하는 말을 믿었고 그건 좋은 일이었지만, 나는 믿지 않았다. 그러나 나는 이 진전을, 이 새로운 일을, 여기서 떠나는 상황을 멈추고 싶지 않았다. 나는 그의 말을 믿지 않았지만, 거기에는 아무런 이유, 실제적인 이유 따윈 전혀 없었다. 나는 아직 냉소적이지 않았고 내가 들은 모든 것의 배후에는 전혀 다른 사연, 실제 사연이 있다고 생각했다.

나는 유니스에게 나를 돌봐 줘서 고맙다고 인사했다. 진심은 아니었고, 진심일 수가 없었고, 어떻게 진심으로 말할 수 있는지조차 몰랐으나, 지금은 그럴 수 있다. 나는 작별 인사를 하지 않았다. 그때 내가 살았던 세상과 지금 내가 사는 세상에 작별은 존재하지 않으니, 이곳이 단지 작은 세상인 까닭이다. 내 소지품은 모두 모슬린 배낭에 담겨 있었고 아버지는 그것을 자신이 타고 온 당나귀가 짊어진 가방 속에 넣었다. 그는 나를 먼저 당나귀에 앉히고 내 뒤에 앉았다. 그리고 그것이 내가 인생의 첫 일곱 해를 보낸 작은 집에서 등을 돌렸을 때의 우리 모습이었다. 하루가 저물 무렵 당나귀에 올라탄 중요 인물인 한 남자와 그의 어린 딸, 평범한 하루, 활자 가득한 페이지의 얼룩조차 되지 않는 존재였을 때에는 아무런 의미도 없던 하루에. 나는 아버지의 숨소리를 들을 수 있었다. 그것은 내 생의 숨소리는 아니었다. 내 뒤통수가 때때로 그의 가슴팍에 닿았고, 나는 셔츠를 통해 그의 심장 고동을 들을 수 있었다. 그가 제복 차림으로 다가오는 모습을 보면 사람들은 두려워했는데, 그러한 차림새의 등장은 십중팔구 좋은 징조가 아니었기 때문이다. 그때 내 인생에서 그의 존재는 좋은 징조였으므로, 그가 제복을 갈아입고 올 생각을 하지 않았음이 유감스러웠다. 그가 그러지 않았음을 내가 알아차리지 못했음이 유감스럽고, 그런 일이 내게 중요하다는 것 역시 유감스러웠다.

진정으로 과거를 뒤로하는, 한 장소에서 다른 장소로 가며 이전에 그랬던 것들이 그대로 남아 있으리라는 점을 아는 이 새로운 경험을 나는 즉시 선물로서, 자연권으로서 받아들였다. 이 너무도 단순한 동작들, 등 돌리기란 가장 어려운 행동에 속하지만, 일단 하고 나면 그렇게 힘든 일이었다고는 상상조차 할 수 없다. 나는 스스로 등 돌리진 못했지만, 그 일을 가능하게 한 사건들을 내가 불러일으켰음을 알 수 있었다. 내가 다시 그 교실에 앉아 있거나, 유니스의 집 마당에 앉아 있거나, 그녀의 침대에서 자거나, 그녀의 아이들과 함께 식사하는 상황에 처하게 될지라도 그 무엇이든 내게 이전과 같은 힘을 행사할 수는 없었다. 내게 무력감을 주고 스스로의 무력감에 수치스러워지게 하는 그 힘을.

당나귀를 타고 가면서 나는 아버지 얼굴 표정을 볼 수 없었고, 그가 무슨 생각을 하는지 알지 못했고, 짐작할 만큼 아버지를 잘 알지 못했다. 그는 학교와 반대편으로 향하는 도로로 접어들었다. 그쪽 도로는 내게 새로웠으나, 그럼에도 불구하고 나를 슬프게 하는 친숙함이 깃들어 있었다. 길모퉁이마다 어떤 손으로도 자제시킬 수 없을 만큼 맹렬하게 자라난 나무들의 친숙한 진녹색이, 너무나 무자비해서 대단한 아름다움과 대단한 추함과 그러면서도 대단한 겸허함을 동시에 이룩한 녹색이 자리해 있었다. 그것은 그 자체로 온전했다. 무엇도 거기에 더할 수 없고, 무엇도 거기서 덜어 낼 수 없었다. 길가의 벼랑 하나하나가 가파르고 위험했으며, 어느 한 곳에서라도 떨어지면 죽거나 장애를 얻게 될 터였다. 그리고 오르막길이 나올 때마다 내리막길이 뒤따랐으며, 그 바닥에는 똑같이 숨 막힐 듯 꽃 핀 식물들이 저마다 내겐 아직 알려지지 않은 목적을 지니고 자리해 있었다. 그리고 왼쪽으로 꺾이는 굽이마다 이내 오른쪽으로 꺾이는 굽잇길이 다시 이어졌다.

그러다가 날은 종말의 색채, 장례식의 색채, 회색과 연보라색과 검은색을 띠기 시작했다. 내면의 슬픔이 내게 명백해졌다. 나는 슬픔의 행렬, 내 옛날의 생, 고작 일곱 해를 살았던 삶에서 떠나는 행렬에 속해 있었다. 그럼에도 나는 압도되지 않았다. 밤의 어둠이 으레 그렇듯 갑작스레, 경고 없이 찾아왔다. 이번에도 나는 압도되지 않았다. 아버지가 마치 뭔가를 물리치려는 듯 내게 한 팔을 둘렀다. 내 눈에 보이지 않는 서늘한 공기 속의 어떤 위험, 악령, 추락을. 그의 포옹은 처음엔 가벼웠다가 점점 묵직해지더니 곧 강철 띠로 조이는 듯한 지경에 이르렀으나, 그때마저 나는 압도되지 않았다.

우리는 어둠 속에서 마을에 당도했다. 불 밝힌 곳 하나 없고, 짖는 개 한 마리 없고, 아무와도 마주치지 않았다. 우리는 아버지가 사는 집으로 들어갔고, 내가 한 번도 본 적 없는 아름다운 유리 램프에서 새어 나오는 불빛이 비쳤다. 램프 연료는 투명한 액체였으므로 그것을 통해 램프 바닥이 보였는데, 낯설게 보이는 동물들의 머리가 돋을새김되어 있었다. 램프는 선반에 놓여 있었고, 선반은 마호가니로 되어 있었는데, 선반 받침대의 끝부분은 꽉 다물린 동물의 두 발 같은 형태였다. 방은 꽉 찬 느낌이었는데, 두 사람이 한 번에 앉을 수 있는 의자 하나, 한 사람만 앉을 수 있는 의자 둘, 하얀 리넨이 덮인 작고 낮은 탁자 하나가 있었다. 집 벽과 이 방을 나머지 구역과 나누는 칸막이에는 종이가 발려 있었고, 그 종이에는 작은 분홍색 장미꽃 무늬가 있었다. 나는 한 번도 그런 것을 직접 본 적 없었고, 다만 학교에서 어떤 책을 훑다가 본 적 있을 따름이었다. 하지만 그때 내가 보았던 그림은, 가족과 함께 들판에 사는 작은 포유류의 생활에 관한 이야기의 삽화였다. 그들의 굴속 벽에도 비슷한 종이가 발려 있었다. 나는 작은 포유류에 대한 그 이야기가 가짜며, 어린아이를 즐겁게 해 주려는 이야기임을 이해했지만, 이곳은 진짜 내 아버지의 집, 방 안에 밝은 램프가 있는 집, 특별한 경우를 위해서만 존재하는 듯한 방이었다.

그 순간 나는 내가 알지 못하는 것이 너무나 많음을, 내가 알지 못하는 가장 큰 것 — 내 어머니를 제외하고도 많음을 깨달았다. 나는 내 아버지를 알지 못했다. 나는 그가 어느 곳 출신인지, 어떤 조상으로부터 왔는지, 무엇을 좋아하는지 알지 못했다. 내가 방금 전에 동물의 등을 타고 지나온 땅을 알지 못했다. 내가 누구인지, 혹은 내가 왜 램프가 있는 특별한 용도의 방에 서 있는지 알지 못했다. 내가 알지 못하는 것들의 거대한 바다가 눈앞에 펼쳐졌고, 그 강력하고 기만적인 조류가 거듭 내 머리 위로 밀려들어서 결국 나는 내가 죽었다고 확신하기에 이르렀다.

나는 기절했을 뿐이었다. 오래지 않아 눈을 뜨자 내 얼굴에서 그리 멀지 않은 곳에 아버지의 아내 얼굴이 보였다. 그녀는 악(惡)의 얼굴을 하고 있었다. 그 얼굴과 비교할 만한 다른 얼굴을 나는 몰랐다. 다만 내가 말할 수 있는 바는, 그녀 얼굴이 악의 얼굴이라는 것을 똑똑히 알았다는 사실뿐이다. 그녀는 나를 좋아하지 않았다. 그 점이 내 눈에 보였다. 그녀는 나를 사랑하지 않았다. 그 점이 내 눈에 보였다. 나머지 부분은 즉각 눈에 들어오지 않았다. 오직 얼굴뿐이었다. 그녀는 아프리카인이었고 프랑스 출신이었다. 잠잘 시간이었고 집 안이었으므로 머리칼을 드러내고 있었다. 머리카락은 매끄러우면서도 몹시 곱슬곱슬했고, 그녀는 머리를 가운데서 둘로 나눠 양 갈래로 땋은 뒤 뒤통수에 핀으로 틀어 올리고 있었다. 그녀의 입술은 추운 기후 출신의 사람들처럼 얇고 옹졸했다. 눈은 검었고, 아름다움이 없지는 않았으나 기만이 어려 있었다. 코는 화살처럼 길고 뾰족했으며, 광대뼈도 뾰족했다. 그녀는 나를 좋아하지 않았다. 나를 사랑하지 않았다. 나는 그 점을 그녀 얼굴에서 볼 수 있었다. 결국 그 도전에 응했고 나는 기운이 솟았다. 사랑 없음, 나는 이 장소에서 살 수 있었다. 나는 이런 분위기를 너무나 잘 알았다. 사랑은 나를 무너뜨렸을 것이다. 사랑은 항상 나를 무너뜨렸다. 사랑 없는 분위기에서 나는 잘 살 수 있었다. 이 사랑 없는 분위기에서 나는 내 인생을 살 수 있었다. 그녀는 내 입에 잔을 댄 채 다른 한 손으로 내 얼굴을 쓸어내렸는데, 손이 차갑게 느껴졌다. 그녀는 내게 차를, 기력을 북돋울 만한 것을 먹이고 있었으나 마치 고약한 물약처럼 쓴맛이 났다. 내 작은 혀는 그것이 한 방울 이상 입으로 들어오는 일을 허용하지 않았으나 그 쓴맛은 나의 어린 심장을 덥혀 주었다. 나는 일어나 앉았다. 우리의 눈은 마주쳐 얽히지 않았다. 그런 도전을 내세우기에 나는 너무 어렸고, 그때 나는 오직 본능대로 행동했을 뿐이었다.

나는 짧은 복도를 거쳐 방으로 안내받았다. 나만의 방이 될 곳이었다. 내 아버지가 사는 집은 나 혼자 방 하나를 차지해도 될 만큼 공간이 넉넉했다. 이 작은 사건은 즉시 내 인생의 중심이 되었다. 사생활을 보장받을 수 있는 이 명백한 증거에 나는 이의 없이 적응했다. 내 방에는 작은, 이제는 나이 먹어 큼직해진 내 주먹 크기의 램프가 켜져 있었고, 나는 내 침대를 볼 수 있었다. 작고, 나무로 만들어졌으며, 코프라*로 속을 채운 매트리스 위에는 하얀 시트가 덮여 있고, 머리맡엔 납작한 정사각형 베개가 있었다. 내 전용 세면대가 있고 그 위에는 대야와 물이 든 항아리가 놓여 있었다. 수건은 보이지 않았다. (그때 나는 어차피 몸을 제대로 씻는 법을 몰랐고, 온갖 모진 말을 들어 가며 마침내 익히게 되었다.) 벽에는 그림 하나 걸려 있지 않았다. 벽에는 종이가 발려 있지 않았다. 맨 나무 그대로의 소나무 벽면에는 페인트가 칠해져 있지 않았다. 간소하기 짝이 없는 방이었으나 거기에는 내 상상 이상의 호화로움이 있었으니, 그 방은 내게 필요한 줄조차 몰랐던 것을 선사해 주었다. 그 방은 내게 고독을 선사했다. 내 작은 존재 전체, 육체적이고 정신적인

---

* 코코야자의 과육을 말린 것.

면 전부가 이곳에서 평화를 찾을 수 있었다. 가만 앉아서 생각에 잠길 수 있는 나만의 이 작은 장소에서.

나는 침대에 앉았다. 가슴이 미어졌다. 울고 싶었고, 너무나 외로웠다. 위험에 처한 기분, 위협당하는 느낌이 들었다. 누군가가 시시각각 내가 죽기를 바라고 있음을 느꼈다. 아버지의 아내가 '잘 자'라는 인사를 하러 와서 램프를 껐다. 그때 그녀는 프랑스어 방언으로 말했다. 아버지가 있는 자리에서는 내게 영어로 말했었다. 우리가 알고 지내는 내내 그녀는 나를 그렇게 대했는데, 그 첫 순간에, 내 방의 성소에서, 일곱 살에, 나는 이것이 나를 사생아 취급하려는, 나를 실제하지 않는다고 간주되는 사람들 — 그림자인 사람들, 영원히 굴욕당하고 영원히 비천한 사람들의 언어와 결부시키려는 그녀 나름의 시도임을 깨달았다. 그런 뒤 그녀는 내 아버지와 함께 잠자는 구역으로 갔다. 꽤 멀리 떨어져 있었으므로 멀어져 가는 그녀의 발소리가 들렸다. 그러는 동안 나는 그들이 말하는 소리, 천장 아래 빈 공간으로 선회하며 솟아오르는 말소리를 들을 수 있었다. 그들은 대화를 나누고 있었다. 무슨 말인지는 알아들을 수 없었다. 감정은 뜨겁지도 차갑지도 않은, 중립적인 것 같았다. 얼마간 침묵이 흘렀다. 짧게 헐떡이는 소리와 한숨이 들렸다. 이윽고 잠든 사람들의 소리, 입에서 새어 나오는 숨소리가 들렸다.

나는 잠자는 동안 어머니의 꿈을 꾸려고 누웠다. 내가 그러리라는 것을, 그렇게 해야 하고 그래야만 함을 알았기 때문이다. 어머니는 발뒤꿈치와 흰 드레스의 밑단만을 내보이며 거듭, 되풀이해서 사다리를 내려왔다. 아래로, 아래로, 몇 번이고 계속. 꿈속에서 나는 밤새 어머니를 바라보았다. 얼굴은 보이지 않았다. 나는 실망하지 않았다. 얼굴을 볼 수 있다면 좋았겠지만 더 이상 간절히 원하지는 않았다. 어머니는 노래를 불렀지만 노랫말은 없었다. 그것은 자장가가 아니었고, 감상적이지 않았고, 내 영혼이 인생의 가혹함에 몸부림칠 때 나를 달래 주려는 노래도 아니었다. 그저 노래일 따름이었으나 어머니의 목소리는 방치된 궤짝에서 발견한 작은 보물, 경이뿐만 아니라 만족과 영원한 기쁨을 불러일으키는 보물 같았다.

　하룻밤 내내 나는 잤고, 잠자면서 어머니의 발이 한 단 한 단 사다리를 밟고 내려오는 광경을 보았으며, 얼굴은 결코 보지 못한 채, 어떤 때는 콧노래로, 어떤 때는 입술 사이로 노래를 부르는 어머니의 목소리를 들었다. 오늘날까지도 어머니는 가끔 내 꿈에 나타나지만 두 번 다시 노래를 부르거나 어떤 소리든 내는 법이 없었다. 다만 예전처럼, 발뒤꿈치를 드러내고 그 위로 드레스의 하얀 밑단을 보이며 사다리를 내려올 뿐이다.

나는 밤이라는 관능적인 검은 담요에 싸인 채 아버지의 집에 왔고, 자연스레 아침이 뒤따랐다. 내가 태어난 거짓 낙원, 내가 죽을 거짓 낙원, 내가 늘 알고 있는 동일한 풍경, 모든 면이 나무랄 데 없고, 아름다운 동시에 추하고, 겸손한 동시에 오만하고, 생명이 가득하고, 죽음이 가득하고, 생명을 지속시킬 수 있으며 불가피하게 죽음을 요구하는 그 풍경 속에서 나는 깨어났다.

아버지의 아내가 몸 씻는 법을 알려 주었다. 다정한 방식으로는 이뤄지지 않았다. 내 인간적인 형체와 냄새는 내게 경멸을 퍼부을 만한 좋은 구실이었다. 나는 이제 내 특성이 된 방법으로 대응했다. 무엇이 되었든 싫어해야 한다고 가르침을 받으면, 나는 오히려 그것을 사랑하고 무엇보다도 사랑했다. 나는 내 귀 뒤편의 엷은 때 냄새를, 양치하지 않은 내 입 냄새를, 가랑이에서 나는 냄새를, 겨드랑이 냄새를, 씻지 않은 발 냄새를 사랑했다. 남을 불쾌하게 하는 나의 부분이라면 무엇이든, 내 힘으로 어쩔 수 없고 도덕적 결함이 아닌 것이라면 무엇이든 ─ 나의 그런 면들을 나는 헌신적인 열정을 담아 사랑했다. 내 몸에 닿는 그녀의 손은 차갑고 나를 아프게 했다. 우리는 결코 서로를 사랑하지 않을 것이었다. 그녀에게는 오랫동안 좌절된 욕망에 뿌리를 둔 절망이 있었다. 아직 내 아버지의 아이를 잉태하지 못했다는 절망이었다. 그녀는 나를 두려워했다. 나 때문에 아버지가 그녀보다 더 자주 내 어머니를 생각하게 될 일을 두려워했다. 그 첫날 아침에 그녀는 내게 음식을 좀 주었고, 그것은 마치 나를 탈이 나게 하려고 특별히 보관해 둔 듯 오래되고 곰팡이 핀 음식이었다. 그 후로 나는 그녀가 주는 것을 먹지 않았다. 그때 나는 내가 먹을 것을 스스로 마련하는 법을 배웠고 그 점이 남들에게 잘 알려진 내 특징이 되도록 했다. 나는 내가 먹을 것을 스스로 마련하는 여자아이였다.

내 인생의 부분들, 그때 내 인생의 사건들은, 지금 떠올려 보면 아주 삭고 어두운 장소, 인형의 집 크기만 한 장소에서 일어났던 것 같고, 그 인형의 집은 구멍 바닥에 있으며, 나는 그 구멍 꼭대기에서 이 작은 집을 들여다보며 저 밑에서 무슨 일이 일어났는지 정확히 알아내려고 애쓰는 듯하다. 그리고 이따금 이 장면을 들여다볼 때면, 어떤 것들은 지난번에 보았을 때와 같은 자리에 있지 않다. 매번 다른 것들이 그늘에 있고, 다른 것들은 빛 속에 있다.

아버지의 아내는 내가 죽기를 바랐는데, 처음에는 내가 죽으면 요란하게 슬픔을 드러내 보일 수 있을 만한 방식으로 죽기를 바랐다. 사고나 신의 뜻으로. 그러나 아무런 사고도 일어나지 않고 신 역시 내가 살든 죽든 전혀 개의치 않았으므로, 그녀는 그 일을 직접 해내려고 들었다. 그녀는 내게 말린 산딸기 열매와 윤나게 깎은 나무와 바닷가의 조개 껍데기와 돌로 만든 목걸이를 선물했다. 그것은 너무나도, 어린아이에게는 지나칠 정도로 아름다웠기에, 어린이이, 진짜 어린아이라면 홀딱 반하고 매혹되어서 곧장 목에 걸었을 터다. 나는 진짜 어린아이가 아니었다. 나는 거듭해서 감사를 표했다. 다시금 감사하다고 했다. 나는 목걸이를 내 작은 방으로 가져가지 않았다. 그것을 오래 지니고 싶지 않았다. 집 뒤에 있는 사철 푸른 작은 숲에 나는 작은 비밀 장소를 만들어 두었다. 그녀는 아직 그 비밀 장소를 몰랐다. 마침내 발견해 냈을 때, 그녀는 뭔가를 보내서 내가 그곳에 머물 수 없도록 했고, 나는 그곳에서 쫓겨났다. 목걸이를 어떻게 처리할지 결심이 서기까지 나는 그것을 이 비밀 장소에 놓아두었다. 그녀는 내 목을 쳐다보고 내가 목걸이를 걸고 있지 않음을 눈치챘으나 결코 그 이야기를 다시 꺼내지 않았다. 단 한 번도. 목걸이를 걸라고 전혀 강권하지 않았다. 그녀에겐 발치에 거느리고 다니는 개 한 마리가 있었다. 그 개는 아버지가 준 선물이었으며, 진짜 사람의 해코지, 눈으로 볼 수 있는 위협으로부터 그녀를 지키려는, 일종의 안전함을 느끼게 하려는 목적을 가지고 있었다. 어느 날 나는 개의 목에 그 목걸이를 걸고 목 주변의 털로 가렸다. 이십사 시간

안에 개는 미처 죽었다. 개의 목에서 목걸이를 발견했더라도 그녀는 내게 아무 말을 하지 않았으리라. 그 후 그녀는 두 아이 중 맏이를 임신했고, 그 때문에 더는 나를 집요하게 관찰하지 않게 되었다. 그러나 내가 죽기를 바라는 소망만큼은 멈추지 않았다.

내가 다니던 학교는 오 마일 떨어진 이웃 마을에 있었고, 나는 다른 아이들, 대부분 남자인 아이들과 같이 학교까지 걸어갔다. 우리는 강을 건너야 했는데, 걷기에는 강바닥에 놓인 싱검돌을 건너가기만 하면 되었다. 비가 내려 강물 수위가 크게 높아지면 우리는 옷을 벗어서 보따리로 꾸린 뒤 머리에 얹고, 알몸으로 강을 건너곤 했다. 몹시 높은 수위 탓에 우리가 알몸으로 물을 건너던 어느 날, 우리는 강어귀가 바다와 만나는 지점에서 한 여자를 보았다. 우리는 깊은 물속에 여자가 앉아 있는지 서 있는지 분간할 수 없었으나 알몸임은 알았다. 아름다운 여자, 우리가 본 적 있는 어떤 여자보다도 더 아름다운, 유럽적인 기준에서가 아니라 우리에게 와닿는 방식으로 아름다운 여자였다. 피부는 짙은 갈색이고, 머리칼은 검고 윤기가 흘렀으며, 그것을 작게 돌돌 말아서 머리 주변 여기저기에 틀어 올리고 있었다. 얼굴은 달 같았다. 부드럽고, 갈색이며, 반짝이는 달. 그녀가 입을 열자 낯설면서도 달콤한 음성이 흘러나왔다. 넋을 빼놓는 소리였다. 우리는 선 채로 그녀를 바라보았다. 그녀는 과일, 망고 — 망고가 제철이었다. — 에 둘러싸여 있었는데, 전부 무르익은 과일이었고, 그 빨강, 분홍, 노랑의 색조는 감질나고 군침 흐르게 했다. 그녀는 우리에게 다가오라고 손짓했다. 누군가 그녀는 사람이 아니라고, 가서는 안 된다고, 달아나야 한다고 경고했다. 우리는 돌아설 수 없었다. 그때 한 남자애, 나중에야 알게 되었지만 수컷다운 경솔함과 허세의 가면을 쓰고 있었으므로 얼굴이 똑똑히 기억나는 남자애가, 앞으로 앞으로 나아갔고, 그렇게 나아가면서 웃음을 터뜨렸다. 여자가 있던 자리에 그가 도달한 듯하면, 여자는 더 멀찍이 물러났고, 그러면서도 줄곧 같은 자리에 있었다. 그는 여자와 과일을 향해 헤엄쳐 갔고, 거의 도달했다 싶을 때마다 그녀는 멀찍이 물러났다. 그렇게 그는 헤엄치다가 마침내 탈진해서 가라앉기 시작했다. 우리에겐 그의 정수리만이, 그의 손만이 보였고, 그러다가 아무것도 보이지 않았는데, 그가 있던 자리에는 조약돌을 던진 듯 크게 원을 그리는 둥근 파문만이 여러 개 보였다. 그리고 과일에 둘러싸인 여자 역시 사라졌다. 마치 있지도 않았던 것처럼, 그 모든 일이 전혀 없었던 것처럼.

그 남자아이는 사라졌다. 그의 모습은 두 번 다시, 시체로도 나타나지 않았고, 강물의 수위가 낮아지자 우리는 그곳에 가서 들여다보곤 했으나 역시 없었다. 마치 그 일은 일어나지도 않았던 것 같았고, 우리가 그 일을 두고 말하는 방식조차 마치 상상 속의 일을 대하는 듯했는데, 우리는 결코 소리 내어 그 사건을 이야기하지 않고 단지 그 일이 일어났었다는 사실만을 받아들였기 때문이다. 그 일은 우리 마음속에만, 신념의 행위로, 어떤 이들이 처녀 잉태를 받아들이듯, 혹은 비슷한 다른 기적들처럼 존재하게 되었다. 그리고 거기엔 동일한 믿음과 불신의 힘이 있었고, 단지 처녀 잉태와 달리 우리 눈으로 직접 보았다는 차이만이 있었다. 나는 그 일을 보았다. 학교까지 같이 걸어갔던 남자아이가 알몸으로, 역시 알몸이며 잘 익은 과일에 둘러싸인 여자를 향해 헤엄쳐 가다가 강과 바다가 만나는 진흙투성이 물에서 사라지는 모습을 보았다. 그는 거기서 사라졌고 다시는 보이지 않았다. 그 여자는 여자가 아니었다. 여자의 형상을 한 어떤 것이었다. 이 무시무시한 현실이 너무나 압도적이었던 나머지 그 일은 신화가 된 것 같았고, 아주 오래전, 우리 아닌 다른 이들에게 일어났던 일 같았다. 나와 함께 그 사건을 목격했던 친구들은, 나도 그 자리에 있었음을 잊고 내게 믿을 테면 믿어 보라는 식으로 그 이야기를 들려주곤 했다. 하지만 그건 그들 스스로도 자기 말을 믿지 않았기 때문이다.

그들은 제 눈으로 보았던 것, 제 현실에 있었던 것을 더 이상 믿지 않는다. 이것은 더 이상 내게 설명할 수 없는 일이 아니다. 우리의 모든 것은 의심 속에 붙잡혀 있고 패배자인 우리는 비현실적인 모든 것, 인간적이지 않은 모든 것, 사랑 없는 모든 것, 자비 없는 모든 것을 규정한다. 우리의 경험은 우리 스스로에 의해 해석될 수 없다. 우리는 그 진실을 알지 못한다. 우리의 신은 올바른 신이 아니며, 천국과 지옥에 대한 우리의 이해는 적절하지 않다. 어린 소년에게 팔을 뻗어서 죽음으로 손짓하던 나체 여인에 대한 믿음은 적법하지 못한 자들, 가난한 자들, 비천한 자들의 믿음이었다. 나는 그때 그 여인의 출현을 믿었고 지금도 믿는다.

내 아버지는 누구였나? 나에게, 그의 자녀인 나에게 어떤 사람이었는지뿐 아니라, 그는 어떤 사람이었나? 그는 경찰관이었으나 평범한 경찰관은 아니었다. 그는 그런 지위에 있는 사람들이 으레 불러일으킬 법한 공포보다 더 무서운 두려움을 불러일으켰다. 그는 사람들, 남자들과 만남을 약속했는데, 장소는 자기 집, 그가 가족과 — 이제는 나도 일종의 일원이 된 집단 — 함께 사는 장소였고, 그들을 몇 시간씩 기다리게 했다. 아예 약속을 지키지 않을 때도 있었다. 그들은 종종 마당 대문 바로 안에 있는 돌에 앉아서, 때로는 마당 안쪽과 바깥쪽을 오락가락 서성거리다가 공연히 대문까지 삐걱대며 기다렸다. 그 소리는 늘 그의 아내를 짜증 나게 했고, 그녀는 그 사람들에게 불평했고, 무례한 투로 말했는데, 그 무례함은 짜증 나게 삐거덕대는 대문의 소음 탓이라고 하기엔 과도했다. 그들은 불평하지 않고 그를 기다렸으며, 선 채로 잠에 빠지고, 바닥에 앉은 채 잠에 빠지더라도 마냥 기다렸다. 파리들은 그들의 벌어진 입가에서 흘러나오는 침을 빨아 먹었다. 그들은 기다리다가 끝내 그가 나타나지 않으면 그를 만날 수 있으리라는 기대를 품고 다음 날 다시 찾아왔다. 만날 때도 있었고, 만나지 못할 때도 있었다. 그는 자신의 행동으로 말미암은 결과를 전혀 감수하지 않았다. 그저 그런 식으로 사람들을 대할 뿐이었다. 그는 신경 쓰지 않았다. 아니, 적어도 처음에 나는 그렇다고 생각했으나, 물론 그는 신경 쓰고 있었다. 이처럼 사람들을 괴롭히는 방식은 그가 신중하게 고안해 낸 것이었다. 그는 섬의 전체적인 생활 방식, 고통을 영속시키는 생활 방식의 일부였다.

내가 아버지와 함께 살게 되었을 때, 아버지는 여생 동안 얼굴로 삼을 가면을 막 완성한 참이었다. 팽팽한 피부, 머릿속 깊이 자리한 듯 움푹 들어가고 작은, 그래서 전혀 마음속을 들여다볼 수 없는 두 눈, 미소를 그리며 벌어진 입술. 그는 신뢰할 만한 사람으로 보였다. 그의 옷은 언제나 잘 다려지고, 깨끗하고, 얼룩 한 점 없었다. 그는 사람들이 자신에 대해 속속들이 아는 것을 좋아하지 않았다. 낯선 사람들이 있는 곳에서, 혹은 자신을 두려워하는 이들이 있는 곳에서는 절대 음식을 먹으려고 하지 않았다.

그는 누구였나? 나는 줄곧, 오늘날까지도 스스로에게 이 질문을 한다. 그는 누구였나? 그는 키가 크고, 머리털은 붉고, 눈은 회색이었다. 그의 아내, 내 어머니가 나를 낳고 죽은 뒤 그가 재혼한 여자는 어떤 도둑, 자기 땅에서 바나나와 커피와 코코아를 재배하던 남자의 외동딸이었다.(어떤 유럽인이 이 작물을 구입했고 그는 그것을 수출했다.) 그녀는 돈 한 푼 없이 내 아버지에게 시집왔으나, 그녀의 아버지는 많은 연줄을 이어 주었다. 두 사람은 함께 남의 땅을 사들이고, 둘 다에게 만족스러운 방식으로 이익을 배분하고, 결코 다투지 않았으나, 가까운 친구 사이인 것 같지는 않았다. 내 아버지에게는 그런 것이, 가까운 친구가 없었다. 그가 옛 공범자의 딸을 언제 만났는지 나는 모른다. 별이 가득한 밤이었을지도, 하늘에서 빛이 전혀 비추지 않는 밤이었을지도, 하늘에 태양이 크게 뜬 날이었거나 너무 을씨년스러워서 살아 있음이 슬퍼지는 날이었을지도 모른다. 나는 알지 못하고 알아내고 싶지도 않다. 그녀의 목소리에는 거칠고 격앙된 면이 있었고, 그런 그녀의 목소리를 음악적이고 욕망을 불러일으키게끔 만들어 줄 언어가 과연 있을지 모르겠지만, 내가 아는 한 아직도 없다.

그때 내 아버지는 나를 사랑했음이 분명하나, 결코 내게 사랑한다고 말한 적은 없다. 나는 그가 누구에게든 그 말을 하는 소리를 한 번도 들은 적 없다. 그는 내가 학교에 계속 다니길 바랐고 그 점을 분명히 밝혔지만, 나는 그 이유를 모른다. 그는 대부분의 여자아이들이 학교에 다니는 수준을 넘어서까지 내가 학교에 다니길 바랐다. 나는 열세 살 이후에도 학교에 갔다. 학업을 마친 다음에는 무엇을 해야 할지 아무도 내게 말해 주지 않았다. 나를 학교에 보내기로 선택한 일은 대단한 희생이었는데, 그의 아내가 종종 지적했듯 내가 집에 있었으면 더 쓸모 있었을 터이기 때문이다. 그는 내게 읽을 책들을 가져다주었다. 그는 존 웨슬리*의 전기를 주었고, 그 책을 읽으면서 나는 영적인 격정과 독실함으로 가득한 사람의 생애가 나와 무슨 상관일까 의아해했다. 아버지는 감리교 신자가 되었고, 주일마다 교회에 나갔다. 주일 학교에서 수업을 했다. 더 많이 강탈할수록, 더 많은 돈을 지닐수록, 그는 더 열심히 교회에 나갔다. 그런 인과성은 아예 전례 없는 일도 아니다. 그리고 더 부유해질수록 그의

---

* 영국의 종교 개혁가로 감리교의 창시자.

가면 역시 더욱 공고해졌다. 그래서 이제 나는 오래전 내가 그를 처음 알았을 때, 아버지의 집에 살러 오기 전에 그가 실제로 어떻게 생겼었는지 기억나지 않는다. 그리하여 내 어머니와 아버지는 그 당시 내게 미스터리였다. 한 사람은 죽음을 통해, 다른 사람은 살아간다는 미궁을 통해. 한 사람은 결코 본 적 없고, 다른 사람은 늘 보면서.

내가 알게 된 세상은 위험과 배반으로 가득했으나, 나는 겁먹지 않았고, 조심하지 않았고, 아버지의 아내가 내게 가하는 위험에 무심하지 않았고, 또 나라는 존재가 그녀 자신에게 가한다고 여기는 위험에 무심하지 않았다. 그리하여 내 아버지의 집, 그녀의 가정 안에서, 나는 사죄하는 자세로 스스로를 덮어 가리고자 애썼다. 사실은 아무것도 전혀 미안하다고 여기지 않았고, 고의로든 실수로든 용서를 구할 만한 일 역시 아무것도 저지르지 않았으나, 내 처신은 하나의 무기였다. 그녀가 내게서 주의를 돌리게 하고, 나를 한심한 존재, 무식한 어린애로 여기도록 확신하게 하려는 방법이었다. 나는 그녀를 좋아하지 않았다. 그녀가 죽기를 바라지는 않았고, 다만 나를 가만히 내버려 두기를 바랐다. 이 경건한 태도를 어느 선까지 밀고 나가느냐를 두고 나는 몹시 신중하게 굴었는데, 다른 사람, 특히 아버지의 동정을 사길 바라지 않았기 때문이었다. 그러면 그녀가 분명 질투하리라고 예상했다. 이 일종의 경건함을 나는 학교에도 뒤집어쓰고 갔다. 교사들에게 나는 조용하고 학구적인 학생으로 보였다. 나는 정숙했는데, 이는 내 몸이나 다른 사람의 몸이라는 세상에 아무런 관심도 없는 듯 보였다는 의미다. 이 지겨운 요구는 단지 여자이기 때문에 내게 강요되는 많은 요구 사항 중 하나에 불과했다. 이른 아침 침대에서 벗어나 밤의 어둠 속에 다시금 몸을 파묻을 때까지 숱한 배반적 기만행위를 밀고 나아갔으나, 사실 나는 스스로가 누구인지 분명히 알고 있었다.

밤이면 나는 침대에 누워, 집 안팎에서 들려오는 소리에 귀를 기울이고, 소리 하나하나의 정체를 파악하며 실제와 실제가 아닌 것을 구분했다. 밤을 열십자로 가르며 수많은 리본처럼 암흑을 지상에 떨어뜨리는 쌩쌩 소리가 박쥐들의 소리인지 박쥐의 형상을 한 누군가의 소리인지, 빛이 완전히 비워진 그 공간에서 날갯짓하는 소리가 새 혹은 새의 형상을 한 누군가의 소리인지. 대문 열리는 소리는 잠의 고요가 집 안 대부분을 한참 집어삼킨 뒤에야 내 아버지가 집으로 돌아오는 신호였고, 신중히 소리를 죽였지만 확고한 그의 발걸음은 마당으로 들어와서 계단을 올랐다. 그의 손이 집으로 들어오는 문을 열고, 등 뒤로 문을 닫고, 문을 잠그는 빗장을 돌리고, 그러고는 집의 다른 부분으로 걸어갔다.

밤늦게 돌아올 때면 그는 결코 식사를 하지 않았다. 그때 밤의 바닷소리가 매우 똑똑히 들렸는데, 더러 파도는 검은 돌들로 이루어진 해안에 부딪치는 부드러운 찰싹거림, 때로는 커다란 화구 위에 불안하게 얹힌 솥에서 끓는 물 같은 분노가 담긴 소리였다. 그리고 이따금 밤이 완벽히 고요하고 완전히 암흑일 때면, 나는 바깥에서 영원으로 향하는 누군가의 긴 한숨을 들을 수 있었고, 그것이야말로 실제인 모든 것의 불안한 평화를 흐트러뜨리곤 했다. 집 아래서 잠든 개들, 나무의 닭들, 움직이는 나무들, 뿌리 뽑힐 듯 흔들리는 것이 아니라 마치 달아날 수 있기를 바라는 듯 그저 이리저리 움직이는. 그리고 다시 귀를 기울이면 나는 배를 깔고 기는 자들, 독이 묻은 창을 든 자들, 침[唾]에 치명적인 독을 품은 자들의 소리를 들을 수 있었다. 사냥하는 자들, 사냥당하는 자들, 이제 막 집어삼켜질 참인 작은 것들의 애처로운 비명, 뒤이어 일시적 만족감에 젖은 집어삼키는 자들의 환성이 들렸다. 이 모든 소리가 내게는 매일 밤, 거듭해서 들려왔다. 그리고 내 손이 애정을 담아 내 온몸을 여기저기 어루만지며 훑다가 마침내 다리 사이의 보드랍고 촉촉한 장소에 이르고, 입술 사이로 누구에게도 들리지 않게 쾌락의 헐떡임을 흘리고 난 뒤에야 그 소리는 비로소 끝이 났다.

아버지의 집에서 이웃 마을의 학교로 걸어가는 먼 길을 손바닥 보듯 알게 되자마자, 그 길을 뒤로하고 떠나야만 했던 것은 어쩌면 불가피한 일이었다. 가는 데 오 마일, 오는 데 오 마일에 이르는 길은 걸어 다니는 모든 아이들에게 언제나 상당한 두려움이었고, 우리는 결코 홀로 걷지 않으려 했다. 우리는 항상 무리 지어 걸었다. 어느 해든, 어떤 때든 우리는 여남은 명을 넘지 않았고, 여자아이보다 남자아이가 많았다. 우리는 친구가 아니었다. 그런 것은 권장되지 않았다. 우리는 결코 서로를 믿어선 안 됐다. 이는 부모들이 우리에게 되풀이해서 일러 준 일종의 신조였다. 가령 예의범절처럼 내 가정 교육의 일부였다. 이 사람들은 믿을 수 없어, 아버지는 내게 말하곤 했는데, 다른 아이들의 부모도 제 자녀들에게, 어쩌면 같은 순간 가르치고 있을 말이었다. '이 사람들'이 우리임에도 상대를 불신하라는 이런 강조, 서로 너무나 닮은 생김새에 고통과 굴욕과 노예 처지라는 공동의 역사를 지닌 사람들끼리 어릴 때부터 서로를 불신해야 함을 배워야 한다는 것이, 내게는 더 이상 미스터리가 아니다. 우리가 응당 불신했어야 할 사람들은 우리의 영향력으로부터 완전히 벗어나 있었다. 그들을 패배시키기 위해, 그들을 우리에게서 제거하기 위해 해야 할 일은 불신보다 훨씬 강력한 무엇이었다. 서로를 불신하는 것은 우리가 서로에게 품은 많은 감정들 중 하나에 불과했고, 그 감정들은 모두 사랑의 반대였으며, 사랑의 자리를 차지하고 있었다. 마치 우리가 은밀한 상(賞)을 두고 서로 경쟁하고 있으며, 다른 누군가가 그 상을 탈까 봐 겁내는 것과 같았다. 그런 경우, 어떤 사랑의 표현이라도 진실할 수 없으리라. 사랑은 다른 누군가를 유리하게 할 수 있으니.

우리는 친구가 아니었다. 우리는 공포, 눈에 보이지 않는 것들에 대한 공포에 기초한 동료 의식에서 함께 걸었고, 그런 것들이 보이면 대개 우리는 그 위험을 제대로 이해할 수 없었다. 대부분의 현실이 너무나 혼란스러웠다. 우리 마을의 인접 경계를 지나 부모들의 눈에서 벗어난 다음에야 우리는 서로 가까이 붙었다. 우리는 이야기를 나누었지만 언제나 공포에 대해서 대화할 뿐이었다. 어떻게 그러지 않을 수 있겠는가? 우리는 매일 건너는 강어귀에서 그 남자아이가 익사하는 모습을 보았다. 우리의 학교 교육이 성공적이었다면 우리 대부분은 그런 일을 목격했음을 믿지 않았을 터다. 그 아이가 과일에 둘러싸인 여자를 만나러 헤엄쳐 갔다가 강어귀에서 불어난 물속으로 사라지는 광경을 보았다고 얘기하는 것은, 우리가 구원받을 수 없는 어둠 속에 산다고 말하는 셈이었다. 그때나 지금이나 나에게 구원은 아무런 쓸모도 없다.

아버지는 내가 익사하는 남자아이를 목격했다는 사실을 믿지 않았다. 내가 그 장면을 보았다고 말하자 화를 냈고, 내가 어울려 다니는 무리 탓을 했다. 그는 내가 다른 아이들과 대화해선 안 된다고 했다. 그 아이들은 좋은 가정이나 좋은 집안 출신이 아니라고 했다. 자신이 나의 아버지이며 중요한 공직에 있음을, 내가 그런 말을 하면 자신을 곤란하게 할 뿐임을 기억해야 한다고 말했다. 나는 그가, 내가 알았고 지금도 알고 있는 그것을, 내가 본 것을 보지 않았다고 강조하던 말투를 거의 다 기억한다. 내 아버지는 그 부친에게서 유령 같은 창백함을, 또 한 겹의 진짜 피부가 덮이기를 기다리는 듯한 살갗을 물려받았고, 눈은 부친의 눈이 그랬듯 회색이었으며, 머리칼 역시 부친처럼 불그레한 갈색이었다. 숱 많고 몹시 고불거리는 머릿결만이 모친을 닮았다. 그녀는 아프리카 출신의 여자였는데, 아프리카의 어디인지는 아무도 모르고, 알아봐야 별 소용도 없을 터였고, 그저 아프리카의 어딘가, 지도에 도형들과 노란 색조들의 배치로 표시된 곳에서 온 여자였다. 그리고 아버지는 갈색 도는 분홍색, 분홍색 도는 갈색의 손가락을 내게 들이밀며 나는 내가 본 것을 보지 않았다고, 볼 수 없었다고, 아니라고, 아니라고, 아니라고 말했다. 하지만 나는 보았다, 보았다, 보았다. 그러나 나는 내가 아는 현실을 그에게 사실이라고 주장하지는 않았다. 그리고 어느 날 학교에서 혼자 돌아오다가, 나무에 점박이 원숭이 하나가 앉아 있는 모습을 보고 돌 세 개를 던졌던 일도 그에게 말하지 않았다. 원숭이는 세 번째 돌을 받아서 내게 도로 던졌고 돌은 내 왼쪽 눈, 눈썹이 돋은 곳에 맞았으며, 나는 영원히 멎지 않을 듯이 심하게 피를 흘렸다. 무슨 영문인지 나는 어떤 덤불에서 나는 붉은 열매가 피를 멎게 한다는 점을 알고 있었다. 내 상처를 보고, 아버지는 학교 친구, 어떤 남자아이의 짓이라 여겼고 내가 그 아이를 감싸느라 누군지 밝히지 않는 거라고 생각했다. 그때부터 그는 나를 로조에 있는 학교에 보낼 계획을 세우기 시작했다. 나를 다치게 하고, 내가 그의 분노로부터 보호해 주고 있으며, 남자일 것이 분명한 아이들의 악영향에서 나를 떼어 놓기 위해서. 그리고 이 감정의 폭발, 나에 대한 사랑을 표현할 의도였겠으나 오히려 내게 우리 모두가 증오와 고립 속에서 살아가고 있음을 새로이 느끼게 했을 뿐인 폭발 이후에, 그의 얼굴은 다시금 속내를 읽을 수 없는 가면이 되었다.

너무나 잘 알게 된 그 길에서, 나는 인생의 가장 달콤한 순간들을 겪었다. 늦은 오후, 길이 길게 뻗은 곳에서 나는 바다 표면에 반사되는 햇빛을 볼 수 있었고, 거기에선 항상 어떤 기대가 막 실현되려는 듯한 뭔가가, 물에 비친 그 특별한 햇빛으로 이루어진 작은 도시가 언제라도 솟아오를 듯했고, 게다가 상상조차 못 한 기쁨이 흘러나올 것 같은 느낌을 받았다. 그리고 나는 바로 이 길옆에서 가장 달콤한 캐슈가 자라는 장소를 알았다. 캐슈 열매의 즙이 닿으면 내 입술에는 물집이 생기고 혀는 노끈 다발에 묶인 듯해서 잠시 말하기가 힘겨워졌는데, 이 말하기 힘든 느낌, 다시는 말하지 못하게 될지도 모른다는 가능성이 내게는 감미로웠다. 내가 처음으로 한 기상계에서 다른 기상계로 곧장 걸어 들어간 것도 그 길에서였다. 춥고 폭우가 쏟아지는 곳에서 한낮의 밝고 맑은 열기 속으로. 그리고 내 여동생, 아버지와 그의 아내 사이에서 난 여자아이가, 아버지가 만나지 말라고 금지했으나 결국 나중에 결혼하게 되는 남자를 만난 뒤 자전거를 타고 돌아오다가 사고로 벼랑에서 떨어져 다리를 절고 불임이 되고 눈의 초점을 똑바로 맞추지 못하게 된 것도 그 길에서였다. 행복한 기억은 아니다. 그녀의 고통은 지금까지도 내게 몹시 생생하다.

내가 그들과 함께 살게 되고 얼마 안 있어, 아버지의 아내는 자기 아이들을 낳기 시작했다. 첫아이는 사내애였고, 다음은 계집애였다. 그 일로 쉽게 예측할 수 있는 두 가지 결과가 나왔다. 그녀는 나를 내버려 두게 되었고, 딸보다 아들을 더 소중히 여겼다. 그녀가 자신과 가장 닮은 쪽, 딸이자 여자인 아이를 그리 중요시하지 않았다는 사실은 너무나 자연스러운 일이었으므로 오히려 그러지 않았다면 더 눈에 띄었을 것이다. 우리 같은 사람들에게, 우리 자신과 가장 닮은 존재를 경멸하는 일은 자연법칙이나 마찬가지였다. 여동생 인생의 이런 면모 때문에 나는 그녀에게 압도적인 동정심을 품게 되었다. 그녀는 나를 좋아하지 않았고, 제 어머니로부터 내가 자신의 적이라고, 나를 믿어서는 안 된다고, 나는 집안의 도둑과 같으며 그들이 물려받게 될 유산을 훔칠 기회만 노리고 있다는 얘기를 들었다. 이 말은 설득력 있게 들렸으므로 동생은 나를 불신하고 싫어했다. 그녀가 처음으로 할 줄 알게 된 모욕적인 말은 나를 향한 것이었다. 아버지의 아내는 남들이 없을 때, 아버지가 자리에 없을 때면 늘 내게 아버지와 닮지 않았으니 그의 자식일 리가 없다고 말했다. 내가 아버지의 신체적 특징을 전혀 닮지 않았음은 사실이었다. 하지만 여동생은 아버지를 닮았다. 그녀의 머리칼과 눈은 아버지와 똑같이 붉은색과 회색이었다. 피부도 아버지처럼 얇고 불그레했다. 머리카락과 같은 붉은색이 아닌, 어딘가의 흙빛 같은 다른 붉은색. 하지만 그녀에겐 아버지의 차분함이나 참을성이 없었다. 그녀는 전사처럼 걸었고 내면의 분노를 억누르지 못했다. 속내를 내보이지 않는 자질 역시 없었다. 제 마음에 떠오르는 생각을 모두 입 밖으로 내뱉어야 했고, 그래서 나를 볼 때마다 그녀는 내 존재가 자신에게 어떤 의미인지 즉각 알려 주곤 했다. 나는 결코 그녀를 증오하지 않았고, 오직 동정심만을 느꼈다. 그녀의 비극은 내 비극보다 더 컸다. 그녀의 어머니는 그녀를 사랑하지 않았지만 살아 있었고, 그녀는 매일 제 어머니를 보았으며, 매일 그 어머니는 딸에게 자신이 사랑받지 못하고 있음을 알려 주었다. 내 어머니는 죽었다. 아버지의 아내가 총애했던 아이는 자기 아들이었다. 그럼에도 더 사랑했던 것은 아니었는데, 그녀에게 사랑이란 불가능했기 때문이다. 그녀는 아들이 자신과 같지 않았으므로 총애했다. 여자가 아닌 남자였으므로. 이 아이는 제가 신체적으로나 정신적으로 아버지를 닮았다고 여겼고, 또 그렇게 생각하도록 부추김을 받았기에, 그를 두고 꼭 제 아버지처럼 걷는다거나 어떤 몸짓들이 아버지와 똑같다는 소리가 나오곤 했지만 전혀 사실이 아니었다. 정말로 그렇지 않았다. 분명 그는 아버지처럼 걸었고 아버지의 몸짓들을 보여 주긴 했으나, 실상 아버지의 걸음걸이는 본연의 것이 아니었고 몸짓들 역시 타고난 자기 것이 아니었다. 아버지는 스스로를 고안해 냈고, 상황에 맞춰 자신을 만들어 냈다. 그는 원하는 것이 있으면 스스로를 상황에 맞췄고, 적절한 모습을 만들어 냈다. 내 아버지라는 남자, 그의 아내와 아들의 눈에 비치고, 그의 아들이 그렇게 되기를 바라던 모습의 남자는 존재했으나, 그들이 보는 사람은 아버지의 욕망들과 욕구들이 표출된 어떤 것일 뿐이었다. 그들이 관찰하는 아버지의 자아란 그가 스스로를 위해 제작한 한 벌의 옷과 같았으며, 너무 오래도록 입고 있던 까닭에 결국 그것을 벗을 수 없게 되었고, 진정한 그의 모습을 완전히 덮어 버렸다. 그가 진실로 어떤 사람이었는지는 그 자신조차 알 수 없게 되었다. 내 아버지는 도둑이었고, 교도소장이었고, 거짓말쟁이였고, 약자를 이용했다. 그것이 그의 본모습이었다. 그는 평생토록 늘 그렇게 행동했지만 말년에는 교도소장도, 도둑도, 거짓말쟁이도, 비겁자도 — 그 모두가 그에겐 미지의 존재가 되었다. 그는 자신이 자유롭고 정직하고 용감한 사람이라고 믿었다. 그는 눈앞에 있어서

볼 수 있는 것, 태양의 따스함이나 하늘의 푸름을 진실이라
고 믿듯이 그렇게 믿었고, 그 무엇도 정반대의 현실이 진실
이라고 그를 설득시킬 수 없었다. 이 점은 그의 아내와 아들
이 알 만한, 혹은 알 수 있을 법한 일이 아니었고, 그리하여
그 아이는 처음부터 고통스러운 인생, 베낀 인생, 기원을 알
지 못하는 인생을 살았다. 남동생을 보면, 열한 살쯤 되었을
때 아버지의 옷차림을 그대로 따라서 하얀 리넨 정장을 입
고, 몹시 마르고, 몹시 창백하고, 제 어머니와 같은 검은 머
리칼을 억지로 두피에 찰싹 내리누른 모습을 보면, 마치 걸
음마를 갓 익힌 듯 어색하고 불안하게 걷는 모습을 보면, 그
가 교회로, 아버지가 사실은 믿지 않는 신을 — 왜냐하면
아버지는 어떤 신도 믿을 수 없었으므로 — 찬양하러 가
는 모습을 보면, 그가 자신이 알지 못하는 이 남자, 한 번도
그 행동들을 속속들이 살펴본 적 없는 남자와 똑같아지려
고 무진 애쓰는 모습을 보면, 내 안에서는 오직 연민과 슬픔
만이 솟아났다. 그리하여 그가 열아홉 살이 되기 전에 죽었
을 때, 나는 그 일을 비극이라 여기지 않았고, 그의 불행과
고문 같은 일생이 그토록 짧아서 차라리 다행이라고 생각했
다. 그의 죽음은 길고 고통스러웠으며, 알려지지 않은, 어쩌
면 알 수조차 없는 어떤 원인 때문에 일어났다. 그가 죽었을
때 그의 빈자리는 남지 않았고, 그의 어머니와 내 아버지의

비통함은 종종 미스터리하게, 아주 커다란 의문으로 다가왔는데, 그들이 애통해하는 이 아이, 이 사람의 삶이 그러했기 때문이다.

그리하여 나는 내가 살아가는 세상을 잘 알게 되었고, 아버지의 아내가 우리 사이에 쌓은 긴 침묵을 어떻게 해석해야 할지 깨달았다. 이따금 그 침묵 속에는 아무것도 없었다. 가끔씩 순수한 악이 가득했다. 어쩌다 그녀는 내가 죽는 모습을 보고 싶어 했고, 때때로 그녀는 내가 살아 있음을 전혀 신경 쓰지 않았다. 내가 죽기를 바라는 그녀의 바람은 반사적인 반응이었다. 그녀는 결코 나를 사랑한 적 없고, 애초부터 내가 살아 있는 모습을 결코 보고 싶어 하지 않았으니, 나를 볼 때, 정말로 나를 볼 때, 나를 바라보며 내가 누구인지를 깨달을 때 그녀는 내가 죽기를 바랄 수밖에 없었다. 하지만 나를 진짜 죽이려 했던 첫 번째 시도 — 내게 목걸이를 만들어서 선물해 주었고, 내가 그 목걸이를 그녀가 예뻐하는 개에게 선물함으로써 내게 겨냥된 죽음을 개에게 선사했을 때 — 이후, 그녀의 다른 시도들은 그다지 열성적이지 않았다. 아마 살아남으려 하는 내 욕망을 인식했기 때문이고, 다른 한편으로는 장차 위대한 인물이 될 아들의 어머니로서의 삶에 몰두하게 되었기 때문이다. 아들이 죽었을 때, 나는 더 이상 그녀의 집에 살지 않았고, 그녀의 시야에서 벗어났으며, 어쩌면 계속 살아 있다는 이유만으로 그녀가 복수하려고 들었을 나는 거기에 없었다.

어떤 인간을 유아기부터 관찰하며 누군가가 존재로 피어나는 과정을 보는 것, 마치 새로운 꽃봉오리가 처음에는 꽃잎 한 장씩 서로 포개져 단단히 말려 있다가 자연스레 느슨해지고 풀어지면서 꽃을 피우는 듯한, 그 개화의 생애는 지켜보기에 경탄할 만한 광경임이 틀림없다. 눈에, 입가에 경험이 축적되는 것, 무겁게 내리눌린 눈썹, 마음과 영혼의 무게, 허리와 가슴에 실팍하게 차오르는 살, 나이를 먹어서가 아니라 오로지 인생의 신중함으로 느릿해지는 발걸음 — 모두가 관찰하기에 놀라운, 지켜보기에 경이로운 광경이리라. 관찰하는 이, 지켜보는 이의 즐거움은 양쪽, 즉 관찰당하는 이와 관찰하는 이, 지켜보아지는 이와 지켜보는 이 사이의 보이지 않는 흐름 속에 자리하며, 이 보이지 않는 흐름 없이는 어떤 생도 완전하지 않고, 어떤 생도 진정으로 온전하지 않다고 나는 믿는다. 이 흐름은 여러 면에서 사랑의 정의이기도 하다. 누구도 나를 관찰하고 지켜보지 않았으니, 나는 스스로를 관찰하고 지켜보았다. 보이지 않는 흐름은 흘러 나갔다가 내게로 돌아왔다. 나는 도전적으로, 절망한 나머지 스스로를 사랑하게 되었는데, 그것 말고는 아무것도 없었기 때문이다. 그런 사랑도 괜찮지만, 그저 괜찮을 뿐 최고의 사랑은 아니다. 거기엔 너무 오랫동안 찬장에 두어서 변질된 듯한, 먹으면 배 속을 뒤집어 놓을 듯한 맛이 있다. 그것만으로도 괜찮기는 하겠지만, 단지 그 자리를 대신해 줄 다른 것이 전혀 없기 때문에 괜찮을 뿐 권장할 만한 일은 아니다.

그리하여 처음으로 짙고 붉은 월경혈을 보았을 때, 나는 놀라지 않았고 두렵지도 않았다. 나는 그런 얘기를 들은 적 없고, 예기치 못한 데다 고작 열두 살이었지만, 그 혈흔은 내 젊은 마음과 육체와 영혼에 운명이 실현되었다는 느낌을 주었다. 내가 늘 알고 있었으나 결코 의식적으로 인정한 적 없고, 말로 어떻게 표현해야 할지 몰랐던 것 말이다. 그 첫 경험 때 월경혈은 몹시 짙고 붉고 양이 많아서 어떤 징조나 일종의 경고, 상징이라 여기기란 도저히 불가능했다. 그것은 진정한 실체, 내 월경혈일 따름이었고, 나는 그 일이 일정한 간격을 두고 규칙적으로 일어나지 않는다면 내가 엄청난 곤경에 처하리라는 의미일 수밖에 없음을 즉각 알아챘다. 어쩌면 내 안의 어린아이가 결코 내게 아이를 허락할 만큼 잠잠해지지 않을 것임을 나는 그때 알았는지도 모른다. 나는 빵집 주인에게 밀가루 담는 자루 네 개를 사서, 세탁하고 뜨거운 햇볕에 말려 탈색시키는 오랜 과정을 통해 날염된 상표를 지운 다음 자루 하나당 네 개의 정사각형으로 나누었다. 그러고는 그것으로 가랑이에서 흘러나오는 피를 받아 냈다. 아버지의 아내는 내가 한 차례 일을 치르고 끝마치는 모습을 보더니, 내가 진정한 여자가 되면 자기는 이제 나를 경계해야 하리라고 말했다. 그때 나는 그것이 참으로 부적절한 말이라고 느꼈다. 어쨌든 나는 그녀에 대해서라면 여전히 경계를 세우고 있었으니 말이다. 내 몸의 구조와 몸 냄새가 변하기 시작한 것도 그 무렵이었다. 겨드랑이와 샅에 전에는 없던 억센 털이 돋았다. 엉덩이는 펑퍼짐해졌고, 가슴은 처음엔 두터워지다가 살짝 솟아오르더니 앙가슴에 깊은 골이 생겼다. 머리카락은 길고 부드럽게 자라서 굽이굽이 물결쳤으며, 입술은 좌우로 넓어지고 폭이 도톰해져서 납작한 하트 모양이 되었다. 나는 아버지의 집 쓰레기 틈에서 찾아낸 낡고 깨진 거울 조각으로 내 모습을 응시하곤 했다. 내가 변해 가는 광경은 두렵지 않았고, 결국엔 어떤 모습이 될지 궁금할 뿐이었다. 거울 안에서 나를 마주 보는 모습이 어떻든 완전히 내 마음에 들 것임에 한 치의 의심도 없었다. 비로소 내 겨드랑이와 샅에서 나는 냄새도 바뀌었는데, 이 변화는 내 마음에 들었다. 거기서 나는 냄새는 자극적이고 톡 쏘는 듯한, 마치 뭔가가 천천히 발효되고 있는 듯한 냄새였다. 혼자 있을 때면, 그때나 지금이나, 내 손은 거의 그 부위들을 떠나지 않았고, 사람들이 있는 자리에서라면 그 손은 늘 코언저리에 있었다. 그때나 지금이나, 나는 내 몸에서 나는 냄새를 무척 좋아한다.

열네 살 때, 나는 로조와 마호(Mahaut) 사이의 작은 마을, 매서커(Massacre)의 단출한 학교의 자원을 바닥냈다. 실로 나는 학교에서 가르칠 수 있는 것보다 더 많은 것을 알았다. 인생 첫 무렵부터 나는 내가 알아야 할 때가 된 일들을 때맞춰 알게 되리라는 사실을 느낄 수 있었고, 오래전부터 내가 세상일에 대한 스스로의 본능을 신뢰할 수 있음을, 혹시 곤란한 상황에 처하더라도 충분히 오래 생각하면 해결책을 찾아낼 것임을 알았다. 이런 식의 인생관에 한계가 있으리라는 점을 나는 알 수 없었지만, 어쨌거나 내 인생은 이미 작고 나름대로의 한계를 지니고 있었다.

또한 나는 결코 만날 일 없을 다양한 민족의 역사를 알았다. 그런 사실 자체는 낯선 역사를 몰라야 하는 이유가 되지 못한다. 다만 내가 결코 만날 일 없을 민족들 — 로마인, 갈리아인, 색슨족, 브리튼족, 영국인 — 의 역사에는 악의적인 의도가 숨어 있었다. 나로 하여금 모욕당하게 하고, 비천하게 하고, 하찮게 느끼게 하려는 의도가. 나를 겨냥한 이 악의를 알아보고 받아들이자, 나는 이 허영의 표현에 매혹되었다. 스스로의 이름과 스스로의 행위의 향기에는 도취의 효과가 있으며, 결코 지겹거나 지치게 하지 않는다. 그 자체가 영감이고, 회복이다. 그리고 또 나는 그 누구도 스스로에게 올바른 판결을 내릴 수 없음을 배웠다. 자신의 죄를 묘사하는 것은 자신의 죄를 용서하는 것이다. 악행을 고백하는 것은 동시에 자신을 용서하는 것이므로 결국 침묵만이 유일한 형태의 자기 징벌이다. 스스로의 침묵으로 만든 철장에 영원히 갇혀 사는 것, 그러다가 이따금, 어떤 지정된 존재가 토막토막 끊어졌거나 완전한 문장들로, 위반 사항들의 목록과 저질러진 악행을 몇 번이고 거듭해서 외치는 소리에 침묵이 깨지는 것.

열다섯 살 때 아버지가 아는 사람의 집에 나를 데려가기 전까지 나는 한 번도 로조에 가 본 적 없었다. 무슈 라바트, 무슈 자크 라바트, 씁쓸하고 달콤한 밤의 어둠 속에서 내가 잭이라 부르게 되는 남자였다. 그 역시 원칙 없이 사는 남자였고, 나는 그 점에 놀라지도 실망하지도 않았으며, 그 때문에 그를 더 좋아하거나 덜 좋아하게 되지도 않았다. 그와 내 아버지는 재정적으로 얽히면서 알게 된 사이였다. 그들은 서로를 친구라 불렀으나, 이 우정이 맺어진 기반의 취약함은 세상과 세상의 모든 물질적인 것들을 사랑하지 않는 이에게 슬픔만을 자아내리라. 그리고 로조는, 그때조차, 모든 현실적 상황이 너무나 끔찍해서 가장되고, 진짜 모습과 정반대인 다른 이름으로 불려야 했던 그때조차 도시(city)라 불리지 않았으며, 수도, 도미니카의 수도라고 일컬어졌다. 로조의 기반 역시 취약했으므로, 허리케인이나 갑자기 바다와 하늘이 뒤집힌 듯 하늘에서 쏟아지는 폭우에 종종 피해를 입었다. 로조는 도시라 불릴 수 없었는데, 거기에 걸맞은 웅장한 포부 — 무역과 문화와 사람들 사이에서 사상적 교류가 이루어지는 중심지, 흥미진진한 장소, 음모가 꾸며지고 많은 이들의 운명이 결정되는 장소 — 를 구현할 수 없었기 때문이다. 그곳은 도시 같은 장소가 아니라, 스스로의 행동 때문이든 완전히 결백하든 저마다 신세를 망친 사람들이 모이는 전초 기지, 중간역이었다. 그리고 그때에는 로조 같은 장소, 절망의 전초 기지가 많았다. 정복자와 정복당한 자 모두에게 이런 장소들은 절망의 수도에 불과했다. 이 점은 강제로 그런 곳에 붙들려 와서 살게 된 이들에게는 전혀 놀랄 일이 아니었으나, 그럼에도 이곳에는 어떤 아름다움이, 예상을 넘어서기에 황홀한 아름다움이 있었다. 그 아름다움은 집들이 지어진 방식에서 드러났다. 마치 일부러 잘못 지은 듯 작고 비뚤어진 집들은 빽빽하게 들어찬 채 모두 바싹 붙어 있었고, 빨강, 파랑, 초록, 노랑의 강렬한 색깔로 칠해지거나, 혹은 아예 칠을 바르지 않은 맨 나무가 풍상에 노출되면서 밝은 회색으로 변해 가고 있었다. 이런 집에는, 기진맥진해서 피부가 번들거리고 행복할 일이 있을 때조차 슬픈 얼굴을 한 사람들, 그들에게 역사란 텅 빈 어두운 방이었기에 침묵을 싫어하게 된 사람들이 살았다. 그리고 때로 부드러운 바람이 불고 때로 나무들의 고요함이, 때로는 저무는 해와 때로는 동트는 새벽이, 그리고 밤에만 피어나는 흰 백합의 달콤하고 메스꺼운 냄새가, 뭔가 죽은 것, 동물적인 것이 썩어 가는 달콤하고 메스꺼운 냄새가 있었다. 처음 보았을 때 이 아름다움은 ── 나는 한 번에 전부 본 것이 아니라 하나하나 차차 보았다. ── 살아 있다는 기쁨을 느끼게 했다. 새롭고 낯선, 익숙하지 않은 것을 보고 느끼는 이 기쁨을 나는 설명할 수 없었다. 훗날 아주 오랜 시간이 흘러, 이 모든 것이 나의 일부, 내 일상의 일부가 되자 그런 기쁨을 더는 느낄 수 없었으나, 나는 그 환희를 갈망하곤 했다. 다시 새로움을 느끼기 위해, 내 안에서 솟아오르는 기쁨의 샘을 느끼기 위해, 희망 가득한 기분을 느끼기 위해, 젊음을 다시금 느끼기 위해. 지금 나는 다시 생생함을 느끼고, 내가 결코 죽지 않으리라고 느끼기를 열망하지만, 그건 불가능하다. 열망할 수 있을 뿐, 다시는 그럴 수 없다.

아버지가 나를 자기 집과 아내가 있는 곳에서 떨어뜨려 놓은 지 한참 뒤에야, 나는 그가 그래야 하는 필요성을 깨닫게 되었음을 이해하게 되었다. 그가 내게서 어떤 점을 주목

했는지, 내게 혹은 나로부터 무엇을 원하는지 나는 전혀 몰랐다. 그 당시엔 나를 로조에 떼어 놓은 데에 어떤 목적이 있는 것 같았다. 그는 내가 학업을 이어 가길 바랐고, 언젠가 내가 교사가 되길 바랐고, 자기 딸이 학교 교사라고 말할 수 있길 바랐다. 내게도 나만의 포부가 있으리라는 생각은 그에게 떠오르지 않았고, 설혹 나만의 포부가 있었다 한들 사실 나 자신도 몰랐다. 그가 자기 집안의 분위기를 어떻게 느꼈을지 나는 알지 못했다. 내 얼굴에서 무엇을 보았는지 그는 결코 내게 말하지 않았다. 그러나 그는 나를 이 사업상 지인의 집에 데려다 놓고 그와 그 아내의 보살핌을 받게 했다. 나는 하숙생이었고, 스스로 비용을 지불했다. 숙식을 제공받는 대가로 자잘한 집안일을 했다. 나는 반대하지 않았고, 반대할 수 없었고, 반대하고 싶지 않았고, 그때 나는 대놓고 반대하는 법을 몰랐다.

내가 무슈와 마담을 만난 것은 오후, 무더운 오후였다. 그때 나는 그들을 그렇게 불렀다, 무슈, 마담이라고. 나는 부인 쪽을 먼저, 단둘이 만났다. 남편은 혼자서 집의 다른 부분에 있는 방에, 돈을 보관해 두고 몇 번이나 거듭 기꺼이 헤아려 보는 방에 있었다. 그가 세상의 모든 돈을 가진 건 아니었다. 처음 마담 라바트를 만났을 때, 그녀는 근사한 집의 문간에, 정면 현관 문간에 서 있었고, 깔끔하고 멋진 마당에는

꽃과 보기 좋게 늘어선 돌무더기가 가득했다. 그녀의 양옆
에는 더위 속에서 한 점 움직임 없는 푸른 꽃들을 피운 커다
란 플럼바고 두 무더기가 있었다. 그녀는 꽃과 잎사귀 무늬
의 자수로 장식된 올이 굵은 천으로 만든 하얀 드레스를 입
고 있었다. 내가 그 점에 주목한 까닭은, 그런 옷은 일요일에
마호 사람들이 교회에 갈 때에나 입는 드레스였기 때문이다.
그녀의 드레스는 닳은 데 없고 깨끗했다. 유행에 맞지 않게
헐렁하게 재단되어서 입음새가 그리 좋지 않았는데, 마치 자
기 몸에는 이제 아무런 관심도 없다는 듯한 태도였다. 아버
지가 그녀에게 말을 걸고, 그녀가 아버지에게 말을 하고, 나
에게 말을 건넸다. 그녀가 나를 보고, 내가 그녀를 보았다.
서로를 평가하려고 훑어본 것은 아니었다. 그녀가 내 눈에서
무엇을 보았는지는 모르지만, 지금의 나는 그때의 내가 직감
적인 동정심을 느꼈다고 말할 수 있다. 왜 동정심인지, 왜 그
반대의 감정이 아닌지는 알지 못했으나, 어쨌든 내게 든 감
정은 동정심이었다. 어쩌면 그녀가 아주 간절히, 너무나 원하
던 것을 얻은 사람처럼 보였기 때문인지도 모른다.

그녀는 매우 절실하게 무슈 라바트와 결혼하길 원했었다.
그 집 세탁을 해 주러 매일 찾아오는 여자에게서 그 이야기
를 들었다. 필사적으로 남자와 결혼하길 원하는 것은 ─ 나
는 알게 되었는데 ─ 여자들의 실수가 아니라, 다만 뭐랄까,

그것 말고 여자로서 할 수 있는 일이 달리 무엇이 남았겠는가? 왜 그녀가 그와 결혼하길 원했는지까지는 듣지 못했다. 나는 추측해 보았다. 그의 육체는 강인했고, 그녀는 그의 강인한 육체에, 강인한 손에, 강인한 입에 이끌렸다고. 그의 입은 크고 폭이 넓었으며, 그가 그녀에게 키스할 때마다 틀림없이 그녀의 입을 온통 덮었으리라. 나에게 키스할 때면 그 입은 내 입을 집어삼켰다. 그들이 처음 만났을 때에는 그녀도 허약한 여자가 아니었고, 허약해진 것은 그 이후였다. 그가 그녀의 기력을 쇠하게 했다. 처음 만났을 때, 그는 그녀와 결혼할 생각이 없었다. 그는 어떤 여자와도 결혼할 생각이 없었다. 여자들은 그의 아이를 가졌고, 그 아이가 사내아이라면 그의 온전한 이름을 물려받았으나, 그는 결코 아이의 어머니들과 결혼하지 않았다. 마담 라바트는 방법을 찾았다. 그에게 자기 월경혈로 만든 음식을 먹였고, 그것이 그를 그녀에게 묶어 두었는지 마침내 둘은 결혼했다. 시간이 지나자 주술은 풀렸고, 다시 힘을 발휘할 수 없었다. 그는 그녀에게 덤벼들어, ── 분노에 차서 그런 것은 아니었는데, 그는 자기에게 놓인 덫을 알아채지 못했기 때문이다. ── 다리 사이에 달린 무기의 힘으로 그녀에게 덤벼들어서 그녀를 쇠하게 했다. 그녀의 머리칼은 회색이었는데, 나이 때문은 아니었다. 그녀의 다른 많은 부분이 그렇듯 머리칼은 그저 생기를 잃은 채 진정한 생명이라곤 전혀 없이 머리 위에 얹혀 있었으며, 양손은 옆구리에 축 늘어져 있었다. 젊었을 때 그녀는, 모든 이들이 젊을 때 무척 아름답듯이 그녀 역시 아름다웠으나, 그때 벌써 그녀의 얼굴에는 실제로 되어 버리고 말 모습이 떠올라 있었다. 패배한 자. 패배는 아름답지 않다. 추하지는 않지만, 아름답지도 않다. 그때 나는 젊었다. 나는 젊었고, 알지 못했다. 그녀를 보면서 동정심을 느꼈을 때 나는 반감도 느꼈다. 나는 생각했다, 내겐 결코 이런 일이 일어나선 안 돼. 시간의 흐름이나 욕망의 전적인 무게가 나를 노리개로 삼도록 가만있지 않겠다는 의미였다. 나는 젊었고, 너무나 젊었고, 내 신념들을 강하게 느꼈다. 스스로 강인하다고 느꼈고, 언제까지나 그러리라고 느꼈고, 새롭다고 느꼈으며 역시 언제까지나 그러리라고 느꼈다. 그리고 그때 내가 입고 있던 옷은 너무 작았으므로 가슴이 블라우스에 꽉 껴서 도드라졌고, 머리카락은 어깨에 닿아서 스스로를 어루만지며 내면의 전율을 일으켰고, 다리는 뜨겁고 그 사이에는 촉촉함이, 달콤하고 냄새 나는 끈적거림이 있었다. 나는 살아 있었다. 내 앞에 있는 것은 살아 있지 않은 여자임을 알아볼 수 있었다. 나는 위험을 감지하고 재빨리 방어 태세를 취한 것이나 마찬가지였다. 나는 장차 그렇게 될지도 모르는 존재를 보고, 너무 이르게 그 반대의 존재가 되었다.

그녀는 나를 좋아했다. 이 여자는 나를 좋아했다. 남편도 나를 좋아했다. 그가 나를 좋아한다는 사실이 그녀를 기쁘게 했다. 그가 아버지와 내게 인사하려고 돈을 보관하는 방에서 나왔을 때, 이미 마담 라바트는 내게 자기 집처럼 편히 지내라고, 자신을 친어머니처럼 여겨 달라고, 자기 곁에서는 언제나 안전하리라고 말한 뒤였다. 그런 말이, 여자가 내게 하는 그런 말을 듣는 일이 내게 어떤 의미인지 그녀로서는 알 도리가 없었다. 물론 나는 그 말을 믿지 않았고, 스스로를 속이지도 않았지만, 그렇게 말했을 때 그녀가 진심이었다는 것, 정말로 마음에서 우러나온 말이었음을 알았다. 나는 그녀가 무척 좋았다. 더 이상 자신이 획득한 상과 패배와 더불어 홀로가 아니게 된, 내 존재에 너무나 고마워하는, 자기 옛 모습의 그림자에 불과한 그녀가 좋았다. 그는 내게 바로 말을 걸지는 않았다. 아버지가 머물게 해 달라고 청한 것이 나든, 다른 누구든 그는 상관하지 않았다. 그는 내 아버지의 조용한 탐욕을 좋아했고, 아버지는 그의 단순한 탐욕을 좋아했다. 그들은 서로 어울리는 맞수였다. 누구라도 언제든 상대를 배신할 수 있었고, 그때 벌써 그랬는지도 모른다. 무슈 라바트는 이미 부유한, 내 아버지보다 부유한 사람이었다. 그는 좋은 연줄이 많았다. 사랑 때문에 가난한 카리브 여자와 결혼하느라 시간을 낭비하지 않았던 것이다.

나는 이 집 주방에 붙은 방 하나를 차지하고 살았다. 주방은 본채의 일부가 아니었다. 나는 아버지의 아내가 끝없이 가하던 위협이 사라졌음을 즐겼다. 인생의 막중한 짐을 느끼면서도 말이다, 짧았던 과거와 알 수 없는 미래를. 나는 아버지에게 자유로이 편지를 쓸 수 있었다. 단순한 진실들이 담긴 편지였다. 로조에서는 날이 마호보다 짧게 느껴지고, 로조의 밤은 마호의 밤보다 더운 것 같아요. 마담 라바트는 제게 너무나 친절하세요, 제가 좋아하는 생선 부위를 특별히 저를 위해 남겨 주시죠. 내가 좋아하는 생선 부위는 머리였는데, 이 점은 아버지가 알지 못했을 사실이고, 알고 싶어 하리라 믿을 이유도 없는 사실이었다. 나는 두려움 없이 이런 편지들을 보냈다. 직접 답장을 받은 적은 한 번도 없었다. 아버지는 무슈 라바트에게 보내는 편지에 내게 전하는 말을 적었다. 언제나 내가 착하게 잘 지내기를 바라면서 내 건강을 빌었다.

마담 라바트와 나의 깊은 우정 — 그것은 우정이었으며, 아마 내가 처음으로 유일하게 느낀 우정이었기에 — 은 계속 자라났다. 그녀는 언제나 혼자였다. 남들과 같이 있을 때조차 그녀는 혼자였다. 베란다에 앉아 바느질을 하거나 그저 멍하니 눈앞의 풍경을 바라보면서 그녀는 자기가 나를 옆에 앉혔다고 생각했지만 아니었다. 나는 그녀 옆에 앉고 싶었다. 이 새로운 경험, 기대와 욕망이 가득한 침묵의 경험을 나는 즐기고 있었다. 그녀가 내게서 뭔가 원하고 있음을 나는 알 수 있었고, 그 순간이 오기를, 그녀가 원하는 것이 무엇인지 알게 될 순간이 오기를 고대했다. 내가 그것을 거절하리라는 생각은 단 한 순간도 들지 않았다. 어느 날, 그녀는 느닷없이 내게 이제 입지 않는 아름다운 드레스를 주었다. 여전히 잘 맞았지만 더 이상 입지 않는 옷이었다. 드레스를 입어 보면서 내겐 그녀의 생각이 들려왔다. 그녀는 자신의 청춘을, 내게 준 드레스를 처음 입었을 때의 스스로를, 그때 원했고 끝내 얻지 못한 것들을, 자기 일생의 얄팍함을 생각하고 있었다. 이 모든 생각이 우리가 있는 방, 그녀가 남편과 함께 자는 침대가 있는 방을 채웠다. 내 생각이 거기에 답했다. 당신은 어리석었어요. 이런 일이 일어나게 두지 말았어야죠. 당신 잘못이에요. 나는 무자비했고, 내 비난들이 느릿하게 용솟음치며 머릿속을 가득 채웠다. 나는 끝내 기절할 것 같은 지경에 이르렀다가, 천천히 이런 생각이 떠오르며 기절을 모면했다. 그녀는 나를 남편에게 선물로 주고 싶은 거야, 나를 그에게 주길 원하고, 내가 마다하지 않기를 바라는 거야. 나는 그 방에서 그녀 앞에 서 있었고, 옷을 벗었다가 입었다가 알몸이었다가 옷을 걸쳤는데, 내가 느낀 취약성은 육체가 아닌 정신, 영혼의 취약성이었다. 누군가와 그토록 밀접하게 소통하는 것, 침묵으로 말을 건네받으면서도 목소리를 최대한 쥐어짜서 고함칠 때보다 더 똑똑히 이해하는 것은 내가 살면서 결코 누구와도 겪어 보지 못한 경험이었다. 나는 그녀에게 드레스를 받았다. 나는 그것을 입지 않았고, 결코 입지 않을 작정이었다. 그저 받아서 한동안 보관해 두었다.

필연적인 일이 그저 필연적이라는 이유만으로 덜 충격적이지는 않다. 어느 날 늦은 시각, 나는 집 뒤 그늘진 작은 장소에, 꽃이 심겨 있지만 그다지 정성껏 돌보지 않아서 정원이라 할 수 없는 상소에 앉아 있있다. 태양은 아직 완전히 저물지 않았다. 낮의 피조물들은 고요하고, 밤의 피조물들 역시 아직 제 목소리를 되찾지 못한 그런 순간이었다. 하루 중 잃어버린 모든 것들이 마음을 가장 무겁게 하는 그 시간이었다. 어머니를 잃었다면 어머니, 집을 잃었다면 집, 당신을 사랑했을지도 모르거나 사랑해 주길 바랐던 사람들의 목소리, 뭔가 좋은 일, 잊을 수 없는 일이 일어났던 장소들. 그런 갈망과 상실의 감정들은 그때의 빛 속에서 가장 벅차다. 낮이 거의 저물고, 밤이 거의 시작되었다. 속옷이 불편하다고 여겼기에 나는 속옷을 입지 않았고, 거기 앉아서 때로는 멍하니, 때로는 목적을 띠고 내 몸의 여러 부위를 만졌다. 왼손 손가락으로 샅의 무성한 작은 덤불을 쓸며 그때까지 살아온 십오 년의 인생을 생각하다가, 나는 무슈 라바트가 멀지 않은 곳에서 나를 쳐다보고 있음을 보았다. 그는 당황해서 자리를 뜨지 않았고 나도 당황한 채 달아나지 않았다. 우리는 각자 서로의 시선을 버텼다. 나는 가랑이에서 손가락을 빼낸 뒤 얼굴로 가져갔다. 내 냄새를 맡고 싶었다. 하루가 저물 무렵이라, 내 냄새는 제법 강렬했다. 내가 가랑이에 손을 집어넣으며 내 냄새를 즐기는 동안 무슈 라바트가 나를 바라보는 장면은 어둠이 으레 그렇듯 갑작스레 땅거미 질 때까지 계속되었고, 그래서 그가 내게 다가와 옷을 벗으라고 시켰을 때 나는 제법 확신에 차서, 내가 원하는 바를 똑똑히 아는 채로, 너무 어두워서 보이지 않는다고 말했다. 그는 나를 돈 세는 방, 그가 가진 돈의 일부에 불과한 돈을 헤아리는 방으로 데려갔다. 어두운 방이었으므로 그는 늘 작은 등불을 밝혀 두었다. 나는 옷을 벗었고 그도 옷을 벗었다. 그는 내가 처음으로 벗은 몸을 본 남자였고 나는 그의 몸에 놀랐다. 남자를 갈망의 대상이게 하는 것은 그의 몸이 아니며, 설렘은 그의 몸이 내 몸에 닿았을 때 어떤 기분을 불러일으킬지 상상하는 데에서, 그의 몸이 어떤 기분을 전해 줄지 기대하는 데에서 온다. 그러다가 현실은 기대를 뛰어넘고 세상은 완전함을, 전류가 흐르는 완전함을, 순수한 쾌락의 전류가 흐르는 완전함을 갖추게 된다. 그러나 처음 그를 보았을 때 그가 양손을 옆으로 늘어뜨리고, 아직 내 머리를 애무하기 전, 아직 내 안에 들어오기 전, 자그마하게 봉긋한 내 가슴을 자기 입으로 가져가기 전, 혀를 더 깊이 넣기 위해 내 입을 벌리기 전에, 축 늘어져 겹친 뱃살, 다리 사이에서 꼿꼿해지는 살덩이를 보았을 때, 나는 거기 그렇게 혼자 서 있는 그가 얼마나 흉한지를 깨닫고 놀랐다. 나를 설레게 한 것은 기대였고, 나를 사로잡은 것 역시 기대였다. 그래서 내 안으로 들어오는 그의 힘이, 필연적인 일이었음에도 여전히 충격으로 다가왔고, 길고 날카로운 고통이 이어지다가 다시 길고 날카로운 쾌락이 내게 물결처럼 넓게 밀려들었다. 그가 내 안을 매번 꿰뚫을 때마다 나는 동일한 신음을, 슬픔의 신음을 내뱉었는데, 그 소리를 실제와 다른 뭔가로 탈바꿈시키지 않고서는 내가 이전과 같은 사람일 수 없었기 때문이다. 그는 사랑할 줄 모르는 남자였고, 내게 그래야 할 필요도 없었다. 그가 내게서 끝을 보고 내가 그에게서 끝을 보자, 그는 내 몸 위에 누워 다른 일에 정신이 팔린 채 무심하게 숨을 쉬었다. 그의 등 뒤의 작은 선반에 그가 앞면을 향하게끔 줄지어 둔 많은 동전들이 보였다. 동전들은 왕의 얼굴을 담고 있었다.

내가 잠자는 방, 흙바닥으로 된 방에서 나는 작은 양철 대야에 물을 담아 다리 사이와 안쪽 아랫부분에 얇게 말라붙은 피를 씻었다. 이 피는 내게 미스터리가 아니었고, 나는 그 피가 왜 났는지 알았고, 내게 방금 무슨 일이 일어났는지 알았다. 나는 내 모습이 어떻게 보이는지 보고 싶었지만 볼 수 없었다. 나는 몸을 만져 보았다. 피부는 마치 방금 기름을 바르고 새롭게 단장한 듯 매끄러웠다. 다리 사이가 아프고, 가슴이 아프고, 입술이 아프고, 손목이 아팠다. 그가 내 손길을 원하지 않을 때면, 그는 큰 손으로 내 손목을 덮고서 바닥에 내리눌렀다. 내 신음 소리가 거슬리면, 그는 입으로 내 입술을 꽉 다물렸다. 온몸의 아픈 부위들을 통해서 나는 금방 경험한 진한 쾌락을 다시 체험했다. 다음 날 아침 눈을 떴을 때, 나는 전혀 잔 것 같지 않았다. 그저 의식을 잃었다가 쾌락의 아픔이 중단되었던 곳에서 다시 깨어난 기분이었다.

밤새 비가, 폭우를 넘어서는 비가 내렸고, 아침에도, 아침이 지나고 오후에도 비는 멎지 않았다. 비는 여러 날 동안 멎지 않았다. 비가 너무나 거세고 오래도록 내렸기에 세상의 얼굴과 운명을, 전초 기지 로조의 세상을 바꿔 놓을 만한 힘을 지닌 것 같았고, 그래서 비가 멎은 뒤에는 그 무엇도 이전 그대로 남아 있지 않을 것 같았다. 우리가 걸어 다니는 땅바닥도, 말다툼의 결과마저도. 하지만 그렇지 않았다. 비가 멈추자 물은 개울이 되었고, 개울은 강으로 흘러갔고, 강은 바다로 나아갔다. 나는 격변하고 있었다. 나는 이전 그대로 남아 있지 않을 터였고, 스스로도 알 수 있었다. 점잖은 것, 예측 가능한 것 — 그런 것은 내 운명일 수 없었다.

비가 내리는 며칠 동안 나는 밤낮으로 내 일상을 유지할 수 없었다. 내가 먹을 아침 식사를 만들고, 마담과 무슈가 거하는 본채에서 몇 가지 집안일을 하고, 전부 여자 학생뿐인 학교로 걸어가서 그 애들과 유치하게 어울리기를 피하고, 집으로 돌아와서는 마담의 심부름을 하고, 다시 집으로 돌아오고, 집안일을 더 하고, 내 옷을 빨고, 내 몸과 내 일들을 챙기는 일상을. 나는 그런 일들을 아무것도 할 수 없었다. 비 때문에 불가능했다.

나는 폭우 속의 작은 모형 한가운데에 서 있었다. 그 비는 내 방의 양철 지붕에서 내렸다. 동일한 감각들이 있었다. 나는 아직 거기에 익숙하지 않았지만 비는 친숙했다. 문 두드리는 소리, 부르는 소리, 문이 흔들리며 열렸다. 그녀가 나를 구하러 왔다. 축축한 날씨 속에 내가 얼마나 괴로울지 알았고, 주방에 있으면서 이 예기치 못한 폭우, 과도한 호우로 내가 괴로워하는 소리를 들을 수 있었다. 내가 그 속에 혼자 있으면 틀림없이 힘들 테고, 그렇게 내가 괴로워하는 소리가 그녀에게 들렸다. 그러나 나는 만족감을 되새기며 가벼운 한숨을 내쉬었을 뿐 아무런 소리도 내지 않았다. 그녀는 나를 본채로 데려갔다. 내게 커피를 만들어 주었는데, 커피는 뜨겁고 진했고, 그녀 남편이 집 근처에서 키우는 암소 몇 마리에게서 그날 구해 온 신선한 우유가 들어 있었다. 그는 지금 집에 없었다. 왔다가 나가 버렸다. 나는 그녀와 함께 낮을 지냈다. 그와 함께 밤을 보냈다. 언어로 정해진 약속은 아니었다. 그런 것은 말로 맺어질 수 없었다. 그날 그녀는 내게 그의 커피를 준비하는 방법을 알려 주었다. 그는 누가 커피에 뭔가를 넣더라도 도저히 알아챌 수 없을 만큼 아주 진한 커피를 즐겼다. 그녀가 이렇게 말했다. "맛이 너무 진해서 그 안에 뭘 넣더라도 그는 눈치채지 못할 거야." 우리끼리 있을 때면 우리는 서로 프랑스어 방언으로 얘기했다. 사로잡힌 자들, 적법하지 못한 자들의 언어로. 우리는 우리가 무슨 짓을 하고 있는지 전혀 얘기하지 않았고, 오래 얘기하지도 않았으며, 앞에 놓인 것들에 대해 얘기하다가 이내 조용해졌다. 침묵이 커피 만드는 방법을 일러 주는 설명에 앞섰고, 설명 뒤에도 침묵이 따랐다. 나는 그녀에게 말하지 않았다. 나는 그에게 커피를 만들어 주고 싶지 않다고, 절대로 그에게 커피를 만들어 주지 않으리라고, 나는 그 남자에게 커피 만들어 주는 법을 배울 필요가 없으며, 어떤 남자도 내 손으로 만든 커피를 마실 일은 없으리라고! 나는 이 말을 하지 않았다. 그녀는 내 머리를 감기고 쐐기풀을 우린 물로 헹

귀 주었다. 풍성한 숱에 감탄하며 다정하게 내 머리를 빗질하고, 두피에 직접 낸 아주까리기름을 발라 주었다. 내가 늘하던 대로 머리카락을 두 갈래로 땋아 주었다. 그런 다음 나를 목욕시키고, 젊었을 때 입었던 다른 드레스를 입으라며건네주었다. 그 드레스는 내게 딱 맞았지만, 입고 있으니 너무나 불편했기에 당장 그 옷을 벗고 다시 내 옷을 입고 싶어서 안달이 났다.

우리는 두 개의 의자에 앉아 서로 마주 보지 않고, 말없이 이야기하며 생각을 나눴다. 그녀는 내게 자기 인생을, 수영하러 갔을 때의 이야기를 했다. 일요일이었고, 그녀는 교회에 다녀와서 수영하러 갔다가 거의 빠져 죽을 뻔했고, 여러 해가 지난 오늘날까지도 다시는 수영하지 않는다고. 그사건은 그녀가 소녀였을 때 일어났다. 지금 그녀는 절대 바닷물에 들어가지 않고 그저 보기만 한다. 그리고 나의 말없는 질문, 바다를 볼 때면 지금 그 영원함의 일부가 아니라서 아쉽지 않느냐는 질문에 그녀는 대답하지 않았고, 대답할 수 없었는데, 너무나 많은 슬픔이 그녀의 생을 짓눌러 왔다. 무슈 라바트를 만난 순간 — 그때 그녀는 그를 무슈 라바트라 불렀고, 이후에는 잭이라 불렀고, 지금은 '그이'라 부른다. — 그녀는 그를 소유하고 싶었다. 그녀는 그날이 무슨빛깔이었는지 기억할 수 없다. 그는 그녀에게 관심을 두지 않았고, 그녀를 소유하고 싶은 마음 역시 없었다. 그의 팔과 그의 입술은 강인하고, 아무 데도 가지 않을 때조차 그는 목적 있게 걸었다. 그녀는 그에게 주문을 걸어 자신에게 묶었고, 나무를 접붙이듯 그에게 접목되기를 원했다. 그녀는 자연스럽지 않은 것들의 세상에서 시작했다. 그리고 자연스러운 것들의 세상에서 끝맺기를 소망했다. 그녀는 그를 가지기만을 원했다. 그는 소유되지 않으려 했고, 누군가에게 차지당하지 않으려 했다. 결코 갖지 못할 것을 원하면서 너무 늦게야 절대 갖지 못하리라는 사실을 깨닫는 일은 슬픔에 짓눌린 생이다. 그녀는 아이를 원했으나, 그녀의 자궁은 거름망 같았다. 아이를 품지 않으려 했고, 급기야 아무것도 품지 않으려 했다. 자궁은 그녀 안에 쭈그러든 채 들어 있었다. 어쩌면 그녀의 얼굴도 그 점을 반영하고 있는지 모른다. 과즙을 몽땅 잃은 과일처럼 쭈글쭈글하고 말라붙은. 내가 내 젊음을 귀하게 여기고, 그녀 옆의 의자에 앉아 있는 나라는 새로움을 소중히 여겼느냐고? 그렇지 않았다. 어떻게 그럴 수 있었겠는가? 나의 상실 목록에 젊음은 기입되어 있지 않았다. 나의 상실 목록에는 내 어머니가 있었고, 사랑은 아직 상실 목록에 없었다. 나는 그때까지 사랑받은 적이 없었다. 그녀가 내 머리를 빗질하던 방식이 사랑의 표현이었는지 나로서는 알 수 없었다. 그녀가 다정하게 나를 목욕시켜 주던 방식, 천 조각으로 내 가슴 위를, 다리 앞뒤 사이를, 허벅지 아래, 종아리 아래를 쓸어 주던 것이 사랑이었는지, 역시 나로서는 알 수 없었다. 내 몸이 젖었을 때 마르기를 원하는 것, 배고플 때 먹이기를 원하는 것이 사랑인지 알 수 없었다. 나는 사랑받아 본 적 없었고, 사랑은 내 획득 목록에 없었으니 상실 목록에도 들어갈 수 없었다. 비가 내렸고 우리에겐 더 이상 그 소리가 들리지 않았다. 그 부재만이, 침묵으로 차 있으나 말이 들끓는 내 낮들이, 고통과 쾌락의 부드럽고 요란한 한숨으로 가득한 내 밤들이 들렸다. 나는 그의 이름을, 잭을, 때로는 별칭처럼, 때로는 기도처럼 부르짖곤 했다. 우리가 셋이서 있었던 적은 한 번도 없었다. 그녀는 한 방에서 그를 만나고, 나는 다른 방에서 그를 만났다. 그는 결코, 침묵 속에서도 내게 말을 걸지 않았다. 그는 자신이 잘 아는 방식대로 행동하는 것이었고, 나는 내 느낌을 따르며 본능에서 우러나는 대로 행동하고 있었다. 내가 받은 느낌, 내가 따르는 본능은 모두 내게 새로웠다. 그녀는 우리가 내는 소리를 들었다. 결코 자신이 그 소리를 들었음을, 또 우리 소리가 들렸음을 내게 알리지 않았다. 그녀는 아이를 원했고, 아이들을 원했다. 내게는 그녀가 그렇게 말하는 소리가 들렸다. 나는 아이가 아니었고, 더 이상 아이가 될 수 없었다. 그녀에게 나의 그 말이 들렸다. 그녀는 다시금 내게 뭔가를, 내가 가질지도 모르는 아이를 원했다. 나는 그 말이 들렸음을 그녀가 알아채지 않도록 했고, 그녀가 품었을 그 환상, 내 안의 아이, 결국 그녀 품 안에 안길 아이의 환상이 마치 유령처럼, 특별한 존재에게만 보이는 듯 맴돌았다. 누구의 눈에나 보이지는 않고 내 눈에만 보였지만, 나는 한사코 보지 않으려 했고, 그것은, 배 속에 아이를 품은 나의 유령은 물러났다가 돌아오곤 했다. 나는 거기서 등을 돌렸다. 내 귀는 그것에게 닫히고, 내 심장도 뛰지 않으려 했다. 그녀는 인생의 여러 시기, 행복했을 때와 불행했을 때로부터 남겨 둔 아름답고 오래된 옷들로 내게 옷을 지어 주고 있었다. 그건 추억들로 만들어진 수의였다. 그 옷의 솔기들, 그 많은 솔기에 나를 엮어 넣길 그녀가 얼마나 바랐는지. 얼마나 열심히 애썼는지. 하지만 바늘이 골무에 부딪치는 소리가 한 번 날 때마다 나는 탈출했다. 그녀의 좌절감과 나의 만족감은 각자 손에 잡힐 듯 생생했다.

다시 여자 학생으로 돌아가기란 불가능했으나, 나는 그 점을 바로 알아차리지 못했다. 기후는 그대로였고, 날씨는 변했다. 무슈는 집을 비웠다. 나는 한동안 돈 세는 방을 보지 않았다. 방의 네 구석과 각 모서리에 그는 파딩 동전을 작은 무더기로 놔두었다. 탁자에는 각 무더기 위에 더 많은 동전들을, 실링과 플로린 동전들을 쌓아 두었다. 온 방 안에

동전 더미가 하도 많아서 등불을 밝히면 동전 때문에 방이
더 환해졌다. 밤중에 잠에서 깨면 그가 몇 번이고 거듭해서
돈을 세는 모습이 보이곤 했다. 마치 얼마나 많이 가지고 있
는지 정확히 모르는 듯, 혹은 헤아릴수록 그 액수가 달라지
기라도 하는 양. 그는 약간의 돈조차 결코 내게 권하지 않았
고, 내가 원하지 않음을 알았고, 나도 내가 전혀 원하지 않
는다는 사실을 알았다. 그 방은 춥지도 덥지도 숨 막히지도
않았으나, 이상적인 장소 역시 아니었다. 나는 남은 평생을
그 방 안에서 보내고 싶지 않았다. 그런 방을 소유한 사람
과 남은 평생을 보내고 싶지 않았다. 그가 집을 비울 때면,
나는 주방에 붙은 내 방의 흙바닥에서 밤을 보냈다. 낮 동
안은 학교에서 보냈다. 내가 받는 교육은 배우면 얻게 되리
라던 만족감을 안겨 주지 못했다. 대답 없는 질문들로 나를
채우고, 분노로 나를 채웠을 뿐이었다. 나는 그 교육의 결과
를 좋아할 수 없었다. 스스로의 피부마저 대신할 영속적인
굴욕을. 그리고 스스로의 이름조차, 그것이 어떤 이름이든,
궁극적으로는 진정한 자신으로 이어지는 관문이 아니었고,
스스로에게 "내 이름은 수엘라 클로데트 데바리외다."라고
말할 수 없었다. 이는 내 어머니의 이름이었지만, 그것이 어
머니의 진짜 이름이었다고는 말할 수 없다. 왜냐하면 어머니
의 삶과 같은 인생에서, 내 경우도 마찬가지지만, 진짜 이름

이란 무엇인가? 내 이름은 어머니와 같은 수엘라 클로데트고, 데바리외 대신 아버지의 성인 리처드슨이 붙는다. 하지만 클로데트, 데바리외, 리처드슨이라는 이 사람들은 누구인가? 그것을 들여다보고, 또 바라보고 있으면 절망이 가득해질 따름이며, 굴욕으로 자기혐오에 취하게 될 뿐이다. 한 사람의 이름은 동시에 개괄되고 축약된 자신의 역사인데, 그 이름을 선언함으로써 그 사람은 자신을 높거나 낮게 평가하고, 듣는 이 역시 선언한 사람을 높거나 낮게 평가하기 때문이다.

내 어머니는 태어난 지 아마 하루쯤 되었을 때 생모로 추정되는 여자의 손에 의해 어느 수녀원 문밖에 놓였다. 깨끗하고 낡은 천에 감싸여 있었고, 그 천에 '수엘라'라는 이름이 쓰여 있었다. 그 이름은 식물에서 추출한 염료인 인디고색 잉크로 쓰여 있었다. 어머니는 울지 않았기에 발견되지 않았다. 신생아였을 때조차 그녀는 자신에게 주목을 끌지 않았다. 한 여자, 얼마 남지 않은, 사라져 가는 사람들의 삶을 한층 더 짓밟고 있던 수녀가 어머니를 발견했다. 수녀의 이름은 클로데트 데바리외였다. 그녀는 어머니에게 자기 이름을 따 붙이고, 자신의 이름으로 불렀다. 수엘라라는 이름이 어떻게 살아남았는지는 알 수 없으나, 내가 태어난 직후 어머니가 죽자 아버지는 그 이름을 내게 주었다. 아버지는 어머니를 사랑했었다. 그때의 감상적이고 다정했던 그의 모습이 얼마나 살아남아 있는지 나는 알지 못한다.

　내 인생의 이 순간은 목가적이었다. 낮 동안은 나와 동성인 다른 학생들과 함께 넓은 교실에서 순진한 처녀 시절의 평화와 만족을 누렸다. 학생은 모두 정식 결혼한 부모의 소생이었는데, 존 웨슬리를 추종하는 선교사들이 세운 이 학교는 혼외 자녀의 입학을 받지 않았기 때문이다. 다른 무엇보다도 바로 그 점 때문에 학교는 매우 소규모일 수밖에 없었는데, 대부분의 아이들이 혼외 관계에서 태어났기 때문이다. 나는 매일 이 여자 학생들의 기이코 피폐한, 결국 쓰라린, 생기 없이 웅웅거리는 목소리에 둘러싸여 있었다. 이미 불안과 수치심의 원천인 그들의 몸은 올 굵은 면으로 된 푸른 부대 자루에, 교복에 가려져 있었다. 그리고 다시 침묵과 한숨의 밤들. 모든 것이 목가적이었고, 그럼에도 나는 그 끝을 볼 수 있었다. 그 끝이 어떻게, 혹은 언제 올지는 알 수 없었으나 그럼에도 내게는 보였고, 그런 생각을 하더라도 겁나지 않았다.

　어느 날 나는 몹시 아팠다. 나는 아이를 가졌으나 그 사실을 몰랐다. 아이를 가진 상태의 징후에 대해서는 아는 바가 전혀 없었으므로 내게 무슨 일이 일어났는지 즉시 알아차리지 못했다. 내 상태가 어떤지 말해 준 이는 리즈였다.

나는 평생 먹은 것을 죄다 토해 낸 참이었고 곧 죽으리라 여기며 그녀의 이름을 불렀다. "리즈", 마담 라바트가 아니라 리즈라고 불렀다. 그녀는 나를 자기 침대에 눕히고, 그 옆에 누워서 나를 품에 안았다. 그녀는 내가 "아이를 가졌다."라고 말했다. 그녀는 그 말을 영어로 했다. 목소리에는 다정함과 동정심이 어려 있었고, 그녀는 내가 아이를 가졌다는 말을 몇 번이나 되풀이하더니, 사뭇 행복한 기색을 보이며 내머리칼을 어루만지고 손등으로 내 뺨을 쓸어 주었다. 마치 나 역시 아이이며 짜증을 느낄 테지만 말로 표현할 줄 모르는 상태이므로 자기 손길로 달래 주려는 듯이. 하지만 그녀의 말에 나는 더럭 공포를 느꼈다. 처음에는 그 말을 믿지 않았으나 이내 완전히 믿게 되었고, 곧이어 내 안에 아이가 있다면 순전히 내 의지력만으로 그것을 배출할 수 있으리라 느꼈다. 나는 그것을 내게서 내보내고자 의지를 발휘했다. 매일매일 그렇게 했으나 그것은 결코 나가지 않았다. 리즈의 겨드랑이 깊은 곳에서 나는 향내를 맡을 수 있었다. 꽃즙으로 만들어진 이 향기는 방 안을 채우고, 내 콧속을 채우고, 내 배 속 깊숙이 들어갔다가 구토의 물결이 되어서 입밖으로 나왔다. 토사물의 맛이 서서히 나를 질식시켰다. 나는 내가 죽으리라 믿었고, 어쩌면 더 이상의 미래가 없었기에 미래를 간절히 원하기 시작했다. 하지만 그런 것이 내게 무슨 소용일지는 모를 일이었는데, 나는 블랙홀 안에 서 있었기 때문이다. 다른 선택지 역시 블랙홀이었고, 이 다른 블랙홀은 내가 알지 못하는 것이었다. 나는 알지 못하는 쪽을 택했다.

어느 날 나는 혼자, 여전히 리즈의 침대에 누워 있었다. 그녀는 나를 혼자 두고 나갔다. 나는 일어나서 무슈 라바트의 돈 세는 방으로 들어가서, 실링 동전만 들어 있는 작은 삼베 주머니를 집었다. 그러고는 거기서 실링 한 줌을 꺼냈다. 나는 지금은 죽은 한 여자의 집으로 걸어갔고, 그녀가 문을 열어 주자 나는 가져온 실링 한 줌을 그녀의 양손에 얹고 얼굴을 들여다보았다. 나는 한 마디 말도 하지 않았다. 나는 그녀의 실제 이름을 몰랐고, 그녀는 '상주-상주'라 불렸으나 그건 본명이 아니었다. 그녀는 내게 걸쭉한 검은 시럽 한 잔을 마시게 한 뒤 더러운 바닥에 있는 작은 구멍으로 데려가서 눕혔다. 나는 나흘 동안 거기 누워 있었고, 내 몸은 고통의 화산이었다. 아무 일도 일어나지 않았고, 그 뒤로 나흘 동안 내 다리 사이에서는 마치 마르지 않는 샘처럼 피가 천천히 꾸준하게 흘러나왔다. 그러다가 피가 멎었다. 그 고통은 내가 이전에 상상조차 못 하던 것이었고, 마치 고통 그 자체를 정의 내리는 듯했다. 다른 고통은 전부 그 고통에 대한 참조이거나, 그것의 모방이거나, 그렇게 되려는 열망에 불과했다. 그때 나는 새로운 사람이 되었고, 전에 알지 못하던 것들을 알았고, 내가 겪어 낸 일들을 겪어 낸 사람만이 알 수 있는 것들을 알았다. 나는 내 인생을 내 손으로 떠안았다.

로조와 포터스빌 사이의 도로에서 커다란 아구티* 한 마리가 위협적이지 않은 움직임으로 나를 따라왔다. 아구티는 내가 멈추면 멈추었고, 내가 녀석이 뭘 하려는지 보려고 뒤돌아보면 ─ 나는 그것이 내 뒤에서 무엇을 보았는지 몰랐으므로 ─ 제 뒤를 돌아보았고, 내가 걸으면 걸었다. 굿윌에서 나는 멈춰 서서 물을 마셨고 아구티도 멈춰 섰으나 물을 마시지는 않았다. 매서커에서는 세인트폴 교회와 세인트앤 교회 전체가 성(聖) 금요일처럼 자주색과 검은색 천으로 뒤덮여 있었다. 매서커는 카리브 여자와 유럽 남자 사이에서

---

* 쥐목 아구티과, 몸길이 40~50센티미터 정도의 포유류.

난 사생아 인디언 워너가 이복형제인 필립 워너라는 이름의 잉글랜드 사람에게 살해당한 곳이다. 필립 워너가 카리브 여자를 어머니로 둔 가까운 친지를 달갑잖게 여겼기 때문이다. 나는 눈에 띨까 두려웠으므로 땅을 기어서 마호를 지나갔다. 벨파스트 강어귀를 헤엄쳐 건널 필요는 없었다. 수위가 낮았다. 세인트조지프에 도착하기 직전, 나는 라유에서 세 바퀴 돌고 내 이름을 외침으로써 내 뒤의 아구티를 잠들게 했다. 다시는 그놈을 보지 못했다. 메로에는 비가 내렸고 쿨리비스트리에서도, 콜리헛에서도 비가 내렸다.

나는 모른 디아블로탱*의 꼭대기를 보지 못했다. 어쨌거나 나는 깨어 있을 때조차 그 꼭대기를 본 적이 없다. 포츠머스에 이르러 나는 나무 아래서 빵을 발견했는데, 그 나무의 열매는 먹을 수 없는 견과고 목재는 고급 가구를 만드는 데 쓰인다. 나는 과들루프 해협의 검은 물을 지나갔다. 거기에 통째로 삼켜지고 싶다는 충동은 들지 않았다. 라오를 지나, 티보를 지나, 마리고를 지나 ― 마리고와 캐슬브루스 사이 어딘가의 보호 구역에서 내 어머니의 민족이 살고 있었다. 마치 누구도 입에 올릴 수 없는 무엇인가를 기념하듯. 프

---

* 도미니카에서 가장 높은 산이자 국립 공원으로 지정되어 있는 화산이다. 모른(Morne)은 서인도 제도의 프랑스어 방언에서 유래한 말로, 섬이나 연안 지대의 산이나 구릉을 가리킨다.

티트수프리에르에서 길이 끊겼다. 나는 마르티니크 해협의 검은 물을 지나갔다. 거기에 통째로 삼켜지고 싶다는 충동은 들지 않았다. 수프리에르와 로조 사이에는 비가 내렸다. 나는 모른 트루아피통 안쪽 깊은 곳으로부터 작은 우르릉거림을 들었다고 믿으며, 보일링 호수*에서 솟아나는 유황 증기의 냄새를 맡았다고 믿는다. 그리고 그렇게 나는 동쪽과 서쪽, 위와 아래, 물과 뭍에서 나의 생득권을 주장했다. 꿈속에서 나는 내가 물려받은 땅을, 마을과 강과 산으로 이루어진 곳을, 살인과 절도로 시작되고 끝나지만 사랑은 별로 없던 사람들의 심을 누비며 걸어 다녔다. 꿈속에서 나는 권리를 요구했다. 사랑할 수 없었기에 원하지 않았던 아이를 몸에서 배출해 낸 고통으로 기진맥진한 채, 나는 내 것인 모든 것의 꿈을 꾸었다.

나를 깨운 것은 아버지에게서 나는 냄새였다. 아버지는 럼주를 밀수한 혐의자들을 체포하라는 명을 받았고, 그들은 아버지에게 돌을 던지더니 그가 쓰러지자 칼로 찔렀다. 지금 아버지는 나를 굽어보며 서 있었고, 상처는 여전히 생생했다. 상처는 팔 위쪽에 있었고, 셔츠 때문에 보이지는 않았지만 그에게선 요오드와 겐티아나바이올렛 용액 그리고

---

* 세계에서 두 번째로 큰 온천 호수.

석탄산 냄새가 났다. 정돈되고 분별 있게 느껴지는 냄새였다. 나는 이 냄새에서 작은 갈색 병들과 붕대와 하얀 에나멜 기구들이 늘어선 선반과 방을 연상했다. 이 냄새에서 나는 의사를 떠올렸다. 나는 의사 집에 가 본 적이 있다. 아버지는 내게 편지가 든 봉투를 전달해 달라고 부탁했었다. 그는 봉투에 의사의 이름을 적었다. 베일리. 지금 그에게서 풍기는 이 냄새로부터 나는 그 의사의 방을 떠올렸다. 아버지는 내 곁에 서서 굽어보았다. 그의 눈은 회색이었다. 그는 신뢰할 수 없는 사람이지만, 그 점을 깨달으려면 어느 정도 그를 알아야 한다. 그는 나를 혐오스럽게 여기는 것 같지는 않았다. 그가 내게 무슨 일이 있었는지 아는지, 나는 몰랐다. 그는 내가 사라졌다는 말을 들었고, 나를 찾아다녔고, 나를 찾아냈고, 마호의 자기 집으로 데려오길 원했고, 내 몸이 나으면 나는 다시 로조로 보내지고, 거기서 살게 될 터였다. (누구와 함께 살라는 말은 하지 않았다.) 마음속으로 그는 나를 사랑한다고 믿었고, 나를 사랑한다고 확신했다. 그의 모든 행동은 이 사랑의 표현이었다. 그러나 그의 얼굴에는 그 가면이 있었다. 이미 너무나 많은 것을 잃은 불운한 누군가에게서 그나마 남은 전부를 훔칠 때 쓰던 바로 그 가면이었다. 어떤 사건을 진실과 상관없이 자신에게 유리한 결말로 이끌어 갈 때 쓰던 바로 그 가면이었다. 그리고 지금 내 곁에 서 있으면서도, 그는 아버지의 옷을 입고 있지 않았다. 그는 교도소장 제복 차림이었고, 경찰의 옷을 입고 있었다. 그리고 이 옷, 이 경찰복이 그를 규정하게 되었다. 마치 결국엔 그 옷이 몸의 일부, 또 하나의 피부가 된 것 같았는데, 더 이상 경찰복을 입을 필요가 없고 입지 않은 지 한참이 지났음에도 그는 여전히 경찰 옷차림을 한 듯 보였기 때문이다. 그의 다른 옷들은 그저 옷일 뿐이었지만 경찰복은 그의 피부가 되었다.

나는 바닥이라고는 맨흙뿐인 집에, 누더기로 만든 침대 위에 누워 있었다. 내가 겪어온 시련의 증거라 할 만한 것은 눈에 띄지 않았다. 내게서 죽음의 냄새는 풍기지 않았는데, 무엇이 죽으려면 그에 앞서 생명이 있어야 하기 때문이다. 나는 내 안에서 막 시작되던 생명을 죽인 것이 아니라, 아예 존재하지 않게 했을 뿐이었다. 다리 사이에 통증이 있었다. 통증은 내 하복부 안쪽과 허리에서 시작되어 다리를 타고 퍼졌다. 내 다리 사이는 축축했다. 젖은 냄새를 맡을 수 있었다. 피, 갓 흐른 피와 오래된 피였다. 갓 흐른 피에서는 아직 정제되지 않은, 세속적인 것, 가치를 부여할 수 있는 것으로 변하지 않은 새로 캐낸 광물의 냄새가 났다. 오래된 피는 달착지근한 썩은 내를 풍겼고, 나는 이 냄새를 사랑했으므로 그것이 방 안의 다른 냄새들을 지배하게 되자 깊이 들이마시곤 했다. 어쩌면 단지 그 냄새가 내 것이었기 때문에 사랑했는지도 모른다. 아버지는 나를 혐오스럽게 여기지 않았지만, 나는 그의 얼굴에서 달리 아무것도 읽을 수 없었다. 그는 내 곁에 서서 나를 굽어보고 있었다. 그의 얼굴이 둥글게 커지더니 한쪽 끝에서 다른 쪽 끝까지 온 방을 가득 채웠다. 그의 얼굴은 세계 지도 같았다. 거실의 어두운 한구석에서 지구본을 가져와(아버지에겐 그런 것들이 있었다. 지구본, 거실.) 중앙 접합선을 뜯은 뒤 둥근 지도를 납작하게 펼쳐 놓은 것처럼. 양 뺨은 두 개의 대륙이었고, 두 개의 바다가 그것을 가르며 대양(코)이 되어 만났다. 회색 눈은 바닥 없는 휴화산이었다. 코와 입 사이에 적도가 있었다. 귀는 수평선이며, 그 너머로 가면 짙은 암흑의 무(無) 속으로 추락할 터였다. 이마는 위험하다고 알려진 산맥이었다. 턱은 스텝과 사막 지대였다. 모든 지역이 저마다 걸맞은 색을 띠었다. 광활한 대륙에는 부드러운 노란색과 푸른색과 연보라색과 분홍색이 모여 있고, 일부러 혼란을 유발하려는 듯 미세한 붉은 선들이 사방으로 그어져 있다. 물은 푸른색, 산맥은 초록색, 사막과 스텝은 갈색. 나는 이 세상을 알지 못했다. 그곳 사람의 일부만을 만났을 뿐이었다. 그들 대부분은 애타게 바랄 만한 이들이 아니었다.

그때 죽는 것은 내가 원하던 바가 아니었고, 나는 그것이 선택에 달려 있다고 믿을 만큼 어렸고, 진심으로 그럴 만큼 어렸다. 나는 죽지 않았고, 죽고 싶지 않았다. 나는 아버지에게 회복되는 대로 마담과 무슈 라바트 댁으로 돌아가겠다고 말했다. 아버지의 등은 넓었다. 아버지의 등은 뻣뻣하고 강인했다. 본래 평평했던 곳에서 난데없이 솟아난 커다란 땅덩어리 같았고, 나는 그 둘레로, 그 아래로, 그 위로 갈 수 없었다. 나는 아버지의 이런 등을 너무나 많이 보았고, 너무나 자주 나를 등지고 있었기에 이제 보면서도 놀랄 수 없었다. 그러나 여전히 내 안에서 호기심을 불러일으켰다. 내가 다시 그의 얼굴을 보게 될까, 아니면 지난번에 본 것이 마지막일까?

리즈는 베란다 계단에서 나를 기다리고 있었다. 내가 언제 다시 나타날지, 다시 나타나기는 할지 몰랐음에도 그녀는 나를 기다렸고, 나를 기다리고 있었다. 새것인 검은 드레스를 입고 왼쪽 가슴 바로 위에 구겨지고 오래된 헝겊을 핀으로 꽂고 있었다. 헝겊의 색깔은 빨간색, 시간이 흐르며 더욱 짙어진 오래된 빨간색이었다. "얘야." 그녀는 그렇게만 말했다. "얘야." 그러고는 내게 팔을 두르더니 끌어당겼다. 나는 그녀를 느낄 수 없었다. 나를 꼭 끌어안았는데도 나는 그녀를 느낄 수 없었다. 그녀는 내게서 몸을 떼었고, 길을 따라 다가오는 남편의 발소리를 들었다. 그가 고무 덧신을 신고 있음을 나는 알 수 있었다. 나는 그가 고무 덧신을 신고 있을 때의 발소리를 알았다. 그는 나를 보았고, 내가 집을 떠났던 일에 대해서는 언급하지 않았다. 설령 의식했더라도 어차피 내게 말하지 않으리라는 점을 나는 알았다. 나는 신경 쓰지 않았다, 나는 궁금했다. 우리 셋은, 작은 삼각형, 삼위일체, 천국에서 이루어지지 않은, 지옥에서 이루어지지도 않은, 말없는 삼위일체로 서 있었다. 그럼에도 그 순간 누군가는 패배한 자, 누군가는 체념한 자였고, 누군가는 영원히 변해 버렸다. 나는 패배한 자가 아니었다. 체념한 자도 아니었다. 멀리 떨어지지 않은 곳에 보살피는 손길 없이 자라난 아주까리 덤불이 있었고, 나는 뚫어져라 그것을 응시했다. 기억해 두었다가 익으면 씨앗을 수확하고 기름을 추출해서 배 속을 청소하는 용도로 마실 생각이었기 때문이다.

리즈가 자신이 사는 본채와 내가 차지한 작은 오두막 사이의 빈터를 줄곧 맴도는 모습을 보면서 내 마음이 흔들리지 않은 건 아니었다. 비가 오는 밤에, 어둠 속에서 그녀는 땅을 쓸었다. 흰 꽃이 피는 작은 덤불들을 심었다가 뿌리째 뽑고 그 자리에 오렌지 속살 같은 빛깔의 꽃을 피울 백합들을 심었다. 오렌지색 꽃들이 피어나기까지 얼마나 걸릴지 그녀는 몰랐지만 내가 기뻐하리라고 확신했다. 그녀는 매일 가슴 위에 너덜너덜한 붉은 꽃이 달린 검은 드레스를 입었다. 그녀는 애도 중이었다. 그녀의 눈은 검고 눈물이 맺혀서 반짝였다. 눈물은 눈 속에 갇힌 채 결코 흘러나오지 않았다. 그녀의 팔은 나를 향해 뻗었다가 ─ 나는 절대로 지나치게 가까이 다가서지 않았다. ─ 마치 물에 빠진 듯 다시 확 트인 푸른 하늘로 솟았고, 벌어진 입에서는 아무 소리도 나지 않았지만 그럼에도 내게는 "날 구해 줘, 날 구해 줘."라고 외치는 그녀의 말소리가 들렸다. 정작 그녀 스스로는 몰랐을지라도, 나는 그녀가 구하고 싶었던 것이 그녀 자신이 아님을 알았다. 그녀는 그렇게 나를 소모시키고자 했다. 그녀의 모습에 내 마음이 흔들리지 않은 건 아니었다. 그녀는 슬픈 얼굴이었다. 하지만 나는 천사가 아니었고, 내 안의 그 무엇도 꺾이지 않았다.

나는 천둥의 쾅 소리를, 아찔한 높이에서 떨어진 물이 커다란 웅덩이를 이루고 그 커다란 웅덩이가 천천히 바다로 흘러가는 요란한 울림을 들을 수 있었다. 구름들이 마치 우연처럼, 누군가 어둠 속에서 큰 잔을 걷어차 엎지른 듯 머금었던 습기를 비우고, 그 내용물이 무심한 대지에 내려앉는 소리를 들을 수 있었다. 그리고 침묵과 어두운 밤이 침묵을 집어삼키는 소리, 이내 저 자신도 새로운 날의 빛에 집어삼켜지는 소리를 들을 수 있었다.

아버지는 집주인 부부에게 내 건강을 살펴 달라고 편지를 썼다. 그는 내게 무슨 일이 있었는지 몰랐으므로, 어디로 가는지 알리지도 않고 사라진 채 혼자 로조의 위험하고 불결한 구역까지 가서 머무르다가 거의 죽을 뻔했던 나의 그릇된 행실을 용서해 달라고 청했다. 아버지는 그들을 통해 내게 안부를 전했다. 내게 5기니를 보내 주었다. 리즈가 내게 그 5기니를 주었다. 그녀는 편지도 보여 주었다. 아버지의 필체는 보기에 참으로 아름다웠다. 힘찬 곡선과 힘찬 긴 선과 힘찬 사선이 페이지를 뒤덮고 있었다. 나는 그 편지를 읽을 수 없었다. 각 단어를 이해해서 문장으로 조합하는 일을 도저히 해낼 수 없었다. 내게는 페이지 맨 위에서 바닥까지 뒤덮은 그의 필체만이 보였다. 봉투에는 뒤블랑의 소인이 찍혀 있었다. 로조에서 아주 멀리 떨어진, 세인트피터 교구의 소도시다. 그럼에도 나는 그가 불러일으키고, 그 여파로 거기에 남긴 작은 고통들을 알 것 같았다.

낮과 밤이 하염없이 규칙적으로 이어지고, 낮은 밤을, 밤은 낮을, 낮은 밤을 너무도 집요하게 집어삼켰으므로 매혹될 수 있다면 나는 거기에 매혹당했으리라. 나는 시간이 단번에 지나가기를, 눈 깜짝할 새 흘러가기를 바랐다. 문득 올려다보았더니 나 자신이 최근 과거의 사건들을 수평선에서 바라보고 있었는데, 그 수평선에서 내가 빠르게 멀어지기를 바랐다. 그렇게 되지 않았지만 나는 미치지 않았고, 지치지 않았다. 나는 가장 캄캄한 밤중에 라바트의 집을 떠났다. 어둠이 몸을 숨겨 주기 때문만은 아니었다. 나는 그녀를 떠나는 나를 지켜보는 리즈의 실제 모습이 여생 동안 내게 아른거리길 원치 않았다. 상상만으로도 충분했다. 나는 루비에르 마을을 막 지나쳐 걸어가서는 한 주당 6펜스를 주고 집을 빌렸다. 내게는 드레스 네 벌, 신발 두 켤레, 아주 근사한 밀짚모자, 아버지가 준 5기니가 있었다. 아무것도 없다고는 할 수 없었다. 루비에르와 지로델 사이에 도로가 놓이는 중이었다. 나는 공사에 필요한 모래를 체로 치는 일을 구했다. 일당으로 8펜스를 받았고, 하루에 열 시간 일해야 했다. 두 주가 지난 뒤 작은 갈색 봉투에 담긴 7실링 4펜스의 봉급을 받았다.

일주일에 6펜스를 치르는 이 집에서, 나는 일하지 않는 모든 시간을 보냈다. 마을 한복판에 사는 여자에게서 침구를, 코코넛 섬유를 채운 매트리스를 얻었다. 새것은 아니었다. 이전에 거기서 잤던 사람이 그 여자 하나뿐이었는지는 알 길 없었으나, 나는 그 위에 누웠던 모든 이들의 고생을 겪는 일이 두렵지 않았다. 내 인생은 텅 빈 정도를 넘어섰다. 나는 한 번도 어머니를 가지지 못했고, 최근에 어머니가 되기를 거부했으며, 그때 이 거부가 완전하리라는 점을 알았다. 나는 결코 어머니가 되지 못할 테지만, 그건 아이를 낳지 못한다는 점과는 다르다. 나는 아이들을 낳겠지만 결코 그들에게 어머니가 되지는 않으리라. 나는 아이들을 잔뜩 낳을 것이다. 아이들은 내 머리에서, 겨드랑이에서, 나리 사이에서 솟아날 것이다. 나는 아이들을 낳고, 그들은 덩굴에 열린 열매처럼 내게 달려 있겠지만, 나는 신 같은 무심함으로 그들을 파괴할 것이다. 아침에 아이들을 낳고, 정오에 내게서 나오는 물로 그들을 씻기고, 밤에 그들을, 모조리 통째로 집어삼키고 먹어 치울 것이다. 그들은 살고, 그러다가 살지 못할 것이다. 살아 있는 동안, 나는 그들을 벼랑 끝으로 걸어가게 할 것이다. 밀어 떨어뜨리지는 않을 거다. 그럴 필요는 없을 거다. 독특한 즐거움을 지닌 달콤한 목소리들이 벼랑 아래에서 그들을 부를 테니. 그 소리들과 하나가 되기 전까지 그들은 쉬지 못할 것이다. 나는 그들의 몸을 질병으로 덮고, 얇게 딱지 진 상처들로 피부를 장식하고, 상처들은 때로 질척이는 고름을 흘릴 텐데 그들은 거기에 목말라하고, 그 목마름은 결코 해갈될 수 없을 것이다. 나는 그들에게 태어났을 때와 똑같은 자세로 굳은 채 텅 빈 공간에서 살아가야 하는 형벌을 내릴 것이다. 엄청난 높이에서 내던질 것이다. 그들 몸의 뼈는 모조리 부서지고 결코 제대로 맞춰지지 못한 채, 부러진 대로 아물고, 전혀 아물지 않을 것이다. 그들이 시체에 지나지 않을 때 나는 그들을 치장하고, 각각의 시체를 윤낸 나무 상자에 담아 그것을 땅에 묻고, 파묻은 장소를 잊을 것이다. 이런 식으로 나는 어머니가 되지 않았다. 이런 식으로 나는 내 아이들을 낳았다.

문 하나와 창문 세 개가 나 있고, 널빤지가 서로 들어맞지 않는 측면에 큰 틈이 벌어져 있고, 코코넛나무 가지로 만든 지붕엔 구멍들이 나 있는 그 집에서, 나는 앉고, 서고, 밤에는 누웠고, 그럼으로써 결코 갖지 않을 아이들의 운명을 결정지었다. 나는 잠을 잤다. 새벽이 왔다. 일터에 나갔다. 황혼이 내렸다. 매일 아침 나는 커피콩을 볶고, 거친 분말로 빻아서 시커멓고 진한 음료를 끓였고, 그 맛이 너무도 강렬했으므로 내 미뢰들은 온전히 제자리에 있지 못하고 벗겨진 채 주변 여기저기로 흩날리는 것 같았다.

한 개인이 제 마음속에서 저절로 일어나는 작은 분출들에 얼마나 취약한지, 그때까지 나는 알지 못했다. 나는 얼마 전에 죽은 남자의 옷가지를 그 아내로부터 샀다. 난징 무명으로 만든 오래된 속바지, 오래된 카키색 바지, 일종의 면으로 된 오래된 셔츠를. 전부 다 해서 4펜스에, 바나나 한 다발과 뿌리채소 약간을 얹어 주고 구했다. 내가 매일 일터에 입고 갔던 것은 이 옷, 죽은 남자의 옷이었다. 나는 두 갈래로 땋아 내린 머리채를 잘라 버렸다. 그것들은 머리 없는 두 마리의 뱀처럼 내 발치에 떨어졌다. 나는 머리카락이 거의 없는 머리를 낡은 천으로 감쌌다. 나는 남자처럼 보이지 않았고, 여자처럼 보이지도 않았다. 매일 아침 나는 한낮에 먹을 음식을 요리했다. 무화과 잎으로 싸고, 닳아 빠진 마드라스 천으로 만든 배낭에 다시 싸서 일터에 가져갔다. 하루 종일 나는 흑사(黑砂), 혹은 진흙, 혹은 잔돌이 가득한 양동이들을 날랐다. 하루 종일 구멍을 파고, 구멍에 물을 채우고, 다른 구멍에서 물을 퍼냈다. 나는 누구와도, 심지어 나 자신과도 말하지 않았다. 내 안에는 아무것도 없었다. 내 안에는 너무나 무거워서 마땅히 비교할 만한 것을 찾을 수 없는 물질로 된 금고가 있었다. 그리고 금고 안에는 너무나 강렬한 아픔이 들어 있었으므로 매일 밤 집에 홀로 누워 있을 때 내가 내쉬는 숨은 전부 길고 낮은 통곡이었다. 크게 터져 나오는 댐이 아닌, 절개된 종기에서 가느다랗게 흘러나오는 고름처럼.

나는 스스로를 알게 되었고, 그래서 겁을 먹었다. 이 두려움을 없애기 위해 나는 찾을 수 있는 표면 어디서든 거기에 비친 내 얼굴을 보기 시작했다. 얕은 강기슭의 고요한 물웅덩이는 내가 제일 자주 들여다보는 거울이 되었다. 내 얼굴을 볼 수 없을 때면, 나는 내가 냉혹해졌음을 느낄 수 있었다. 사랑한다는 것이 내 힘을 넘어서는 일임을, 이제 나 자신

의 존재에 엄청난 권한을 행사할 수 있게 되었으므로 완전
히 침착하게 스스로의 종말을 초래할 수 있음을 느낄 수 있
었다. 또한 똑같이 완전히 침착하게 타인들의 종말을 초래
할 수도 있음을 알았다. 내 얼굴을 보며 나는 위안을 얻었
다. 나는 스스로를 숭배하기 시작했다. 반달 모양의 내 검은
눈은 내게 매혹적으로 보였다. 공들여 빚은 듯 반은 평평하
고 반은 그렇지 않은 내 코를, 나는 몹시 아름답다고 여겼기
에 그것을 기준으로 삼아 내가 좋아하지 않는 사람들의 코
는 이에 부합하지 않는다고 보았다. 나는 내 입을 사랑했다.
내 입술은 두툼하고 넓었고, 입을 열면 깨어 있을 때든 잠들
었을 때든 쾌락과 고통을 잔뜩 들이마실 수 있었다. 이런 나
의 모습을 ─ 내 얼굴의 매끄럽고, 주름 없고, 흠 없는 피부
에 자리 잡은 내 눈, 코, 입을 ─ 나는 내 앞에 보이려고 애
썼다. 내 얼굴이 내게는 위안이었고, 내 몸이 내게는 위안이
었고, 누군가 혹은 무언가에 의해 아무리 내가 쓸려 가더라
도, 나는 결코 그 무엇도 내 마음속 스스로의 존재를 대체
하도록 가만두지 않았다.

　나는 그런 식으로 살았다. 혼자서, 그러면서도 내가 과거
에 그랬고 알았던, 앞으로 그렇게 될 것이며 알게 될 모든
것과 모든 이와 더불어, 내 현재로부터 멀어진 채 ─ 그럼에
도 내 현재로부터 멀어지기란 불가능했다. 어느 날 나는 내

아버지를 보았다. 그도 나를 보았다. 우리는 눈을 마주치지 않았다. 우리는 서로 말하지 않았다. 그는 당나귀를 타고 있었다. 그는 교도소장 제복을, 언제나 입는, 아주 잘 다려진 카키색 셔츠와 카키색 바지를 입고 있었다. 다만 셔츠 어깨에는 새로운 녹색과 연두색 줄무늬가 붙어 있었다. 그가 새로운 직위로 승진했다는 의미였다. 그는 누군가에 대한 소환장을 들고 있었다. 언제나 그렇듯 그의 존재는 불행의 징조였다. 아버지가 있는 곳이면 어디든 누군가는 반드시 그가 나타나기 전보다 가진 것을 잃게 될 운명이었다.

그는 참으로 태어났을 때부터 그런 모습이었던 것처럼 보였다. 곧게 선 채, 등을 꼿꼿하고 뻣뻣하게 세우고, 입술은 단단히 다물고, 눈은 결코 눈물로 흐려진 적 없는 듯 맑고, 발걸음은 전혀 흔들림 없이. 그가 올라탄 짐승들조차 절대 휘청대는 일이 없었다. 그에게도 아기였던 시절이 있을 테지만, 한밤중에 열로, 기침으로, 별안간 숨이 끊겨 다시는 돌아오지 못한 채 죽을까 봐 누군가에게 걱정 끼쳤던 적이 아예 없었던 것처럼 보였다. 권력자의 지위는 그에게 어울렸고, 그는 권력이 더욱 강해지더라도 뚱뚱하거나 구지레해지지 않았다. 늘씬하고 섬세하게 다듬어져 갔다. 그를 이루는 것, 그에게 깊은 만족감을 안겨 주는 뭔가가 무엇인지 알아내려면 그의 눈을 들여다보아야 했다. 그는 그것이 무엇인지 말해 주지 않을 터이므로, 그의 눈을 들여다보아야 했다. 모두가 그의 눈을 그에게서 가장 먼저 보고 싶어 했다. 그리고 그를 처음으로 보는 이들, 그를 전혀 알지 못하는 이들마저 딱히 보고 싶다는 생각조차 없이 일단 그의 눈을 찾았다.

그는 내가 일하는 공사 현장을 방문하고 있었다. 그는 내가 잠시 노동을 쉬며 앉아 있는 곳으로 와서, 내 곁에 꾸러미 하나를 두었다. 나는 꾸러미를 즉시 열지 않고 집으로 가져가서 그날 밤에 열었다. 그가 준 선물은 어글리프루트* 하나와 자몽 세 개였다. 그때 나는 어렸을 적에 그가 나를 데리고 가서 막 손에 넣은 새로운 땅, 편리하게도 원래 가지고 있던 토지와 붙어 있는 땅을 보여 주었던 일을 떠올렸다. 이유를 알지 못한 채, 어린 나는 내게 보이는 내 상속 재산으로부터 물러섰다. 그는 새 땅에 어린 자몽나무를 많이 심었고, 손을 크게 휘둘러 그 전부를 보여 주며 ─ 그보다 부유한 사내에게 더 잘 어울릴 법한, 전적인 소유를 의미하는 몸짓이었다. ─ 자몽은 서인도 제도의 자생종이고, 17세기 어느 즈음에 자메이카 섬의 어글리프루트에서 돌연변이를 일으켰다고 설명했다. 그의 말투에서 나는 그가 자몽과 하나가 되길 바라고 있다고 생각했다. 그 말을 했을 때 그가 정

---

* 자메이카에서 주로 생산되는 과일로, 탄제린이나 오렌지, 자몽 사이에서 생겨난 자생 교배종이다.

말 무슨 생각을 했는지 나로서는 알 수 없다.

  아주 오랫동안 이런 식으로, 남자도 아니고, 여자도 아니고, 아무것도 아닌 상태로, 내 과거를 모으지 않고, 오직 내 과거를 거쳐 가며 체질하고, 어떤 일들을 잊으려 애쓰지만 결코 성공하지 못하고, 다른 기억을 한층 강하게 살려 두고자 공들이지만 결코 성공하지 못한 채 살아왔다. 이윽고 나는 아버지에게서 마호의 자기 집으로 돌아오라는 편지를 받았다. 편지를 내게 건네준 사람은 한 번도 본 적 없는 남자였지만, 그의 고개 숙인 머리에서 나는 아버지가 잘 아는 사람임을 짐작할 수 있었다. 편지의 날짜는 이틀 전이었다. 내가 이에 주목한 까닭은 바로 전날 아버지가 평소처럼 괄시당하는 공직자로서, 누군가를 투옥으로, 누군가를 영원한 빈곤의 나락으로 떨어뜨릴 서류를 가지고 나타난 모습을 보았기 때문이다. 그때 내게 직접 편지를 줄 수도 있었다. 그의 필체는 그의 나머지 부분과 마찬가지로 공직자다움에 사로잡혀 있었다. 나는 리즈와 잭과 살았을 때 그들이 받은 아버지의 편지들을 보았던 일을 기억해 냈다. 그때 그의 필체는 더 둥글고, 고르지 않게 페이지를 오르락내리락했고, '친애하는 잭과 마담 라바트에게'는 아주 큰 글자로 첫 줄을 온통 차지했고, '당신의 벗으로부터'는 페이지 맨 아래에 간신히 끼어 들어가 있었다. 자기 집으로 돌아오라는 이 편지의 필체는 그렇지 않았다. 글씨는 아주 단단하고 값비싼 펜촉으로 쓰였고, 잉크는 물 타지 않은 진한 검은색이었고, 글투는 공문서에서나 볼 법한 문장이었다. 종이는 부드러운 크림색이었고, 가느다란 녹색 줄이 쳐져 있었다. 부족한 것은 관인뿐이었다. 내 남동생이 중병이며 곧 죽을지도 모른다고 그는 썼다. 내 여동생은 성격이 비뚤어진 채 로조의 학교에 보내졌는데, 아버지 가족은 로마 가톨릭이 아니지만 그 학교에서 수녀들과 함께 지내고 있었다. 내 새어머니는 아버지와 소원해졌다. 그는 그렇게 썼다. 내 남동생, 내 여동생, 내 새어머니라고. 하지만 나는 그 단어들을 당신 아들, 당신 딸, 당신 아내라고 대체했다. 그들은 그의 것이지, 내 것이 아니었다. 그는 내게 우리 모두가 그의 것이라고 말하려 했다. 내가 누구에게도 속하길 원하지 않는다고 느낀 것, 나를 소유하는 데 동의했을 단 한 사람이 살아서 그렇게 하지 않는 이상, 나는 누구에게도 속하길 원하지 않는다고 느낀 것은 바로 그 순간이었다. 나는 누구도 내게 속하길 원하지 않았다.

야생 덤불 하나가 며칠 전부터 꽃을 피우고 있었다. 편지를 읽으면서 나는 덤불을 쳐다보았다. 무성한 꽃들은 작고 진분홍색이었는데, 꽃부리가 길고 깊으며 꽃잎은 짧고 끝으로 갈수록 넓어졌다. 벌 한 마리가 느긋하게, 전혀 일하는

게 아니라 노는 듯 줄곧 꽃 속으로 들어갔다가 나왔다가 하며 들락거렸다. 문득 나는 내가 살아가던 인생이 지겨워졌다. 그것은 제 목적을 다했다. 갑자기 나는 더 이상 죽은 남자의 옷을 입고 싶지 않다고 느꼈다. 나는 옷을 벗고 불에 태웠다. 목욕을 했다. 떠나기 전에 지금껏 내가 살아왔던 집에 불을 놓고 싶었지만, 내 부재에 대해 이목을 끌고 싶지 않았다. 내가 거기 있었고 지금은 없음을 누구에게도 눈치채게 하고 싶지 않았다.

나는 한밤중에 아버지의 집을 향해 떠났다. 계획한 것은 아니었고, 그제야 떠날 준비가 되었을 뿐이다. 나는 내가 가진 모든 것을 작은 짐으로 꾸려서 머리에 얹었다. 그리 무겁지 않았고, 그리 많지도 않았다. 여기 왔을 때 가지고 있던 것들은 여전했고, 돈이 늘어났을 따름이며, 그건 아주 고되게 일해서 번 돈이었다. 내가 떠날 때 밤은 어두웠다. 하늘에는 달이 떠 있었으나 내게는 보이지 않았다. 두터운 구름이 우리 사이에 가짜 천장을 드리웠다. 나는 혼자였다. 내발은 마치 내가 직접 놓은 도로를 걷는 듯 길을 잘 알았다. 아침에 나는 로조를 지나쳐 가고 있었다. 나는 멈추지 않았다. 아버지의 딸이 거기 있었다. 리즈와 잭이 거기 있었다. 그들은 내게 조금도 관심거리가 아니었다. 그들이 바로 그때 무엇을 하고 있을지, 나는 궁금하지 않았다.

매서커에 도착하기 전, 나는 나보다 별로 나이가 많지 않지만 두 배는 더 나이 들어 보이는 여자를 스쳐 갔다. 나는 그녀가 아버지의 집에 와서 아버지의 아내를 도와주며 그들의 빨래를 하고 마당을 쓸어 주던 여자임을 알아보았다. 내 옷은 세탁해 주지 않았다. 아버지의 아내가 그걸 바라지 않았고, 나 역시 그러도록 허용할 생각이 없었고, 모든 일을 스스로 하고 싶었다. 내가 바라본 순간 그녀는 마치 순교자 같았는데, 그녀 자신은 전혀 알지 못할 터였다. 그녀는 양손을 앞으로 포갠 뒤 배 위에 얹고 걸었다. 배가 부풀어 있었는데, 아이를 가졌는지 병에 걸렸는지 알 수 없었다. 옷은 낡고 빛바래고 더러운 상태였다. 발에는 신발이 없었다. 머리칼은 헝클어졌다. 내가 그녀를 처음 알았을 때에는 생기 있던 검은색, 마치 갓 만들어진 듯하던 그 검은 피부는 이제 칙칙하고 지쳤으며, 무엇으로도 생기를 되살릴 수 없었다. 우리는 오래된 나무가 드리우는 그늘 바로 아래서 서로 지나쳤다. 수많은 비로 나무뿌리에서 흙이 씻겨 나간 탓에 뿌리는 무자비하게 자연의 풍파에 노출되어 있었다. 나무는 반은 살아 있고, 반은 죽어 있었다. 이 여자도, 나무도 내게는 아무런 상징이 되지 않았다. 나는 스스로 차라리 완전히 죽거나 완전히 살아 있는 편을 택할 것이며, 결코 동시에 반은 살고 반은 죽은 상태가 되지 않으리라는 점을 알게 되었다.

아버지의 집을 다시 보았을 때, 나는 흐느꼈다. 로조에서 벨몽 쪽으로 가면, 집은 마호 마을 맨 끝에 자리해 있었다. 노란색으로 칠해진 목재 골조에 갈색 창문이 달린 그 집이 외부에서 보면 아름답다는 사실을 나는 이제껏 단 한 번도 깨닫지 못했다. 그 갈색과 노란 색조는 그 자체로 아름답지는 않았지만 이 집에 있으니 아름다웠다. 집은 바다에서 마을로 오는 길 맞은편에 있었다. 큰 바다, 너무나 은빛이고, 너무나 끝없고, 너무나 푸르고, 전부를 아우르고, 너무나 회색이고, 너무나 무자비하고, 너무나 강력하고 무심한 바다. 이 바다를 상대하자면 집은 너무나 섬세하고, 마주한 바다의 힘에 비하자면 대단히 취약했는데, 때로 바다의 파도가 집까지 들이닥칠 것 같다고 여겨도 무리가 아니었다. 오래된 집은 아니었다. 집은 아버지의 지시에 따라 지어졌고, 거주자들의 숱한 괴로움 때문에 벌써 축 늘어졌다. 내 어머니를 잃은 아버지의 비탄, 사랑해서가 아니라 처가의 연줄과 부 때문에 이루어진 지금 아내와의 결혼, 자신의 난임으로 인한 그녀의 비탄, 아들의 좋지 않은 건강 상태, 제멋대로 구는 둘째 딸. 이 집에서 나는 전혀 보이지 않았고 다른 이들만이 보일 뿐이었다. 나는 거기에 속하지 않았다. 나는 아직 어디에도 속하지 않았다.

아버지가 내 어머니가 아닌 다른 아내와의 사이에서 얻

은 딸은 한낮, 태양이 바로 머리 위에 있을 때 태어났고, 그건 좋은 징조가 아니었다. 아이가 태어나기에는 지나치게 밝은 시간대였다. 그런 시간에 태어나면 모든 비밀을, 중요한 일을 결정하는 능력을 죄다 빼앗길 수밖에 없었다. 아무리 어두운 방도 너무나 느긋한, 너무나 관능적인 잔혹함으로부터 보호해 줄 수 없다. 인생 그 자체로부터. 그의 아들이 하루 중 언제 태어났는지는 전혀 중요하지 않았다. 아들이 태어나는 시각은 하루 중 언제든 적절하기 때문이다. 아들이 태어났을 때 내 아버지는 더 이상 인생 자체를 사랑하지 않았다. 그는 아무것도 사랑하지 않았다. 오지 모든 것을 더 많이 원했을 뿐, 원하는 그 모든 것을 몸에 걸치길 바라지는 않았다. 그는 사람들이 자신의 외투를 쳐다보고 그 출처에 더 많은 뭔가가 있으리라는 사실을 알길 원하지 않았다. 그는 발치에 놓아둘 수 있는 것들을, 없어도 되는 것들을, 실제적인 용도가 없는 것들을 원했다. 어쩌면 이는 그가 인생에서 유용함의 경험, 필요의 경험, 욕망이라는 개념을 이미 고갈시켰기 때문이었는지도 모른다. 그는 중립의 동물이었다. 그는 사랑을, 또 증오를 흡수할 수 있었고, 계속 그럴 수 있었다. 그의 열정들은 그만의 것이었다. 그의 열정들은 이성의 법칙을 따르지 않고, 열렬한 믿음 역시 따르지 않았으나, 그럼에도 불구하고 그는 이성적인 사람, 열렬한 믿음을 지닌 사람으로 묘사될 수 있었다. 나는 그와 같았다. 나는 죽은 어머니를 닮지 않았다. 나는 그를 닮았다. 그는 살아 있었다.

갈색 창문이 달린 그 노란 집에, 내 아버지의 아들은 바닥에 마련된, 깨끗한 헝겊들로 만든 침대에 누워 있었다. 갖가지 식물과 동물에서 추출한 기름으로 향을 입힌 특별한 헝겊들이었다. 그를 악령들로부터 지키기 위해서였다. 악령들이 아래쪽에서 접근해 오지 못하도록 막아 놓은 바닥에 그는 누워 있었다. 그의 어머니는 오베아*를 믿었다. 그의 아버지는 자신을 예속한 이들의 신앙을 지녔다. 그는 죽지 않았다. 그는 살아 있지 않았다. 그가 죽지도 살지도 않은 것은 그의 잘못이 아니었다. 세상에 태어나는 것은 어느 누구라도 본인의 책임이 아니며, 그것은 결코 자신의 결정이 아니다. 특히 아버지의 아들은 다른 이의 발상이었다. 그는 아버지로 하여금 이전에 사랑했던 여자를 잊게 하려는 제 어머니의 발상이었다. 누군가가 다른 사람을 잊도록 하기란 불가능하다. 누군가는 사건을 잊을 수 있고, 누군가는 물건을 잊

---

* obeah. 원래 가나의 아칸족에서 유래하여 카리브해와 남아메리카로 퍼져 나간 영적 치유와 정의 구현을 목적으로 하는 일련의 관습들이다. 카리브해의 오베아는 종교처럼 특정한 신을 섬기지 않고 개인적으로 행하는 관습적 특징을 지닌다.

을 수 있지만, 다른 사람을 잊을 수 있는 이는 아무도 없다.

그리하여 내 아버지의 아들은, 온몸이 작은 상처로 뒤덮인 채, 존재 전체가 죽지도 살지도 않은 상태로 누워 있었다. 그는 매종*에 걸렸다고 했다. 악령에 사로잡혀서 몸에 종기가 돋아났다고도 했다. 그의 아버지는 한 가지 방법으로 치료할 수 있으리라 믿었고, 어머니는 다른 치료법을 믿었다. 서로 충돌하는 것은 치료법 자체가 아니라 각자의 믿음이었다. 아버지는 그가 낫도록 기도했으나 그의 기도는 병을 부채질할 뿐이었다. 작은 병변들이 커지고, 왼쪽 정강이의 살집이 보이지 않는 존재에게 집어삼켜지듯 서서히 사라지며 뼈가 드러나더니 뼈 역시 사라지기 시작했다. 그의 어머니는 오베아를 다루는 도미니카 토박이 남자 하나와 여자 하나를 불렀고, 그다음에는 과들루프 토박이 여자를 데려왔다. 바다 건너에서 온 사람의 치료법이 더 성공적이리라고 했다. 병은 어떤 원칙에도 반응을 보이지 않았다. 어떤 과학도, 어떤 종류의 신도 병세를 호전시키지 못했고, 그가 죽은 뒤 그의 어머니와 아버지는 그 죽음이 처음부터 불가피한 일이었다고 믿게 되었다.

그는 죽었다. 그의 이름은 앨프레드였다. 그의 이름은 아

---

* yaws. 세균 감염에 의해 발생하는 열대 피부병으로, 온난 다습한 지역에 사는 어린이에게서 흔하게 나타나는 전염병이다.

버지를 따라서 지어졌다. 그의 아버지, 나의 아버지의 이름은 앨프레드 대왕, 잉글랜드 왕의 이름을 딴 것이었는데, 아버지는 그 인물을 경멸했을 터다. 그가 앨프레드 대왕을 알게 된 계기는 연민이 묻어나는 시인의 언어를 통해서가 아니라, 정복자의 언어를 통해서였기 때문이다. 내 아버지는 자기 이름에 책임이 없었지만, 아들 이름에는 책임이 있었다. 그의 아들 이름도 앨프레드였다. 아버지는 아마 왕조를 상상했으리라. 그런 생각을 터무니없다고 여기는 것은 그 실체에서 배제된 존재, 나 같은 이, 여자일 뿐, 다른 사람들이라면 전적으로 이해했을 터다. 그는 다른 이의 존재를 통해 영원히 살아가는 스스로를 상상했다. 우연히 어떤 반짝이는 표면에 비친 자기 모습과 마주치고 거기에 강렬하게 이끌려서, 반사된 그 모습을 자기 영혼이라고 믿게 되는 수모를 아버지는 한 번도 겪어 본 적 없었다. 그는 아들이 자기를 닮았다고 여겼고, 나는 결코 그렇게 생각한 적 없지만, 어쩌면 그랬을지 모른다. 어쨌든 그는 아들을 자기와 동일시했을 테고, 어쩌면 정말 그랬을지 모르지만, 그 아들은 내가 그런 결론을 내릴 만큼 오래 살지 못했다.

내 동생은 죽었다. 그는 죽어서 내 동생이 되었다. 나는 살아 있을 때의 그를 전혀 몰랐다. 그의 머리는 제 어머니처럼 검었다. 눈 역시 어머니처럼 갈색이었다. 그는 상냥하고 온화했지만, 그건 약자의 상냥함과 온화함이지 관대함에서 우러나온, 본능에서 비롯한 것이 아니었다. 그는 대단히 아름다웠으나 만지고 싶지는 않았다. 혐오감 탓이 아니라, 뭔가 식물성이고 우화에 나오는 존재처럼 손을 대기만 해도 아프게 할까 봐 두려웠기 때문이다. 아버지는 그를 사랑했다. 그는 선했고, 많은 것을 물려받을 예정이었고, 재산을 획득한 지저분한 과정에 대해선 모를 터였다. 그가 상속받은 재산을 어떻게 유지할까, 하는 문제는 나 같은 사람, 환상에서 깨어난, 그리고 앞서 상속권을 빼앗긴 자에게나 떠오르는 거슬리는 생각이었다. 그의 아버지는 그를 사랑했다. 두 사람은 같은 이름이었다. 앨프레드. 이 아이는 죽었다. 죽기 전에 그의 몸에서는 고름이 강물처럼 흘러나왔다. 그가 죽은 바로 그 순간, 왼쪽 다리에서 커다란 갈색 벌레가 기어 나왔다. 벌레는 어느 날 아침 방랑자에게 발견되길 기다리기라도 하는 듯 거기, 발목 위에 가만히 있었다. 그 벌레는 이내 말라붙더니 벌써 수천 년 전에 생명을 몽땅 빼앗긴 것 같은 꼴이 되었다. 그리고 내 동생과 벌레가 죽는 순간 몸에서 빠져나온 그것과 그는 서로 분리될 수 없었다. 내 아버지는 그때 살아가기를 멈추지 않았고, 살아가려는 욕망을 잃지도 않았다. 다만 그는 자신의 모든 괴로움에는 비밀스러운 목적이 있다고 믿게 되었고 그것이 드러나길 열망했다.

내 동생이 죽었고 바다는 잔잔했으나 평소처럼은 아니었다. 바람은 불지 않고, 나무 잎사귀들은 고요하고, 땅은 흔들리지 않고, 강은 불어나지 않고, 하늘은 그 영원토록 기만적인 방식으로 푸르렀다. 순진하게, 마치 결코 변할 수 없다는 듯. 모든 것이 그대로, 무슨 일이 일어나든지 그러하듯 그대로였으나, 내 아버지에게 세상은 바뀌었고, 지금 나는 그가 자신의 바람들을 무심하게 지나쳐 가는 인생 앞에서 다시금 작고, 하잘것없고, 무력한 기분을 느꼈으리라고 믿는다. 차분함의 광택이, 성인(聖人)에게서 보이는 차분함의 광택이 그때 그에게 드리웠으나, 실제 성인은 그 누구도 그렇게 보이지 않았으리라고 나는 확신한다. 그 광택은 그림에서나 찾아볼 수 있는 것이다.

내 동생은 로조의 감리교회 경내 묘지에 묻혔다. 그의 어머니는 비탄에 잠긴 채 침묵했다. 그녀 역시 뭔가를 열망해 왔다. 그 중심에는 그녀의 아들, 그의 중요성이 있었다. 아들의 힘과 업적들은 그녀 자부심의 원천이 될 터였다. 그는 그녀를 닮았었다. 그의 아름다움은 그녀의 아름다움이기도 했다. 자신이 아들과 아주 단단히 묶여 있다고 여겼기에, 그가 죽자 그녀 자신도 죽었다고 느꼈다. 실제로 죽을 수는 없었다. 그녀는 육체만이 산 자들 사이에 있었고, 이제 영혼은 죽은 아들 곁에 있었다. 그때 나는 그녀가 안쓰럽다고 느꼈으나 물론 예전에 나를 죽이려고 시도했던 일, 그리고 늘 내가 죽길 바라고 그 일을 해낼 수 있는 기회가 생긴다면 확실히 죽이고 말았을 속내까지 용서하고 잊을 만큼은 아니었다. 찬송가를 부르고, 기도를 올렸다. 용서를 구하는 기도들과 궁극적으로 좌절을 맞이한 일들을 받아들이고 인정하는 기도들이었다. 그러나 그런 것은 패배한 자들의 몫이다. 일어난 일은 결국 그렇게 될 운명이었다고, 다른 결과, 승리마저 결국에는 비극이었으리라고, 지금 겪는 패배보다 더 참혹한 결과였으리라고. 그런 것은 패배한 이들의 위안이다.

내 아버지와 그의 아내와 딸, 내가 아닌 소녀와 그 어머니는 고통의, 원망의, 의심의, 복수의 삼각형을 이루었다. 아버지에겐 그중 무엇도 개인적인, 내밀한 성질의 것이 아니었다. 그는 아내와 다투지 않았다. 그녀 역시 이제는 실망의 근원이었다. 한편 나는 실망을 상기시키는 존재에 불과했고, 다른 한편으로는 그가 사랑했다고 믿었던 이의 혈육이었다. 내 아버지는 사랑을 할 수 없었으나 그럴 수 있다고 믿었고, 그것으로 충분했다. 아마 세상 사람의 절반이 그런 식으로 느낄 테니까. 그는 나를 사랑한다고 믿었으나, 나는 그것이 얼마나 거짓인지 말해 줄 수 있었고, 그가 몇 번이나 나를 죽음의 아가리 속에 곧장 들이밀었는지 읊어 줄 수 있었다. 세상 물정에 밝은 남자가 되고자 내게, 어머니 없는 제 자식에게 얼마나 많이 아버지 노릇을 저버렸는지 열거할 수 있었다. 그는 사랑하고, 사랑했다. 그는 자기 자신을 사랑했다. 어쩌면 남자는 모두 그런 식일 것이다. 자신의 존재를 이어받아 영속적으로 남을 수 있길 바랐던 작은 그릇을 잃은 뒤, 그는 스스로의 유산이 되었다. 그는 자기 자신의 미래였다. 그가 죽으면 세상 역시 존재하기를 멈출 터였다.

그의 딸, 내가 아닌 딸에게 내 존재는 지독하게 거슬렸으므로 내가 제 앞에 서 있지 않을 때조차 그녀는 오직 나만을 위해 만들어 낸 흉하게 찡그린 표정을 지었다. 그녀는 내가 아버지의 자식이 아니라고, 설령 자식이 맞더라도 사생아라고 우겼다. 내가 그런 표현을 반가워한다는 사실을 깨닫고 그녀 얼굴 위로 번갈아 오가는 경외감과 어리둥절한 표정을 발견했을 때 나는 그녀가 안쓰러웠다. 나는 어떻게든 그녀가 내게서 영향받을 부분을 찾아내길 바랐다. 왜 나는 귀중히 여겨지지 않지? 이것은 그녀가 세상에, 제 어머니와 아버지가 구성한 대로의 세상에 묻고 싶은 질문일 터다. 하지만 그녀는 그런 질문을 할 수 없었고, 답이 있으리라는 의심조차 품을 수 없었다. 그녀의 어머니는 그녀를 쳐다볼 수 없었다. 그녀는 쓸모없는 존재였고, 살아남아서는 안 되는 것이었기 때문이다. 그녀의 아버지는 진정으로 그녀를 바라본 적이 없었다. 아들이 죽은 뒤에 보는 것이나 죽기 전에 보았던 것이나 별반 차이가 없었다. 그녀의 어머니는 이제 언제나 침묵으로 그녀를 맞이했다. 그녀의 아버지는 예전과 마찬가지로 전혀 말을 걸지 않았다.

그녀가 내 자매가 된 때는, 학교에서 쫓겨난 직후 임신했음을 깨닫고 내가 그 아이를 없애도록 도와주었을 무렵이었다. 어려운 일은 아니었다. 나는 내가 경험했던 전부를 기억하고 있었다. 그녀는 이 사건과 관련한 모든 일이 아무것도 알려지지 않길 바랐으므로, 나는 내가 줄곧 거주하던 부엌 뒤편의 작은 방에 그녀를 숨겼다. 여전히 나는 내가 먹을 것을 직접 요리했다. 나는 그녀에게 강력한 효과를 지닌 차를 여러 잔 끓여 주었다. 그녀 안의 아이가 여전히 나오기를 거부하자, 나는 그녀의 자궁에 손을 얹고 힘으로 그것을 제거했다. 그녀는 며칠간 피를 흘렸다. 몸은 고통으로 오그라들고 움츠러들었다. 그녀는 죽지 않았다. 이 제한적인 한 가지 영역에서, 나는 내 인생의 주도권자로서 굉장한 전문가가 되었기에 내게 부탁해 오는 다른 어떤 여자들에게도 그 힘을 행사할 수 있었다. 하지만 내 여동생은 내게 부탁하지 않았다. 나는 결코 그녀의 자매가 되지 않았다. 그녀는 절대 내게 속마음을 털어놓지 않았고, 결코 고마워하지 않았다. 사실 그녀는 내가 내 인생을 강력하게 움켜쥐고 있음을 보고 의심과 오해를 키웠을 뿐이었다.

그녀가 학교에서 쫓겨난 까닭은 남자와 밀회했기 때문이다. 학교의 여자 교장이 우리 아버지에게 보낸 편지 속에 바로 그렇게 묘사되어 있었다. '엘리자베스는 세인트조지프 출신의 젊은 경찰관과 밀회를 일삼아 왔습니다.' 이 편지는 아버지 집, 모든 것이 그림에서 끌어낸 듯 보이는 방의 탁자에 놓여 있었다. 사진이 아니라 그림에서 나온 듯한, 매우 광택이 흐르고, 지극히 실물 같지만 너무나 죽어 있는. 세상 무엇도 그 편지를 읽으려는 내 충동을 막지 못했으리라. 편지는 '친애하는 무슈와 마담'으로 시작되었고, 나머지 문장은 영어였다. 여동생은 스스로와 다툼을 벌였다. 어머니는 이제 자신에게 말을 걸지 않고, 아버지는 단 한 번도 말을 건 적이 없었기 때문이다. 그녀는 모든 것을 부정당했다. 그녀는 이야기를 지어냈고, 그 이야기를 통해 나는 처음으로 어린 시절의 인생을 엿볼 수 있었으며, 진짜 어린아이가 어떻게 말하고 행동하는지 파악할 수 있었다. 어린아이는 지평선을 보고 세상이 평평하다고 여기며 저기 맨 끝으로 가면 무(無)로 추락하리라 믿는다. 그런 믿음은 어린아이의 믿음이다. 그런 믿음이 웃음거리가 되는 까닭은 과학적 설명 때문이 아니다. 신뢰의 결여, 복잡성의 결여 탓이다. 그녀는 자신의 설명이 명백할 정도로 진실이라고 온 힘을 다해 믿었다. 담장에 둘러싸인 학교 분위기 때문에 향수병이 들고, 그리운 마호의 탁 트인 풍광이 너무나 그리워서 산책을 하려고 수녀원 담장을 넘었다. 한밤중에 수녀원에서 탈출할 때마다 기묘한 우연으로 같은 사내를 만났다. 언젠가 집행관이 되려는 희망을 품은 클로드 파케라는 이름의 젊은이였다. 이러한 어리석음이 우스우려면 가족의 지위가 의문시되지 않는 관대하고 편안한 세상에서 살아야 하고, 스스로의 지위에 의문의 여지가 없어야 한다. 그녀의 어머니는 웃지 않았다. 그녀의 아버지는 웃지 않았다. 나는 웃지 않았다.

원하지 않는 아이를 몸에서 배출한 뒤 완전히 회복되었을 때, 그녀가 처음으로 한 일은 내 기분을 크게 상처 입힐 만한 말을 하고서 내 앞의 땅에 침을 뱉은 것이었다. 하지만 나는 여동생이 태어났을 때조차 열일곱 살이라는 그녀의 나이보다 나이 들어 있었으므로 그녀의 말이 전혀 놀랍지 않았다. 감사의 말을 들었다면 반가웠겠지만 기대하지는 않았다. 우정을 기대하지도 않았다. 그랬다면 의심스럽게 여겼을 것이다. 언제나 그녀의 가정이었던 작은 노란색 집에 생긴 빈자리를 그녀는 채울 수 없었다. 그녀는 아버지를 무척 닮았고, 남동생보다 더 닮았다. 피부는 아버지와 똑같이 민족 — 인종이 아닌 민족 — 의 혼합물이었고, 붉은 금빛에 몹시 고불거리는 머리는 양의 등 털 같은 질감이었다. 눈은 감청색 하늘을 배경으로 뜬 달처럼 회색이었으나, 그럼에도 그녀는 아름답지 않았다. 아름다움은 그녀의 특성에 속하지 않았다. 그녀는 사나웠다. 그녀는 자신의 생득권에 이미 임자가 있다고 느끼며 태어났다. 내가 그것을 자기에게서 빼앗아 갈지 모른다고 생각했다. 나는 그럴 수 없었다. 나는 남자가 아니었다.

그녀의 아버지, 내 아버지는 이 무렵 대단히 부유한 사람이 되었다. 그 같은 입지의 사람, 토착민, 다시 말해 아프리카인과 혈연으로 엮인 사람치고는 이례적인 일이었다. 그의 부유함은 토착민이라 칭할 수 있는 다른 이들에게 불가사의였다. 이 다른 사람들, 토착민들은 정의와 부당함이라는 문제에 붙들리게 되었고, 조상이 전래한 유산에 대한 요구에, 그들을 이곳 섬으로 오게 한 굴욕에 집착하게 되었다. 마치 그것이 중요한 듯, 정말로 중요한 일인 것처럼. 내 아버지는 그렇지 않았다. 세상사에, 역사에, 시간에 대한 그의 관점은 여러 시대를 거쳐 살아온 사람 같았고, 그가 보았을 법한 관점에서는 모든 것이 단기적으로만 중요할 뿐 결국 아무것도 중요하지 않았다. 마침내 모든 것은 존재한 적조차 없었다는 듯 무로, 죽음으로 끝날 것이며, 아무리 영예로운 지위를 누렸더라도 어느 한순간조차 그것을 위해 죽을 만큼, 또 그것을 위해 살 만큼 신경을 쓰지 않았다면, 그건 전혀 중요한 문제가 아니었다. 모든 것이 중요했고, 그 무엇도 중요하지 않았다. 그는 끊임없이 부유해졌지만 몸에 부(富)를 두르지 않았다. 금을 걸치지도 않았고, 은을 걸치지도 않았다. 그는 몸에 꼭 맞도록 훌륭하게 재단된 새하얀 고급 리넨 정장을 입었다. 그 옷이 그의 피부는 아니었지만 그럴 수도 있었다. 그는 위풍당당해 보였다. 맹금, 맹금에게 취약한 곤충, 정글의 주인, 평원의 지배자, 소형 포유류. 그 무렵 그의 피부는 주름지기 시작했는데, 주름 자국은 작고 매우 미세하게 파여서 나만큼 관심 있는 이나 눈치챌 수 있는 정도였다.

내 여동생은 눈치채지 못했다. 아버지의 부유함은 그녀에게 이례적인 일로 여겨지지 않았다. 그는 부유한 것이 당연했고, 그녀는 그의 딸인 것이 당연했다. 그녀는 빗을 샀는데 — 어디서 샀는지는 알 수 없었다. — 거기에 열을 가해서 빗으면 심한 곱슬머리가 머리에 찰싹 달라붙게끔 펴졌다. 햇빛을 받은 그 수많은 털들은 일종의 부처럼 반짝였다. 그녀의 아버지는 마른 사람이었다. 그는 결코 음식을 즐긴다는 인상을 내비치며 식사하지 않았다. 그녀의 허리는 굵어지고, 엉덩이는 더 펑퍼짐해졌다. 가슴이 컸지만 매혹적이지는 않았다. 가슴이 더욱 커졌음에도 애무를 부르지는 않았다. 아, 그녀가 스스로를 너무나 모른다는 사실에 나는 너무 슬퍼져서 하루는 그 때문에 온종일 흐느꼈다. 그녀 역시 자신과 사랑에 빠져 있었지만 그건 사랑할 만한 가치가 있는 모습은 아니었다.

그리고 어느 날 아버지에게 자동차가 생겼다. 새 차는 아니었고 누군가가 소유했던 차였지만, 그 점은 중요하지 않았다. 그에겐 차가 생겼다. 그와 그의 아내와 그의 딸은 일요일마다 로조로 차를 몰아서 교회에 나가곤 했다. 그리고 그들은 돌아와서 푸짐한 식사를 했는데, 그들끼리 먹을 때도 있었고, 아버지가 사귄 한 남자, 잉글랜드 출신의 남자와 함께일 때도 있었다. 나는 그들과 차를 타고 교회에 가지 않았다. 나는 아예 교회에 나가지 않았고, 그들과 함께 정찬을 들지도 않았다. 내 여동생은 자전거를 받았다. 그건 사치품이었고, 누구나 흔하게 가질 수 있는 물건이 아니었다. 이 일요일의 식사, 잉글랜드풍으로 요리한 구운 고기와 푸딩이라 불리는, 어떤 것은 달콤하고 어떤 것은 짭짤한 온갖 녹말질 음식들로 차려진 식사를 마치면, 그녀는 자전거를 타러 나가곤 했다. 어디로? 세인트조지프 출신의 그 남자 곁으로 간다는 사실을 나는 즉시 알아차렸다. 그녀의 어머니와 아버지 역시 이를 알았을 수도 있지만 굳이 언급하지 않았고, 더 이상 그녀에게 말을, 주의를 주는 말조차 결코 하지 않았다. 일요일 오후면 자주 그녀는 자전거를 타러 갔고, 부모의 집을 나설 때 그들은 모두 한 가지 생각에 동의했다. 특별한 종류의 즐거움을 누리는 거라고. 오후의 기분 좋은 공기 속을 자전거로 달리며, 날이 짧아짐에 따라 열기가 덜해지고, 날이 짧아짐에 따라 빛이 부드러워지고, 날이 짧아짐에 따라 아침의 긴 하품으로 시작된 열정이 수그러들리라고. 하지만 열기, 빛, 날의 길이 따위는 그녀에게 하등 중요하지 않았다. 그녀는 남자를 만나러 가는 길이었다. 그녀의 어머니와 나의 아버지는 그녀가 남자를 만나러 간다는 사실을, 그리고 그 상대가 세인트조지프 출신의 바로 그 남자임을, 그들 마음에 들지 않았던 인물임을 알았다. 그 무렵 그들의 대항 의지는 바닥나고 말았다. 그들은 아들의 죽음에 대항했었고, 그럼에도 죽음이 찾아오고야 말았으니.

그녀가 그와 밀회를 즐기고 돌아오던 어느 일요일, 날이 어두워졌다. 그들은 매서커와 로조 사이의 어느 곳에서 만났고, 둘은 키스했고, 그는 그녀 위에 올라탔고, 둘 다 반쯤 벗은 채였고, 그녀는 헐떡거렸고, 그는 신음을 흘렸고, 그녀는 그에게 사랑한다고 말했고, 그는 그녀에게 그런 말을 하지 않았으나 그녀는 눈치채지 못했다. 그는 그녀에게서 몸을 뗐고, 그녀는 여전히 그에게 달라붙어 있었다. 그가 그녀의 안에 있을 때, 그의 허리와 무릎 사이의 바로 그 부위가 마치 영원처럼 그녀에게서 물러났다가 다시 영원처럼 그녀의 안으로 들어올 때 안겨 주는 쾌락이 내 여동생에게는 너무나 황홀했기에, 그녀는 이 감각을 그와 자신이 함께할 때에만 얻을 수 있는 유일한 것이라 여겼다. 다른 누구와도, 자기 자신과도 이러한 감각을 느낄 수 있음을 그녀는 알지 못했다. 그녀는 그와 사랑에 빠져 있었고, 그것은 무슨 의미였을까? 내가 결코 잃고 싶지 않은 무엇이 있다. 그녀를 보고 있으면 어리석음 그 자체를 정의해 놓은 듯 보였기 때문이다. 그 일요일 오후, 그를 만나고 돌아오면서 그녀는 자전거로 굽은 길을, 급커브 길을, 너무나 급격히 굽어서 천천히 걸을 때조차 고꾸라질 듯 느껴지는 곳을 돌고 있었다. 너무 속력을 내서 달리고 있었으므로 그녀는 끝내 도로에서 벗어나 벼랑 아래로 굴렀고, 나무 몇 그루의 우듬지를 거쳐, 화산 분출의 자그마한 흔적이 남은 바위들 꼭대기에 떨어졌다. 이런 일을 겪고도 그녀가 살았음은 기적이었는데, 그건 진실이었다. 또한 축복이라 여겨졌는데, 그녀의 생존은 상상할 줄 모르고, 따라서 미래를 믿는 이들에게나 축복이었다.

일요일 오후, 나는 그녀가 운명을 향해 나아가기 전에 그녀를 보았고, 그녀에게는 내가 지금은 알지만 그때는 몰랐던, 일부 사람들에게서 가끔 보이는 기이한 면모가 어려 있었다. '지금 내가 취하는 모든 행동은 내 최후를 결정할 행동이다.'라고 말하는 표정. 그녀는 스스로와 다퉜다. 비록 어머니와 말다툼했을 뿐이라고 생각했지만, 그녀의 어머니는 그녀에게 전혀 관심이 없었다. 그녀는 흰 면 드레스를 입고 있었다. 아버지는 그녀가 일요일엔 흰옷을 입어야 한다고 우겼는데, 남이 인식할 만한 어떤 관습 때문이 아니라, 다만 자신의 미덕에 따른 관념이었고 그 미덕은 남들의 미덕보다 우월했으며, 오직 자기만이 인식할 수 있었기 때문이다. 자전거를 가지러 가는 길에 그녀는 나와 마주쳤고, 앞으로 제 이목구비에 고정될 운명의 표정으로 나를 쳐다보았다. 입술 가장자리를 추켜올리고, 눈의 홍채를 맨 구석으로 쏠리게 해서 바라보는, 대상을 초점에서 어긋나게 하는 얼굴이었다. 콧구멍에서는 쓰디쓴 기운이 흘러나왔다. 그녀가 들이쉬는 공기가 아닌 내쉬는 공기에서 말이다. 나를 바라볼 때 그녀는 무자비했지만 상관없었다. 내게 그녀의 자비는 필요 없었다. 다시 여동생을 보았을 때 그녀는 로조의 병원 침대에 누워 있었다. 그때 그녀는 혼자였다. 나보다 앞서 그녀의 아버지가 다녀갔고, 나보다 앞서 그녀의 어머니가 다녀갔다. 그들은 동시에 다녀가지 않았다. 열흘째였다. 그녀가 벼랑에서 떨어진 지 열흘이 지났다. 인생의 기묘함을 그녀는 아직 떠올리지 못했고, 매 순간, 매일, 모든 존재 자체의 덧없는 찰나도 아직 떠올리지 못했다. 지금 나는 그녀에게 그런 적이 있었으리라고 믿지 않는다. 나는 그녀가 인생의 끝자락에 불행했고, 혼란스러웠으리라고 믿는다. 인생의 처음 순간에 그랬던 것과 똑같이. 인생은 물론 미스터리가 아니며, 태어난 모든 이들은 그 노정의 전체를 너무도 잘 안다. 미스터리는 터무니없이 호기심 많은 이들을 위해 설계된 속임수다.

그녀는 병원 침대의 거친 시트 사이에 누워 있었다. 그녀의 피부는 짙은 갈색 안료 위에 얹힌 새 종이 같은 창백한 갈색이었다. 그녀는 나를 보고 행복해하거나 불행해할 처지가 아니었다. 나를 전혀 똑똑히 볼 수가 없었다. 그녀에게 나는 아마 세 사람이나 백 사람 정도로 보였으리라. 내가 세 명이든 백 명이든, 그녀는 여전히 나를 전혀 좋아하지 않았다. 심지어 그녀는 다시 세상을 좋아할 수 없었다. 나는 내 자유 의지로 그녀를 보러 간 것이었다. 그것은 내게 기대되는 행동이 아니었고, 누구도 내게 그러라고 시키지 않았다. 나를 보자 그녀는 고개를 돌렸다. 어쩌면 혐오감 때문이었고, 어쩌면 부끄러웠기 때문이리라.

다른 병상이 여섯 개나 더 있지만 다른 환자는 아무도 없는 작은 병실에서 침대에 누워 있는 그녀를 보았을 때, 그녀 곁에는 한 남자가 서 있었다. 일요일에 이따금 찾아와서 내 아버지와 그의 아내와 식사를 들던 바로 그 남자였다. 그는 내 인생에서 가장 오랜 시간 동안 함께하게 되는 바로 그 남자였지만, 그때 그러리라는 사실을 어떻게 알았겠는가? 그녀는 나를 올려다보지 않았고, 나를 보고 싶어 하지 않았다. 그는 나를 바라보았으나, 그 순간 나는 그에게 아무런 의미도 두지 않았고, 훗날 그는 당시 나를 보았던 일을 기억하지 못했다. 그녀가 나를 쳐다보았을 때 내 모습은 열 배로 복제되어 저마다 조금씩 겹쳐 있는 듯 보였고 온전히 다 보이는 나는 하나도 없었다. 자기 시야에 비치는 이런 내 모습에 그녀는 자신을 잃었고, 화를 내며 내게서 돌아누웠다. 그때 나는 거기 누운 그녀를 보며 내 안에서 솟아나는 호기심을 억누를 만큼 그녀를 사랑했어야 했다. 어떻게 생긴 사람일까, 이 아이를 이 지경으로, 영원히 흐릿한 시야로 살게끔 반불구로 만들 수 있었던 남자는?

내 아버지는 이 세상을 자기가 발견한 대로 받아들였고 그것을 제 변덕들에 종속시켰다. 다른 사람들 역시 그들이 발견한 대로의 세상에서, 저들의 변덕들에 그를 종속시켰음에도 그러했다. 그는 이 세상들 속의 세상들에 결코 의문을 제기하지 않았다. 내가 아는 한으로는 그랬다. 그는 부자였다. 물론 그보다 더 부유한 사람들이 있었고, 한층 더 부유한 사람들도 있었다. 그들은 모두 같은 종말을 맞이할 것이며, 무엇도 그들을 구할 수 없었다. 그는 자신의 노력에 대한 믿음을 잃을 만큼, 그 노력에 뭔가 미래의 가치가 있으리라는 믿음을 잃을 만큼 오래 살았지만, 속세의 물질적 이득에 손대는 것은 마약과도 같았다. 그는 거기에 중독되었고, 아무래도 포기할 수 없었다. 이제 그의 유일한 상속자인 아내의 딸 — 아들은 죽었고, 아내도 죽었고, 나는 스스로 그런 지위에서 빠져나왔다. — 은 세상의 구조에 대한 그의 감정과 전혀 통하는 데가 없었고, 어쨌거나 천성적으로 세상에 대해 그와 동일한 감정을 느끼지 않았다. 그녀는 아버지의 재산을 주변에서 흔히 보이는 버거운 일상생활로부터 자신을 자유롭게 해 주는 수단으로만 보았다. 금세 다시 더러워질 바닥을 비질하는 인생, 어차피 먹혀 버릴 음식을 또다시 요리해야 하는 인생, 입으면 다시 더럽혀질 옷들을 세탁하는 인생. 그럼에도 아마 내 아버지가 세상을 추구했음은 옳았고, 내 여동생이 세상을 즐겼음 역시 옳았으리라. 그 반대, 즉 죽음을 추구하는 것은 전혀 추구가 아니니까. 죽음은 모든 불가피함 중의 불가피함, 모든 불확실함 속 유일한 확실함이다.

그리하여 나는 내 여동생을 벼랑 아래로 떨어뜨려서 병상에 눕게 하고, 여생 동안 반불구 신세로 지내게 한 남자를 만나러 갔다. 그는 병원에 있는 여동생을 단 한 번도 찾아오지 않았는데, 어쩌면 사고 소식을 전해 듣지 못했던 것이리라. 그녀는 그가 소식을 듣지 못했다고 믿었다. 정녕 듣지 못했다고 분명히 믿었다. 심부름꾼들은 그녀가 아는 사람들이 아니었고, 따라서 믿을 수 없었다. 그에게 소식을 전달할 수 있는 사람은 나뿐이었으나, 내게 간청하기란 너무나 굴욕적인 일이었고, 그가 자신의 바람을 거절했다는 사실을 내가 알게 되는 상황은 그녀로선 더욱 견딜 수 없는 일이었다. 어쨌거나 나는 그를 보러 갔다. 그는 허영심 강한 남자였지만, 그의 허영심은 평범한 수준이었다. 어떤 비밀스러운 믿음이나 자신에 대한 깊은 성찰에서 비롯한 것이 아니라, 다른 사람들의 눈에 비친다고 믿는 무언가에서 비롯되었다. 그의 행동거지, 상대가 저항하기 어렵도록 남들을 강렬하고 뚫어지게 응시하는 방식, 특정한 걸음걸이 같은 어떤 점들. 내가 삶을 즐길 수 있었다면, 살아가면서 웃음을 터뜨릴 여유가 있었다면, 그 같은 사람은 내게 웃음을 안겨 주었을 터다.

그에게는 콧수염이, 빽빽하고 까칠한 솔 같은 콧수염이 있었고, 그는 어떤 상황에서든 왼손 손가락으로 수염을 쓰다듬었다. 그리고 나는 이미 드레스의 목 부분을 머리 위로 올리고 소매에 팔을 꿴 뒤였다. 허리띠를 버클에 끼우면서 나는 그에게 내 동생이 병원에 있고, 사고를 당했고, 연인을 간절히 기다린다고 말했다. 그는 엘리자베스에게 언니가 있다는 사실을 몰랐고, 내가 그에게 그런 걸 안다고 해서 뭐가 달라지겠느냐고 묻자, 그는 콧수염으로 장난을 치며 웃었다. 그에게만 들리는 소리였다. 그의 손은 쾌락을 안겨 주지 못했고, 흥미조차 일으키지 못했다. 그의 입술은 넓고 큼직했는데, 스스로를 만족시켰다. 동생의 병상을 떠나서 그를 보러 왔을 때 나는 호기심에 이끌렸지만, 강렬한 호기심은 전혀 아니었다. 결국 나는 동생이 이 무가치한 남자를 제 인생의 영원한 존재로 삼지 못하도록 말리기에 너무 때늦지 않았는지 확인하고 싶었다. 끝내 나는 신경 쓰지 않았고, 사실 어차피 중요한 일도 아니었다.

그들은 결혼했으나 그렇게 되기까지 여러 해가 걸렸다. 삼 년, 사 년, 오 년, 육 년, 그리고 칠 년. 사고 이후로 그녀는 완전히 회복하지 못했다. 온몸이 흉터투성이여서, 마치 결코 승패가 나지 않는 전투 탓에 경계선을 연거푸 다시 그린 지도 같았다. 한동안 그녀는 밤낮으로 울었다. 그러다 울음을 그치고 다시는 울지 않았다. 그녀는 기다렸다. 어느 날, 칠 년의 기다림에 접어든 지 그리 오래지 않았을 때, 어떤 여자가 아버지의 집에 와서 내 동생을 찾았다. 동생이 나오자 그녀는 작은 보따리를 팔에 안기며 그 안에 아이가 있다고 말했다. 그녀가 이 아이의 어머니였고 파케는 아버지였다. 그러고는 사라졌다. 동생과 나는 그 아이를 보살폈다. 실상 아이를 돌보고 시중든 것은 나였는데, 그녀는 어린아이보다 제 한 몸을 돌볼 줄조차 몰랐기 때문이다. 아이는 잘 자라지 못했고, 이 년 뒤 병으로 죽었다. 백일해 때문이라고 했다. 아이의 인생은 아예 없었던 일처럼 눈에 띄지 않고 지나갔다. 아버지는 그 아이를 자기 아들, 앨프레드와 같은 묘지에 묻지 못하도록 금지했다. 결국 아이는 아버지가 변변찮게 여기는 작은 종파의 기독교 신자들을 매장하는 땅에 묻혔다.

나는 그들의 결혼식에 초대받지 못했다. 그들이 결혼하는 날, 특이한 점이라고는 전혀 없었다. 비가 오락가락했고, 하늘은 암소에서 갓 짜내서 낡은 양동이에 받아 놓은 우윳빛이었다. 좋은 징조나 불길한 징조는 하나 없었다. 모든 것이 이들의 결합에 무심했다. 내 동생은 흰 실크 드레스를 입었다. 멀리서 온, 중국에서 온 드레스였지만 그녀가 잉글랜드 실크를 입고 결혼했다는 소문이 오르내렸다. 목에는 진주 목걸이를 둘렀다. 아버지가 그녀의 어머니에게 주었던 것이었고, 그가 그것을 어디서 구했는지 나는 모른다. 그녀는 행복한 나머지 제정신이 아니었다. 그녀는 아름답지 않았다. 사고로 그녀의 외모는 완전히 망가졌다. 눈은 제대로 초점을 맞출 수 없고, 양쪽 다리의 길이가 달라서 절뚝대며 걸었다. 그녀가 아름답지 않은 까닭은 비단 그런 것들 때문만은 아니었다. 초점이 맞지 않는 시야로 말미암은 내적 혼란이 그녀 얼굴에 상처받기 쉬운 표정을 떠올렸을 수도 있었다. 다리를 저는 것 역시 누구에게나 그녀를 향한 동정심을 불러일으켰을 수도 있었다. 하지만 그렇지 않았다. 그녀는 더욱 오만해졌고, 목소리가 거칠어졌으며 시선은 뚫어질 듯 노려보았고, 몸매는 펑퍼짐하고 둔중해졌으며, 그녀는 분노 자체라기보다 남자가 주는 사랑에 실망한 여자였다.

결혼한 뒤 그들은 여동생의 부모와 함께 살았는데, 내 아버지는 즉시, 그리고 정확히, 이 상황이 내게 위험함을 알아차렸다. 남편이 자신을 사랑하지 않음을, 그녀는 알았다. 그가 나를 사랑하지 않는다는 사실을, 그녀는 알지 못했다. 나는 그를 무슈 파케라고 불렀고, 이 정중함은 그에 대한 무관심을, 물론 아무것도 알지 못함을 보이려는 의도였다. 그는 나를 '마드무아젤'이라고 불렀다. '미스'라고 부를 수도 있었지만 그는 그 단어를 발음할 때 자기 입술의 움직임을, 과장된 입 모양을 좋아했다. 아버지가 나를 로조의 자기 친구에게 보내서 일하며 살도록 주선한 것은 그때였다. 내 동생이 환자로서 병원에 누워 있을 때 돌봐 주었던 바로 그 의사의 친구였다.

무엇이 세상을 돌아가게 하는가?

누가 과연 이런 질문에 답을 필요로 할까?

제 피부의 창백한 색조를 자랑스러워하는 사람*이 그것
을 특별히 소중하게 여기는 이유는 그것이 어떠한 염원의
성취도, 스스로의 노력을 통해 얻은 것도 전혀 아니기 때문
이다. 그는 그렇게 태어났을 뿐이고, 그렇게 되도록 축복받

---

* 이 부분 전반에서, 저자는 '사람', '남자'를 뜻하는 man을 통해 '유럽인/
지배자/권리를 지닌 자'를 지칭하고, '사람들'을 뜻하는 people을 통해 '아
프리카 혈통의 사람들/피지배자/정당한 권리나 목소리를 지닐 수 없는 자
들'을 지칭한다. 편의상 man을 '사람'으로, people을 '-자들', '-인들' 등으로
구분해서 옮겼으나, 문맥상 이러한 구분이 어려운 경우 원문을 병기했다.

고 선택받았으므로, 그는 모든 것의 서열에서 특권을 부여
받았다. 그 사람은 평지가 아닌 고원에 앉아 있어야 하고,
눈에 보이는 전부 — 비옥한 초원, 광활한 평원, 깊은 곳에
보물을 품고 있는 높은 산, 거친 바다, 평온한 대양 — 그가
강철처럼 확신하는 이 전부는 그의 것이어야 한다. 무엇이
세상을 돌아가게 하느냐는 질문은, 눈에 보이는 모든 것들
이 안전하게 자기 손아귀에 들어 있을 때 그가 던지는 질문
이다. 너무나 단단히 손아귀에 들어 있으므로 그는 이따금
거기서 눈을 뗄 수 있고, 그것을 비난할 수 있고, 자기에게
서 거둬 달라고 요구할 수 있고, 자신이 잉태된 순간과 태어
난 날을 저주할 수 있다. 그리고 밤에 잠자리에 들었다가 아
침에 일어나면, 그에게 보이는 모든 것은 그대로 단단히 손
아귀에 들어 있다. 그리고 그는 다시, 무엇이 세상을 돌아가
게 하는가? 라고 물을 수 있고, 곧 답을 얻을 것이며 그 답
은 방대하리라. 각자 서로 다른 많은 답들과, 서로 똑같은
많은 사람들이 있다.

그러면 나는 무엇을 묻는가? 내가 할 수 있는 질문은 무
엇인가? 나는 아무것도 소유하지 않았고, 나는 사람-남자
가 아니다.

나는 묻는다. 도대체 무엇이 세상을, 나와 나처럼 생긴 모
든 이들에게 불리하게 돌아가도록 하는가? 이 질문을 던질

때, 나는 아무것도 소유하지 않고, 아무것도 측량하지 않는다. 방대한 분량의 호화로운 답은 내 앞까지 뻗어 있지 않다. 이 질문을 할 때, 내 목소리에는 절망이 가득하다.

한 주에는 일곱 날이 있고, 나는 그 이유를 알지 못한다. 내가 스스로 그런 것들, 날과 주와 달과 해와 같은 것들의 필요성을 느꼈다면, 과연 지금의 방식대로 정했을지 나로서는 확신할 수 없다. 그럼에도 불구하고 그것들은 여기에 있다.

로조의 일요일이었다. 거리는 불안스럽고, 반쯤 비고, 조용하고, 깨끗했다. 항구의 물은 병 속에 든 것처럼 잔잔하고, 집들에선 평소의 다투는 목소리가 나지 않고, 하늘은 압도적인 동시에 여느 때와 같은 푸른색이었다. 로조의 주민, 다시 말해 나처럼 생긴 이들은 그림자에 불과하게 된 지 오래였다. 이 영원한 이방인들, 주변인들은 전체와, 우리들 고유의 영적 생활과 연결이 완전히 끊긴 지 오래였고, 일요일이었으므로 그들 중 몇몇은 지금 황홀경 상태로, 더 이상 온전한 정신이 아닌 채 교회로 걸어가거나 교회에서 걸어 나오고 있었다. 이 활동 — 교회에 가고, 교회에서 나오는 것 — 에는 법령 같은 기운이 있었다. 그것은 패배를 뜻하기도 했지만, 만약 정복한 자들의 신을 믿지 않았다면 정복당한 자들의 모든 생명은 어떻게 되었겠는가? 나는 교회 옆을 걸어갔다. 그 교회 자체, 아름다운 작은 건축물은 그 소박하고 탈속적인 면을 통해 잉글랜드의 어딘가, 좀체 알려지지 않은 구석진 마을의 엇비슷한 건물을 흉내 내고 있었다. 하지만 모든 부분에서 특정 시대와 장소의 전형인 이 교회는 노예가 된 자들에 의해 한 칸 한 칸 지어졌고, 노예였던 많은 자들이 이 교회를 짓다가 죽었으며, 당시 그들의 주인들은 심판의 날이 도래해서 죽은 자가 모두 일어날 때 노예가 된 자들의 얼굴이 천국의 영원한 빛이 아닌 지옥의 영원한 어둠을 향하도록 그들을 묻었다. 그들, 노예들은 얼굴을 서쪽으로 두고, 동쪽을 등진 채 묻혔다. 그런데 애초에 노예들이 영원한 빛을 보는 데 관심이 있기나 했을까, 그리고 노예들이 영원한 어둠을 더 좋아했다면 어떨까? 딱하지만 이런 질문들에 대한 답은 더 이상 누구에게도 쓸모가 없다.

그리하여 다시, 무엇이 세상을 돌아가게 하는가? 교회를 찾아온 대부분의 사람들은 알고 싶어 할 것이다. 그들은 찬송가를 부르고 있었다. 가사는 이랬다. "오 예수님, 나 약속합니다/ 마지막까지 당신을 섬기기로/ 영원히 내 곁에 있어 주소서/ 내 주인이자 친구이신 분."* 그때 나는 교회의 문을 두드리고 싶었다. 나는 말하고 싶었다. 들여보내 줘요, 들여

---

* 우리나라에는 「이 세상 끝날까지」로 알려진 찬송가이며, 해당 부분의 번안 가사는 다음과 같다. "이 세상 끝날까지 주 봉사하리니/ 내 친구되신 주여 늘 함께하소서."

보내 줘요. 말하고 싶어요, 말하고 싶은 게 있어요. 주인이자 친구인 관계는 불가능해요. 주인은 주인이므로 친구와는 전적으로 다른 것, 완전히 다른 거예요. 주인은 친구가 될 수 없어요. 누가 과연 그런 것을, 주인인 동시에 친구인 존재를 원하겠는가? 사람(man)이라면 원할 것이다. 무엇이 세상을 돌아가게 하는가, 라고 질문한 뒤 스스로의 대답에서 중력장, 가상선, 경사와 축, 이성과 논리 그리고 제법 뻔뻔하게도 정의론을 발견해 내는 것은 사람이다. 이윽고 그 일을 마치면 그는 말할 것이다. 그래, 하지만 정말로 세상을 돌아가게 하는 것은 뭐지? 그리고 그의 입은 자기를 향한 경멸로 엄숙해진 채 이런 단어들을 읊조릴 터다. 공모, 기만, 살인.

이 사람(man)은 교회 안의 사람들(people), 혹은 비좁은 제집 안에 있는 동일한 사람들(people)에 대해 완전히 무지하지는 않다. 그의 이름은 존이나 윌리엄, 혹은 그 비슷한 것이다. 그에게는 아내가 있고, 그녀의 이름은 제인이나 샬럿, 혹은 그 비슷한 것이다. 그는 물떼새들을 쏘아 죽이고, 그 알을 먹는다. 그의 인생은 단순하다. 그는 과도한 것이라면 극구 피하는데 그가 그러기를 원하기 때문이다. 또 그의 인생은 행사, 의식, 예식 따위로 그물처럼 복잡하게 얽혀 있는데, 그가 그러기를 원하기 때문이다. 이 사람은 자신의 노예가 된 많은 자들에 대해 무지하지 않다. 종종 그는 그들이 처한 상황을 좋아하고, 그것을 그대로 유지하고자 목숨까지 내놓을 것이다. 때때로 그는 그들이 처한 상황을 좋아하지 않고, 그들을 거기서 빼내기 위해 죽음까지 무릅쓸 것이다. 그는 그들에 대해 무지하지 않고, 정녕 그들에 대해 완전히 무지하지 않다. 그들은 밭을 경작하고, 작물을 수확한다. 그는 날카로운 눈길로 그들의 노동이 빚어낸 결실을 셈하고, 그 결실들을 균일한 덩어리로 묶어 부두에서 수송되길 기다리고 있다. 이 남자는 이익을 낸다. 때로는 예상보다 더 크고, 때로는 예상보다 적은 이익을. 이 이익과 더불어, 그 많은 자들에게 해당하는 현실을 비밀로 유지한다. 이를테면 '내 주인이자 내 친구'라고 말하는 이 사람이 큰 집을 짓고, 실내에 난방을 하고, 강제 노동과 장애, 머나먼 벽지에서 온 이름 없는 많은 이들의 때 이른 죽음을 동원한 덕분에 매우 값비싼 원단으로 만든 의자에 앉아 있을 수 있으니까. 이 의자에 앉아서, 그는 이마와 코와 얇은 입술을 창유리에 꽉 붙인 채 창밖을 내다본다. 때는 겨울이다.(내가 결코 보지 못할 것, 내가 결코 알지 못할 기후이며, 내가 알지 못하기에, 그리고 내가 아름답다고 여기는 것이 전혀 담겨 있지 않기에 나는 겨울을 수상스럽게 여긴다. 나는 겨울에 익숙한 이들을 업신여기지만, 나, 수엘라는 그 이상 어찌할 수 없는 입장이다.) 풀은 살아 있지만 활기차게 자라지 않고(생장을 중단했

다.), 나무들 역시 살아 있지만 활기차게 자라지 않는다.(생
장을 중단했다.) 마치 비참함에 대한 작은 기념비인 양 엄격
하게 다듬어진 산울타리가 두 밭을 구분하고 있다. 태양은
빛나지만, 빛이 창백하고 희미해서 엄청난 노력을 기울이고
있는 듯하다. 그가 바라보는 것은 묘지가 아니다. 그가 바
라보는 것은 자신이 소유한 모든 것의 작은 일부분이며, 땅
이 단단해졌다가 물렀다가 또다시 단단해지면서 생긴 무덤
같이 불규칙한 흙더미들은 이미 그의 조상들과 그들의 행
위들을 담고 있다. 따라서 그와 그가 할 모든 일과 그에게서
나올 모든 이와 그들이 할 모든 일들이 들어갈 자리는 충
분하다. 그의 이마, 코, 얇은 입술이 유리창에 더 세게 짓눌
린다. 그의 마음속에서 미동 없는 땅은 푸른 바다, 회색 대
양이 되고, 푸른 바다와 회색 대양 위에는 배들이 있고, 배
들에는 사람들(people)이 가득하고, 사람들(people)이 가득
한 배들은 푸른 바다와 회색 대양의 밑바닥으로 가라앉고
또 가라앉는다. 푸른 바다와 회색 대양 역시 그가 소유한 모
든 것의 작은 일부분이며, 매끄럽고 고요한 수면과 더불어
그것들은 정해진 계약, 어길 수 없는 약속의 증표다. 그럼에
도 무덤처럼 생긴 불규칙한 흙더미들이 나타난다. 작은 팽
창이 다른 작은 팽창을 삼키며 측정할 수 있지만 안다고 해
서 두려움을 극복할 수는 없는 깊이를 감춘다. 이처럼 창밖

의 휴경 중인 땅의 공평무사함은 그가 익히 아는 이치이다. 땅은 그가 해충이라 여기는 생물을 거두고, 그가 가장 존경하는 조상을 거두고, 그마저 거둘 것이다. 하지만 휴경 중인 땅은 분할되어 있고, 때는 봄이며(나는 봄과 친숙하지 않고, 거기서 아무런 기쁨도 찾을 수 없으며, 봄과 얽힌 자들이 나보다 열등하다고 생각하지만, 나, 수엘라는 내 감정에 의미를 부여할 입장이 아니다.) 이제 그는 자기가 원하는 대로 땅을 다룰 수 있다. 푸른 바다, 회색 대양의 공평무사함 역시 그가 익히 아는 이치이지만, 이 차갑고 광활한 물의 지하 묘지는 분할할 수 없고, 어떤 계절도 그에게 유리한 영향을 바다에 행사할 수 없다. 푸른 바다, 회색 대양은 그의 세속적 행복을 보여 주는 모든 것(사람들(people)이 가득한 배) 그리고 그의 불행을 보여 주는 모든 것(사람들(people)이 가득한 배)과 함께 그를 데려갈 것이다.

겨울의 오후이고, 그의 머리 위에 자리한 하늘은 압도적인 동시에 평소 같은 푸른색이며, 하늘 가운데에는 아직 보름이 차지 않은 순백의 달이 떠 있다. 그는 두렵다. 그의 이름은 존이고, 그는 푸른 바다, 회색 대양을 항해하는 배에 탄 자들의 주인이지만, 바다나 대양 자체의 주인은 아니다. 주인이라는 입장에서, 그의 요구는 명확하고 최고의 권위를 지니며 그렇기에 그는 무자비하고, 동정 없고, 상냥함이라곤

찾아볼 수 없다. 사람(man)이라는 입장에서, 벌거벗고, 굶
주리고, 따스한 방 한 칸 없는 평범성을 입증하는 입장에서,
그는 자신이 주인으로 군림했던 모든 것과 같은 운명을 맞
이한다. 창밖의 땅이 그를 거둬들일 것이다. 푸른 바다도 그
럴 것이고, 회색 대양도 그럴 것이다. 그러므로 자기가 이 입
장, 사람, 평범한 사람의 입장에 처하는 순간, 그는 주인에게
친구가 되어 달라고 청하고, 자신이 줄 수 없는 바로 그것을
자기에게 달라고 청한다. 그런 일이 가능하지 않음을 알면
서도 그는 청하고 또 청한다. '그런 일은 불가능해,' 하지만
그는 어쩔 수 없는데, 항상 스스로를 가장 먼저 가엾게 여기
기 때문이다. 그리고 자신에게 필요한 순간에 이렇게 말하
는 것도 이 사람이다. '하느님은 심판하지 않으신다.' 이 말
을, '하느님은 심판하지 않으신다.'라는 말을 할 때, 그는 어
린아이 같은 자세를 취한다. 양 무릎을 맞붙이고, 손으로 무
릎을 꽉 감싸 쥔 채 그는 '씨 뿌리는 사람과 밀'의 비유*를
스스로에게 들려주고, 자기에게 유리한 방향으로 해석한다.
'하느님의 사랑은 밀이 어디서 자라든 평등하게 비춘다, 돌
밭이든, 깊지 않은 땅이든, 비옥한 흙이든.'

---

* 마태복음 13장의 내용을 가리키는 듯하다. 일반적으로 비옥한 흙에 떨
어진 씨는 천국에 갈 수 있는 사람, 돌밭이나 깊지 않은 땅에 떨어진 씨는
복음에 귀를 기울이지 않거나 유혹에 빠지는 사람을 의미한다.

내가 스스로에게 들려준 이 짧고 통렬한 설교는 내게 새롭지 않았다. 이 관점에 새로이 무게를 더하는 사건을 목격하지 않고 그냥 지나가는 날은 내 인생에서 드물었다. 내게 역사란 기념행사, 악단, 환호성, 리본, 메달, 고급 유리잔을 부딪치고 높이 치켜올리는 소리, 다시 말해 승리의 함성으로 가득한 대형 무대가 아니었기 때문이다. 내게 역사란 과거만이 아니었다. 그것은 과거이며 현재이기도 했다. 나는 내 패배에 신경 쓰지 않았지만, 패배가 지독히 오랫동안 지속되어야 한다는 점만큼은 마음에 걸렸다. 나는 미래를 보지 않았고, 어쩌면 그것은 당연한 일이리라. 왜 그런 걸 봐야 하겠는가. 그럼에도…… 그럼에도, 내가 내 앞을 똑바로 보지 않았다는 것, 언제나 뒤를 보았다는 것, 때로 옆을 보기도 했지만 대부분 뒤를 보았다는 사실을 깨닫자 슬퍼졌다.

그 일요일, 내가 바깥에 서 있었던 교회는 내게 아주 익숙한 곳이었고, 나는 거기서 세례를 받았다. 내 아버지는 교회의 저명한 신도가 되었으므로 이제 일요일 아침 예배에서 성서 일과를 읽을 수 있었다. 내 말에 따르듯 교회에서 신자들이 쏟아져 나왔고, 그중에는 내 아버지도 있었는데, 그런 무리에 들어감으로써 그가 저질렀던 배반의 흔적은 이제 그리 남지 않게 되었고, 필립도 있었다. 그의 밑에서 일하지만 내가 싫어하지 않은 남자, 내가 같이 자지만 사랑하지 않은 남자, 결국 내가 결혼하게 되지만 여전히 사랑하지 않았던 남자. 신자들은 그때 깊은 만족감에 빠져 있었으나, 모두가 동일한 상태로 깊은 만족감에 빠져 있지는 않았다. 내 아버지는 필립보다 덜 만족스러웠는데, 교회 모임에서 그의 지위가 덜 공고했기 때문이다. 하지만 아버지는 놀라운 모방꾼이었고, 단순히 불행한 이를, 한밤중에 '무엇이 세상을 내게 불리하도록 돌아가게 하는가?' 라고 울부짖는 이로 바꿔 놓는 법을 알았다. 밤에 무척 어울리는 일이지만 부지불식간에 그런 질문을 터뜨리는 사람에게서 지극히 낯선 비통함의 외침이 터져 나올 수 있도록. 그리 멀지 않은 곳을 힐끗 넘겨다보기만 해도 실제적인 예를 찾을 수 있었다. 묘지의 맨 끝, 교회 경내와 접한 곳에 라자루스*라는 남자가 서 있었고 그는 땅에 구덩이를 파서 무덤을 만들고 있었다. 교회 건물에서 매우 멀리 떨어진 이 무덤에 묻힐 사람은 가난한 자, 아마 단순히 불행한 자들 중 하나일 것이다. 나는 라자루스를 알았다. 그의 이름은 순진한 희망을 품은 순간에 붙여졌으리라. 그의 어머니는 그런 이름, 신이 두 번째 기회

---

* 요한복음 11장에 언급된 라자로의 기적에서 따온 이름이다. 라자로는 큰 병을 앓다가 끝내 운명하는데, 죽은 지 사흘 만에 예수의 부름을 받고 기적처럼 되살아난다. 오늘날에도 라자로의 기적은 부활의 의미로 널리 쓰인다.

를 주셨기에 부유하고 강력한 그 이름이, 그의 실제 삶인 살아 있는 죽음으로부터 어떻게든 그를 보호해 주리라 생각했을 터다. 하지만 아무런 소용도 없이, 그는 '죽은 자'로 태어나서 '죽은 자'로 죽을 터였다. 그는 내 아버지가 기생하는 많은 이들 중 하나였고(아버지와 함께 교회에 다니는 사람들이 아버지에게 기생하는 한편으로), 내가 그를 아는 까닭은 내 어머니가 이 묘지에 묻혔으며(내가 서 있는 곳에서는 어머니의 무덤이 보이지 않았다.), 어느 날 어머니의 무덤을 찾아왔다가 한 손에 화이트 럼주 병*을 들고 다른 손으로는 바지 허리춤을 붙들고 있는 그와 정면으로 마주친 적이 있었기 때문이다. 벌레 하나가 그의 입가에 고인 작은 침 웅덩이를 빨아 먹으려고 연신 날아들었고, 처음에 그는 럼주 병을 든 손으로 벌레를 쫓아내려 했지만 벌레는 끈질겼고, 그러자 본능적으로, 앞뒤 재지 않고, 그는 바지허리를 놓아 버린 뒤 단호하게 벌레를 쫓아냈다. 벌레는 날아갔고 돌아오지 않았으나 그의 바지는 발목까지 떨어졌고, 이번에도 본능적으로, 앞뒤 재지 않고, 그는 손을 뻗어서 바지를 추켜올렸다. 그러자 예전과 같은 모습, 죄를 지은 자들과 피로한 자들과 희망 없는 자들이 인생이라고 부르는 일련의 사건들에

---

* 파인트 용량의 술병이라고 표기되어 있으며, 0.57리터 정도이다.

의해 넋이 빠진 가난한 남자가 되었다. 그는 혹사당하는 짐승 같았고, 살아 있는 시체 같았다. 뼈들이 몸 위로 툭 불거지고, 살가죽만 겨우 덮인 듯했으며, 그에게서는 시큼한 냄새, 악취, 뭔가가 썩어 가는, 이따금 별미로 여겨지기도 하는 진정한 부패가 시작되기 직전의 들큼한 냄새가 났다. 바지가 다시 허리에 걸리기 전에, 나는 그에게서 유일하게 살아남은 것을 보았다. 그의 음모였다. 그것은 넓은 원을 그리며 돋아나 있었고, 음부를 거의 다 가리며 사타구니를 넓게 덮고 있었다. 음모의 색깔은 붉은색, 선물 상자의 붉은색, 뭔가가 확 타오르는 것 같은 붉은색이었다. 무덤을 파는 사람과 나의 이 짧은 만남에는 시작이 없었고, 그래서 끝날 수도 없었다. 내가 말한 "안녕하세요."와 그가 말한 "에에."가 있을 뿐이었고, 그 말들은 정확히 동시에 나왔으므로 그는 사실 내 말을 듣지 못했고 나는 사실 그의 말을 듣지 못했으며, 그 점이 중요했다. 그와 내가 정말로 서로의 말을 듣는다는 것은 있을 수 없는 일이었다. 그 고통으로 말미암아 우리는 스스로를 살해하거나, 한낮의 광장 교수대에 목매달리게 하는 일련의 상황에 처했을 터다. 그는 '죽음의 집(시체 안치소)'으로 사라졌다. 그가 작업 연장들을 보관하는 곳이었다. 삽, 사다리, 밧줄.

신도들은 이제 한층 강렬해진 열기를 쬐며 교회 계단에

서 있었다. 마치 그 열기가 그들만을 위한 축복을 담고 있음을 확실히 아는 듯이. 그들은 서로 말을 하고, 서로의 말을 듣고, 서로에게 미소를 지었다. 같은 개미굴에서 나온 개미들처럼. 그들은 멋진 광경을 자아냈다. 라지 루스가 거기서 빠졌고, 내가 거기서 빠졌기에 멋진 광경이었다. 그들은 서로에게 작별 인사를 건네고 각자의 집으로 돌아갔다. 그들은 집에서 잉글랜드에는 차나무 따위가 자라지 않는다는 사실을 잘 알면서도 잉글리시 티를 마실 것이고, 그날 밤 잠자리에 들기 전, 잉글랜드에는 코코아나무 따위가 자라지 않는다는 사실을 잘 알면서도 잉글리시 코코아를 마실 것이다.

내 인생의 그 시기에, 그런 날은 어떻게 끝났던가? 나는 실오라기 하나 걸치지 않은 채, 필립의 다리 위에 내 다리를 포개고 내 침대에 앉아 있었다. 그 역시 실오라기 하나 걸치지 않은 채였다. 그는 막 내 안에서 제 몸을 빼낸 참이었고, 침 같은 뜨뜻한 액체가 내게서 새어 나와 시트에 축축한 흔적을 남겼다. 내가 알았던 대부분의 남자들처럼 그 역시 그리 잘하지 못하는 활동에 집착했지만 그럼에도 그는 선선히 지시를 받아들였고, 무엇을 하라는 명령을 두려워하거나 자기가 맡은 일을 전부 알지 못한다는 사실을 부끄러워하지 않았다. 그는 조경 재배치에 집착적인 관심을 기울였다. 필요에 의해 먹을 것을 재배하는 정원 가꾸기가 아닌 사치로서의 조경이었고, 단지 즐거움과 식물들이 자기 원하는 대로 정확히 따른다는 이유 때문이었다. 그리고 그가 이 활동에 이끌린 까닭은 몹시 당연했으니, 얼핏 온화해 보일지 몰라도 그것은 명백한 정복 행위였다. 그는 평소와 같은 모습으로 내 방에 찾아왔다. 아무 말도 하지 않았고, 아무것도 보여 주지 않았고, 아무것도 느끼지 않는 듯 행동했는데, 내게는 그러는 게 편했다. 내가 아는 모든 이들은 감정과 말로 너무나 꽉 차 있었고, 그 (감정과 말) 대부분은 내 의지를 방해하는 쪽으로 향했기 때문이다. 하지만 그때 그는 책을, 폐허의 사진들이 실린 책을 들고 내 방에 왔었다. 사라진 문명의 유적들 같은 것이 아니라, 의도적으로 만들어 낸 퇴락이었다. 그는 퇴락과 폐허라는 개념에도 집착했고, 그 역시 타당했으니, 그가 너무나 많은 퇴락을 초래한 나머지 결국 그것 없이는 살 수 없게 된 이들로부터 나왔기 때문이다. 그리고 이 책의 책장 사이에는 그가 알았고 아마도 사랑했을, 하지만 이곳 도미니카의 기후에서는 자랄 수 없는 꽃들의 표본 몇 개가 눌려 있었다. 그는 표본들을 들어서 빛에 비추며 내게 그 이름들을 불러 주곤 했다. 작약, 참제비고깔, 디기탈리스, 투구꽃…… 그런데 그의 목소리에는 승자의 의기

양양한 화음과 빼앗긴 자의 불협화음이 동시에 어려 있었다. 이렇게 다년초 화단(그는 내게 이런 것들의 사진을 보여주었는데, 꽃 피우는 식물들을 무리별로 나눠 놓은 데 불과했다.)의 출석을 부르면서 그는 거의 마취된 듯한 황홀경에 빠진 채 어린 시절의 일상들을 회상하곤 했다. 어머니가 수요일마다 무엇을 했는지, 아버지가 어떻게 콧수염을 다듬었는지, 비 내리는 잉글랜드 전원의 냄새, 전분 아닌 달걀로 굳힌 푸딩들. 여름이면 머리를 새로 깎아서 자기 머리통이 어린 동물의 잔등 같았고, 하루 종일 황무지를 돌아다니다가 절벽 꼭대기에 이르면 짧은 저녁의 산들바람이 뜨거워진 두피를 식혀 주었다는 이야기. 아버지와 어머니 곁을 떠나 학교에서 맞이한 첫날 밤 잠들기 직전에 마지막으로 들었던 소리, 특히 부활절이면 더욱 친밀하게 느껴지던 잉글랜드의 하늘, 잉글랜드 여름날 오후의 완전한 정적을 간간이 깨트리는 테니스공 — 하얗고 흐릿한 형체 — 의 퉁 소리. 키 큰 너도밤나무 그늘에 서서 한 손에는 각양각색의 채소가 담긴 바구니를, 다른 손에는 모종삽을 든 그의 어머니 — 전체적으로 자연스럽고 완벽하게 균형 잡힌 야외, 신제품이나 최신 유행하는 것, 불쾌한 냄새가 없는 실내.

그리고 여전히 신나는 기색이라곤 조금도 없이, 그에게서 쏟아져 나온 말들은 벼랑으로 흘러가는 물처럼 서로 뒤섞였고, 나는 거기에 싫증이 나거나 기분이 상하곤 했다. 그러면 나는 옷을 벗어서 그의 말을 중단시키고는, 그의 앞에 서서 팔을 천장까지 쭉 뻗고 그에게 무릎을 꿇고 핥으라고 명한 뒤 내가 완전히 만족할 때까지 거기 머물도록 했다.

그러고 나면 그의 얼굴에는 제멋대로 흐르는 가느다란 선들이 그려졌는데, 내 살의 풍성하고 거친 음모가 얕게 눌린 자국이었다. 그때 그는 놀라우리만치 인간적으로, 비난받을 데 없이, 행복하지는 않지만 상당히 인간적으로 보였다. 그는 한때 젊었으나 더 이상 젊지 않았다. 그는 내 아버지의 나이대, 쉰 살 정도였으나 그렇게 보이지는 않았고, 그리 놀라운 일도 아니었다. 내 아버지는 제 손으로 인간성에 반하는 죄악들을 저질렀어야 했다. 아버지의 얼굴에는 그가 빈곤에 빠트린 사람들의 수, 그가 때 이른 죽음으로 내몬 사람들의 수, 그가 아버지라는 사실을 묵살했던 자기 아이들의 수 등이 나타나 있었다. 하지만 필립이 태어났을 때 그 모든 악행은 이미 저질러진 뒤였다. 그는 상속자였고, 여러 세대에 걸친 사람들이 죽어 가면서 그에게 뭔가를 남겼다. 그것은 그에게 영원한 행복을 안겨 주지 못했고, 지상의 평온을 안겨 주지 못했고, 그가 낯선 것과 친숙해지는 것을 막지 못했다. 심지어 그것이 그를 좋아하지 않는 세상의 한구석으로, 그를 사랑하지 않는 여자의 침대 위로 몰아넣었을

지도 모른다는 데에는 의문의 여지가 없었다. 그는 키가 컸다. 내 침대의 길이보다 컸으므로 내 침대에서 잘 수 없었다. 그의 손을 보면 자신감이 없음을, 공적으로는 물론이고 사적으로도 자신감이 없음을 알 수 있었다. 그의 손은 신체의 다른 부위와 어울리지 않게 작았다. 그의 손은 불운의 상징인 바퀴벌레의 번데기처럼 창백한 색깔이었다. 세상을 만들어 내거나 얻을 수 있는 손이 아닌, 세상을 잃을 수 있는 손이었다. 그의 조수로 일한 지 일 년이 넘었을 때, 내 기침이 멎지 않자 그는 내 가슴 소리를 들어야 했다. 그때 내 가슴은 줄곧 감각이 예민한 상태였는데, 불그레한 갈색 살덩이로 이루어진 작은 구체의 젖가슴에 달린 젖꼭지는 뾰족한 자주색 과일 같았다. 가슴이 화끈대고 간질거렸는데, 이 감각은 입, 오로지 남자의 입이 단단히 물고 빨아 줄 때에만 멎었다. 나는 오래전에 이 증상이, 어쩌면 진정한 나의 무한한 일부일지도 모른다고 인식한 터였고 그래서 이 감각을 누그러뜨려 줄 수 있는 남자를 찾았다. 나는 남편을 찾지 않았으므로 "나는 그가 너무 잘생겨서 결혼했어.", "나는 그가 신뢰할 만한 사람이라서 결혼했어.", "나는 그가 든든한 가장이 될 것 같아서 결혼했어." 같은 말이 결코 내 입에서 나올 리 없었다. 가슴이 그런 상태였으므로 나는 옛 상처를 보호하듯 긴 모슬린 천을 가슴에 단단히 두르고 있었다. 필립이 나를 진찰하려면 붕대를 풀어야 했고, 그는 의사였으므로 나는 그가 보는 앞에서 그렇게 했다. 나는 혼자 있는 듯 조심스레 모슬린 천을 풀었고, 이것은 그가 어떤 식으로든 흥미를 느끼길 바라서가 아니라 단지 의사의 앞이었기 때문이다. 그의 목소리에는 낯선 구석이 있었지만, 그에게서 들려왔기에 낯설었을 뿐 내게는 익숙했다. 그의 목소리는 남자, 아주 평범한 남자, 내가 알고 있는 대로의 남자 목소리였다. 그 목소리는 내게 이렇게 천을 두른 이유를 정확히 설명하도록 했고, 나는 가슴에 예민한 감각이 가득하다고, 그 감각이 싫지 않지만 오직 남자의 입이 단단히 붙어 있을 때에만 한층 더 좋은 감각으로 누그러들기 때문에 이러고 있다고 말했다.

우리는 그가 환자를 진찰하는 방에 있었다. 나는 진료대에 앉아 있었다. 방은 삼면에 창문이 나 있고, 창문에는 조정할 수 있는 나무 널들이 달려 있었다. 나무 널들은 반쯤 열리도록 기울어져 있었기에 그 틈새로 햇빛이 일정하게, 각각의 빛줄기가 삼 인치 너비로 들어왔다. 일부는 바닥을 반쯤 지난 채 끝나고, 일부는 바닥의 다른 부분을 대각선으로 지나 벽을 타고 반쯤 올라간 곳에서 끝났다. 그래서 방 안에는 기묘한 분위기가 감돌았다. 그늘과 빛이 이루는 무늬, 옷을 다 차려입은 남자, 가슴에 왜 천을 둘렀는지 설명하는 여자, 선반의 등유 램프, 마호가니 탁자 위에 놓인 주사기와 바늘과 겸자가 담긴 새하얀 법랑 쟁반 일습. 그러다 별안간 그는 흥분했음이 틀림없었다. 내게서 떠나가더니 반만 닫힌 덧창 중 하나로 바깥을 내다보았기 때문이다. 그리고 물론 그는 세상의 끝을 보았으니, 로조의 하늘은 이따금씩 그렇게 보였다. 천국, 지나치게 생각하고 싶지 않을 때 찾아가는 장소처럼. 그리고 그는 세상의 이 부분에서 자기가 뭘 하고 있는지 자문했을 수 있고, 자신을 세상의 이 부분으로 오게 한 모든 이유들을 기억해 냈을 수도 있다. 그중 어느 것이든 그를 메스껍게 했으리라. 사람들은 무력감을 느낄 때, 좋아 보이던 일이 나쁘게 풀렸을 때, 불가피한 일이었다고 정당화하며 그 말을 백만 번 반복한다. 그런데 임종의 자리에서는 이 말을 하는 사람이 아무도 없다. 그 말이 유일하게 적절한 때인데도 말이다. 왜냐하면 그 밖에 불가피한 일은 아무것도 없으며, 아침에 떠오르는 해조차 그러한데, 당신이 살아서는 보지 못할 수도 있기 때문이다.

밤은 무슨 색이었나? 검은색이었다. 나는 내 방에 있었다. 밤의 어느 때에 그가 내게 왔었나? 자갈을 밟는 야간 경비대의 발소리를 듣고 얼마 지나지 않아서였다. 그들은 총독 관저를 경호하는 임무를 마치고 돌아가는 길이었다. 그런

역할, 총독을 경호하는 일에는 아무런 의미가 없음에도 말이다. 왜냐하면 누가 총독을 해치려 들겠는가? 나라면 그럴테고, 그의 목을 쉽게 벨 수 있겠지만, 곧 다른 총독이 파견될 것이다. 아무리 나라고 한들 그들의 목을 베는 데 싫증이 나리라. 그가 문을 두드렸던가? 내가 '들어오세요.'라고 말했던가? 그가 약간 머뭇거리며 문을 열었던가? 그가 재빨리 문을 열고, 욕망의 대상이 되었다는 오해를 얼굴에 떠올린 채 들어왔던가? 그가 문간의 매트에 발을 닦았던가? 그가 등 뒤로 문을 닫았던가? 그의 안색은 어땠나? 창백하고 유령 같은, 소심하고 공허한 슬픈 얼굴이었나? 붉고, 혈기 넘치고, 흥분하고, 행복한 얼굴이었나? 아마도, 아마도 그랬을 것이다. 그는 푸른색 셔츠, 한낮에 바다가 띠는 푸른 색조의 셔츠를 입고 있었는데, 그가 그런 색을 좋아하리라고 생각하지 못했기에 나는 놀랐다. 그는 분명 신발을 신고 있었다. 방금 목욕을 마쳤음이 틀림없었고, 향기가 났다. 남성용 향수, 내가 그때껏 알았던 남자들 중 어느 누구도 감히 손에 넣을 수 없는 값비싼 향이었다. 그는 손에 책을 ― 그는 맨 처음부터 그랬다. ― 오른손에 책을 들고 그 사이에 집게손가락을 끼워서 책을 두 부분으로 나누고 있었다. 그는 내 이름을 말했다. 내 방은 너무 작지 않고 너무 크지도 않았다. 그 방은 그의 간호사가 거주하는 공간이었다. 나보다 사회

적 지위가 훨씬 높은, 그보다는 훨씬 낮은, 내가 아닌, 그가 아닌, 내가 내 위치를 지키게 할, 그에게 그의 위치를 지키게 할 누군가의 방이었다. 하지만 간호사는 아무도 오지 않았다. 나는 바깥 밤의 어둠을, 어떠한 별빛도 밝힐 수 없는, 발에 눈이 달리지 않고서야 움직임을 꺼리게 하는 어둠을 느낄 수 있었다. 누군가의 노랫소리가 들렸다. 여자, 잉글랜드 여자였다. 그녀는 슬픈 노래, 구슬픈 자장가를 부르고 있었지만, 그녀 자신은 슬프지 않았다. 슬픈 사람들은 노래하지 않는다. 내 방에는 아랫부분이 도자기로 되고, 여러 색깔의 꽃잎이 달린 꽃 두 송이가 그려진 ── 그 꽃의 이름은 패럿 튤립이라고, 필립이 알려 준 적 있다. ── 작은 파란 램프가 불을 밝히고 있었다. 그 불빛은 방을 낭만적이게도, 사악하게도, 따스하게도 만들어 주지 않았다. 그저 빛을 냈을 뿐이었고, 작은 램프였으므로 대단하지 않은 빛이었다. 그것은 내 어머니의 램프였고, 어머니가 마지막으로 본 램프 불빛이었을 텐데, 어머니가 죽던 순간, 내가 태어나던 순간에 방을 밝히던 램프였기 때문이다. 그리고 이 램프 불빛으로 어머니는 아버지가 자기 안에서 몸을 빼내기 직전, 자신의 몸을 덮은 그의 얼굴을 보았을 것이다. 하지만 이 작은 램프의 불빛은 대단하지 않았고, 필립은 내게 보여 주고 싶어 하던 책을 손에 들고 있었다. 그는 정말로 그렇게 생각했고, 저녁 식사

를 들기 직전, 서가에서 책을 꺼내 든 순간부터 그것을 내게
보여 주고 싶다고 생각했다. 그리고 아내가 잠자리에 든 뒤,
그는 방에서 이어진 세 개의 출입구 앞에 서 있다가 집 밖
으로 나갔다. 그러고는 내 방으로 건너와서 문에 들어섰고,
그동안 내내 이 책을 내게 보여 주고 싶다고 생각했다. 내가
그 책을 보고 싶지 않다고 일러 준 그 순간까지 줄곧. 나는
바닥에 앉아서 멍하게 내 몸의 온갖 부위를 어루만지고 있
었다. 나는 아버지가 준 난징 무명으로 만든 나이트가운 차
림이었고, 필립이 들어왔을 때 한 손은 이미 옷 속에 들어가
있었고, 손가락은 내 샅의 음모에 걸려 있었다. 그가 들어왔
을 때 나는 허겁지겁 손을 빼지 않았다. 그는 내 이름을 불
렀다. 나는 평범하게, 누군가가 내 이름을 불렀을 때 으레 그
러듯이 대꾸하고 싶었다. "네?" 하고, 상대가 말을 이어 가기
를 기다리는 것이다. 하지만 나는 그럴 수 없었고, 내 목소
리는 내 손에, 샅의 털 속에 붙들린 내 손에 갇혀 버린 것
같았다. 그러고 나서 그는 아무 말도 하지 않았다. 그의 바
짓단은 신발 위쪽까지 떨어졌다. 바지는 리넨 소재였고 내
가 좋아하지 않는 색조의 베이지색이었다. 죽은 지 오래된
생물의 뼈가 그런 색이고, 빈 조개껍질이 그런 색이며, 그것
은 퇴락의 색 중 하나이지만, 그가 좋아하는 색이었고, 그가
몸에 걸친 많은 것들이 그런 베이지색을 띠었다. 구두는 갈

색이고, 튼튼하고, 광이 났다.

그는 내가 다리로 허리를 감싸고자 내 위에 누워 있길 바라던 남자가 전혀 아니었다. 내게 아무도 없는 건 아니었다. 내게는 한 남자, 내가 그런 식으로 상상했던, 내가 꿈꿨던 남자가 있었지만, 그는 그때 나와 함께 방에 있지 않았고, 멀리, 내가 모르는 어딘가에 있었다. 필립이 오기 전까지 나는 방에서 혼자 스스로를 애무하며, 한 손을 일부러 살의 털 속에 넣고 있었다. 그의 머리칼은 내게 친숙하지 않은 동물의 털처럼 노랗고 가늘었다. 피부는 얇고 분홍빛인 데다 투명했으므로, 단지 피부가 되어 가는 중일 뿐 아직 진짜 피부에는 도달하지 못한 듯했다. 내가 사랑한 적 있는 그 누구의 피부도 아니었고, 내가 꿈꿨던 피부도 아니었다. 정맥은 솜씨 없는 재봉사가 꿰맨 실처럼 여기저기 비쳐 보였다. 그의 코는 깔때기의 목 부분처럼 폭이 좁고 가늘었으며 뭔가를 경계하듯 공중에 쳐들려 있었는데, 내가 좋아하는 데 익숙했던 코와는 전혀 닮지 않았다. 그는 내가 사랑할 수 있는 사람 같지 않았고, 내가 사랑해야 하는 사람 같지 않았으므로, 그때 나는 그를 사랑할 수 없다고 결정했고 그를 사랑해서는 안 된다고 결심했다. 인생에는 이래야 한다는 특정한 방식, 이상적인 방식, 완벽한 방식이 있고, 이상적인 것의 반대라고는 할 수 없는, 완벽한 것의 반대라고도 할 수 없는,

그저 그렇게 되었으면 하는 방식도 아니고 그래서는 안 되는 것도 아닌, 제삼의 방식이 있다. 그러니까 내 말은, 어떤 상황에서든 기도했던 그대로 되어 나가는 경우는 열 번에 한두 번, 어쩌면 세 번 정도에 불과하다는 것이다. 그는 내 이름을 불렀다. 손에 들고 있던 책을 탁자에 얹어 두었다. 떡 갈나무로 만든 탁자, 세 개의 다리 끝부분이 발톱 모양을 이루는 탁자, 그가 잉글랜드에서 건너올 때 굳이 가져왔지만 딱히 쓸데는 없어서 나나 누구든 이 방을 차지할 이에게 주어진 탁자. 그는 내 이름을 불렀고 마치 내 이름의 소리에 갇힌 듯했다. 그의 목소리는 공기를 충분히 들이쉬지 못하는 사람처럼 가쁘게 쉬어 있었고, 그는 절망에 빠져서, 눈물이 흐르지는 않지만 울고 있었고, 제정신이 아니었고, 결코 이 방에 오지 않을 작정이었다. 나는 나이트가운을 벗어서 머리 위로 들어 올렸다. 마침 나는 머리칼을 두 갈래로 땋아서 머리 양쪽에 돌돌 말아 올리고 있었는데, 그 말려 있던 머리가 내 귀를 덮었다. 나이트가운의 목 부분이 너무 좁았으므로 나는 팔을 머리 위로 쳐들고, 머리는 나이트가운 속에 묻은 채 알몸으로 그의 앞에 서 있었다. 얼마나 그렇게 서 있었는지는 모르겠고, 한순간에 불과했을 수도 있지만, 나는 그때 느꼈던 감정에 영원히 매혹당했다. 나는 다리 사이에서 낯설지 않은 감각을 느꼈다. 그는 내가 겪은 첫 남자는 아니었으므로, 그 느낌이 얼마나 강렬한지 스스로 인정하도록 허용하지 않았었다. 내겐 그것을 묘사할 말이 없고, 그런 묘사를 어디서 읽어 본 적이 없고, 다른 누군가에게서 그것을 묘사하는 말을 들은 적도 없었다. 달콤하고 텅 빈 느낌, 채워지기를 열망하는 빈 공간, 채워지려는 열망이 고갈될 때까지 꽉 차고 싶은. 그는 내 뒤에 서서 혀로 내 목덜미를 아래위로 쓸었다. 그는 나를 도와서 나이트가운을 몸 위로 올려 준 다음, 땋은 머리의 한쪽을 풀었고 나 또한 다른쪽을 풀었다. 그가 나를 도와주었으므로 옷은 쉽게 벗겨졌다. 그는 허리에 신발과 똑같은 갈색으로 염색한 삼베 허리띠를 차고 있었고, 나는 그것을 풀고 싶었으나 그의 알몸을 보는 일은 견딜 수 없었다. 아직 덜 완성된 피부 같은 그의 살갗은 내게 세상을, 방 밖의 캄캄한 밤인 세상을, 캄캄한 밤 너머의 세상을 떠올리게 할 터이므로, 나는 눈을 감고 돌아서서 그의 허리띠를 풀고, 입으로 그것을 내 양 손목에 단단히 감은 뒤 양손을 쳐들고 얼굴은 옆으로 돌린 채 벽에 가슴을 댔다. 나는 그를 내 뒤에 서게 하고, 내 얼굴이 그의 얼굴 아래로 오도록, 내 등이 그의 가슴 아래 오도록 내 위에 엎드리게 했다. 나는 그를 내 위에 엎드리게 하고 그의 손을 내 입으로 가져가서, 혼란의 순간, 고통인지 쾌락인지 알 수 없던 바로 그 순간에 그의 손을 물었다. 나는 그가 발

끝부터 시작해서 머리끝까지 내 온몸에 키스하게 했다. 방 밖의 어둠이 사방에서 벽을 조여 왔다. 그리고 안에서, 방은 쉭쉭거림, 헐떡임, 신음, 한숨, 눈물, 폭소로 거의 터질 듯 꽉 차면서 작아지고 작아졌다. 하지만 거기에는 깊은 뒤틀림, 회전, 날 선 데가 있었으므로 원래의 평범한 소리와는 달랐다. 자기 안에서 나오는 소리들이 아니라면 귀를 막고 싶을 지경이었지만, 결국 자기 안에서 나오는 소리들임을 깨닫게되었다. 그 소리는 모두 내게서 나왔다. 그는 그때 조용했고, 그런 상태일 때는 언제나 조용했다. 그에게서는 아무 말도, 아무 소리도 나오지 않았고, 다만 이따금 내 이름을, 거기에 뭔가가, 아마도 버릴 수 없는 기억이나 의미가 담기기라도 한 듯 속삭였다. 그는 잠에 빠졌다. 만족한 자의 잠이 아닌, 취한 자의 잠이었다. 나는 그에게 평화를 의미하지 않았다.(그가 내게 평화를 의미하지 않았듯.) 나는 그에게 평화를 의미할 수 없었고, 만일 그랬다면 그는 위험했으리라. 그가 죽는 모습을 보고 싶다는 유혹이 너무나 압도적이어서 나는 절대 저항하지 못했을 테니까.

그때 그의 아내는 아직 살아 있었고, 그녀의 이름은 모이라였고, 그녀는 살아 있었다. 그들은 같은 집에서 살고 같은 시각에 함께 같은 식사를 하고 여러 가지 일을 함께했지만, 같은 방의 한 침대에서는 자지 않았다. 그들은 여러 가지 일과를 같이하고, 교회에 가고, 함께 같은 사람들을 만났지만 같은 방의 한 침대에서는 자지 않았다. 나 역시 진짜로 잠을 잘 때에는 늘 혼자 자는 편을 택했으므로 이해가 가긴 했지만, 나는 그들이 어쩌다가 그런 합의에 이르렀는지 알지 못했고, 둘 중 누가 요구했는지도 알지 못했다. 나는 그들이 어떻게 만났는지 알지 못했고, 또 그들이 한때 서로 사랑했던 적이나 있는지 알 수 없었으나, 나 역시 스스로의 관찰을 믿지 않았다. 결국 사람은 누구나 경이로 가득한 법이다. 그녀는 자기 존재에 몹시 만족스러워했고, 그것은 잉글랜드 사람에 속함을 만족스러워한다는 의미였는데, 이치에 맞는 일이었다. 다른 인간에게 죄를 범하기 위해 필요한 첫 번째 도구 중 하나가 바로 스스로에게 몹시 만족하는 것이기 때문이다. 그녀는 자신의 머리칼을 좋아했다. 머리는 검고 남자처럼 짧게 바싹 잘려 있었으나, 그녀는 달걀과 꿀, 레몬주스를 섞어 머리카락에 윤이 나도록 발라서 빗질하곤 했다. 그녀는 자기 안색을 좋아했는데, 이렇게는 묘사하지 않았을 터다. 밀랍 같고, 유령 같고, 생기 없다고. 그녀는 스스로에 대해 친절하고, 타인에 대한 동정심이 충만하고(그녀는 자연재해 피해자들을 위해 헌 옷을 모았다.), 점잖고(그녀는 가난한 자에게 적선했다.), 대단히 우아하다고 생각했으리라. 그러나 그녀의 현재 상황에서 그런 점은 중요하지 않았고, 그 상황이란 그녀가 좋아하지 않는 기후, 결코 사랑할 수 없는 사람들이 가득한 장소였다. 그녀는 며칠간 과일만 먹으면서 너무 시거나 너무 달거나 과육이 충분히 단단하지 않거나 과육이 지나치게 단단하다고 불평하곤 했다. 또 태양이 너무 뜨겁다고 그늘에 누워 있거나, 습기를 막기 위해, 아니면 어둠이나 다른 이유 때문에 창문을 닫고 방 안에 누워 있곤 했다. 그녀는 온통 검은색이나 온통 회색이나 온통 흰색으로만 차려입었고, 몹시 야위고 깡말라서 한때 존재했으나 오랫동안 사라졌다가 다시 발견된 존재, 화석 같은 잔존물처럼 보였고, 그런 빛깔은 그녀를 심술궂게 보이도록 했다. 그녀는 질병의 매개체 같았고, 긴 문장들, 수백 단어 길이의 문장들로 얘기하면서도 숨을 돌리느라 잠시 멈추지조차 않았고, 정말로 말해진 것은 하나도 없이, 오직 이상한 소리, 그녀의 거슬리는 목소리만이 허공에 울렸으므로 나는 한 대 때려서 침묵시키고 싶은 충동을 억눌러야 했다. 나는 그녀를 좋아하지 않았고 ─ 그녀 역시 나처럼 자궁이 망가졌으므로 나는 그녀를 좋아하거나, 최소한 일말의 동정심이라도 품어야 했지만, 그녀가 나처럼 고의로 자궁을 망가뜨렸는지 원래부터 그랬는지는 알 수 없었다. 나는 그녀를 좋아하지 않았다. 내가 그녀를 좋아하기란 불가능했고, 불가능한 상황이었다. 우리는 우리 스스로를 좋아하지 않았고 서로를 좋아하지 않았으므로, 그들을 좋아하기란 역시 불가능했다. 그들에게는 뭔가 다른 특성, 우리와 다른 점이 있었다. 우리는 인간이고 그들은 인간이 아니었기에, 그들의 차이점 하나하나가 우리로 하여금 그들의 실체를 의심하게 했다. 그들은 우리가 생각도 못 했던 방식으로 잔혹했고, 모순의 정의 그 자체였다. 그들은 자기들이 좋아하지 않는 사람들 사이에서 살았고, 이를 쉽게 해내지도, 행복하게 지내지도 못했으나 어떻게든 버텨 냈다. 그녀의 다름은 딱히 모욕적이지 않았다. 그저 내가 더 익숙해졌을 뿐이다. 그녀는 뜨거운 몸을 식히기 위해 찬물 욕조에 앉았다가 차가운 몸을 덥히기 위해 더운물 욕조에 앉았다. 내가 처음 보았을 때, 그녀는 거울 앞에서 오래된 작은 돌멩이 같은 유방을 문지르고 있었는데, 내게 보이는 한 거기에는 아무런 목적도 없었다. 입을 열거나 다리를 살짝 벌리지도 않은 채, 그저 손이 원을 그리며 가슴 주위를 오갈 뿐이었다. 그녀의 눈은 하늘이나 바다 같은 넓은 공간에 더 어울리는 푸른빛이었지만 바싹 마른 그녀의 얼굴에 자리 잡고 있으니 옹졸한 성품을 더욱 부각할 따름이었다. 나는 항상 그녀의 얼굴을 볼 수 있길 기대했는데, 즐거움이 아니라 호기심 때문이었고, 새로운 점이 전혀 없다는 사실에 늘 깜짝 놀랐다. 표정이 부드러워지는 일도, 눈물도, 후회도, 사과도 없었다. 그녀는 숙녀였고, 나는 여자였으며, 그녀에게 이러한 구별은 중요했다. 그 덕분에 그녀는 내가 범속하고 일상적인 것 ─ 배변 활동, 황홀경의 비명 ─ 을 자신과 결부시키지 않으리라 믿을 수 있었고, 작은 잔혹 행위를 문명의 의례로 승격시켰다. 그리하여 그녀는 말하곤 했다. "화요일마다 킹조지 거리와 마켓 거리 모퉁이에서 장사를 하는 여자가 있어요. 그 여자에게 말해 줘요, 지난번의 숙녀가……" 그녀가 바랐을 만한 것 이상으로 스스로에 대한 정확한 묘사였는데, 실상 숙녀란 공들인 허구들의 조합이며, 겉모습, 얼굴 표정, 신체 부위, 왜곡, 거짓말, 공허한 노력의 총체이기 때문이다. 나는 여자였고, 여자로서 나의 정의는 간결했다. 유방 두 개, 다리 사이의 작은 구멍, 자궁 하나. 이는 결코 달라지지 않고, 그것들은 늘 같은 자리에 있다. 그녀는 자신을 절대 이런 식으로 묘사하지 않을 테고, 그런 묘사에 진저리를 치리라. 그런 묘사의 핵심에는 자기 소유의 행위가 있고, 그 당시 나는 내가 유일하게 소유한 것이었다. 그러므로 나는 그녀에게 이런 질문을 할 수 없었다. 왜 여자들은 서로 미워하는가? 그리고 그녀는(그리고 필립과 그들처럼 생긴 모든 이들) 왜 우리들 가운데서 살고 있는가? 이 편안한 삶, 안락한 삶, 위대한 승리의 전리품, 누구도 저항할 수 없을 듯한 삶, 타인들에 대한 지배, 이 역시 죽음의 삶인데 말이다. 무덤 파는 사람, 라자루스의 죽음과는 다른, 나의 죽음과는 다른, 그럼에도 똑같은 죽음, 살아 있는 죽음이었으니, 선하건 악하건 모든 행동은 그 자체로 좋든 나쁘든 저마다의 보상을 담고 있기 마련이다. 당신의 모든 행동은 스스로에게 주는 선물이다. 그녀는 죽었다. 나는 그녀의 남편과 결혼했지만, 내가 그녀의 자리를 차지했다는 뜻은 아니다.

필립이 내 안에 있는 순간, 그가 뚫고 들어왔다가 물러나는 쾌락이 잦아들고, 내가 가장 원초적이고 가장 본질적인 감정, 조용히, 은밀하게, 수치스럽게 섹스라 불리는 것의 포로가 아닌 순간에, 내 마음은 다른 쾌락의 원천을 향했다. 그는 필립과 정반대인 남자였다. 그의 이름은 롤랑이었다.

그의 입은 얼굴이라는 바다 가운데의 섬 같았다. 분명 그에게도 귀와 코와 눈과 나머지 부분이 다 있었겠지만 내게는 그의 입만이 보였고, 나는 그것을 보며 입이 흔히 하는 모든 일들을 상기했다. 음식을 먹고, 찬성이나 반대를 표하며 오므라들고, 미소 짓고, 생각에 잠긴 채 일그러지는 등. 그 안에는 그의 치아가 있고 그 뒤에는 혀가 있었다. 왜 나는 그를 그런 식으로 보았고, 어쩌다 그런 식으로 보게 되었을까? 그가 줄곧 살아 있었고, 내가 그의 존재를 몰랐음에도 완벽하게 잘 지냈다는 사실은 내게 미스터리였다. 나는 밤에 잠자리에 들었고 아침에 일어나서 그러고 싶으면 무신하게 하루를 맞이할 수 있었고, 내 머리를 빗고 내 몸을 닦을 수 있었다. 나는 여전히 완벽하게 잘 지냈다. 그런데 그역시 살아 있었고, 때로는 내 옆집에서, 때로는 멀리 떨어진집에서 살았고, 그의 존재는 일상적이고 완벽하고 내 존재와 평행했음에도 나는 알지 못했다. 이따금 그가 하역하던화물의 냄새를 풍긴다는 점을 내가 알아챌 정도로 내게 가까이 있었을 때조차. 그는 하역 인부였다.

그의 입은 참으로 섬 같았다. 나뭇가지 같은 갈색 바다에놓인, 동에서 서로 뻗고, 중앙부의 폭이 가장 넓고, 작고 선명한 주름들이 있고, 색채는 그것이 위치한 나뭇가지 빛깔의 바다보다 조금 연하며, 위아래 입술의 접점이 가장 짙은분홍색을 이루며 사라지는. 그리고 그의 입을 내 입에 천 번쯤 담았을 텐데도, 그의 입은 언제나 내게 새로웠다. 그는 틀림없이 내게 미소 지었을 것이다, 사실 알 수는 없지만. 나는내게 먼저 미소 짓지 않았던 사람을 사랑했다고 여기고 싶지 않다. 비가 내렸고, 엄청난 폭우였고, 나는 몇몇 다른 사람들과 더불어 포목점의 주랑 현관 아래서 비를 피했다. 비는 골칫거리였는데, 불필요했기 때문이다. 비는 이미 지나치게 내렸고, 이제 바깥 배수로에서까지 넘쳐흐를 뿐 아니라, 실내에서도 지붕 아래로 빗물이 떨어졌다. 나는 주랑 현관 아래에 서서 내면 깊숙이 침잠한 채 나 자신이기에 느끼는 절망을 완전히 즐기고 있었다. 나는 드레스를 입고 있었다. 그날 아침에 머리를 빗질했다. 그날 아침에 몸을 씻었다. 딱히 아무것도 보고 있지 않던 중 나는 그의 입을 보았다. 그는 다른 누군가와 말하고 있었지만, 나를 바라보고 있었다. 그가 대화하던 다른 사람은 여자였다. 그때 그의 입은 바다에 놓인 섬 같지 않았고 높은 곳에서 내려다본, 쉽게 보이지 않는 힘에 의해 활기를 띤 한 뼘의 땅 같았다.

내가 자신을 바라보고 있음을 깨닫자 그는 입을 더 넓게 벌렸는데, 그것은 미소였음이 틀림없다. 나는 그의 앞니 사이에 큰 틈이 있음을 보았고, 그것은 분명 그를 신뢰해선 안 된다는 징조였지만, 나는 신경 쓰지 않았다. 내 드레스는 축축해졌고, 신발과 머리카락은 젖었고, 피부는 차가웠고, 내 주변은 온통 약간의 물과 진흙탕 속에 서서 떨고 있는 사람들뿐이었지만, 나는 스스로 의식하지 못한 채 신경을 기울이느라 땀을 흘리기 시작했다. 나는 후끈 달아오르는 기분을, 또 행복을 느꼈기 때문에 땀을 흘리기 시작했다. 그때 나는 머리를 양 갈래로 땋았고, 머리채의 끝은 쇄골 바로 아래까지 왔다. 머리의 습기가 땋아 내린 머리채에 모두 모여서, 마치 두 개의 홈통을 타고 흐르듯 내려왔다. 드레스의 쇄골 바로 아랫부분에 물이 스며서 가슴까지 흐르다가 천에 감싸인 가슴 끝에 이르러서야 멈췄으므로, 젖꼭지가 선명하게 드러났다. 그는 나를 바라보면서 다른 사람과 얘기하고 있었고, 그의 입은 넓어졌다가 좁아지고, 작아졌다가 커졌으며, 나는 그가 내게 주목하기를 바랐지만 너무 소란스러웠다. 주랑 현관에 서서 폭우를 피하는 사람들에겐 저마다 하고 싶은 말이 있었다. 날씨가 아닌(날씨는 이제 언급할 가치조차 없었다.) 그들의 삶, 주로 실망거리에 관해서였는데, 기쁨은 너무나 찰나이기에 즐거운 일을 곱씹을 시간이 충분하지 않았기 때문이다. 처음에는 웅성거림으로 시작했으나 소리는 차차 요란한 소음으로 변해 갔고, 이 번잡한 소란에는 금속과 식초의 불쾌한 맛이 감돌고 있었다. 그런데 나는 내가 닿을 수만 있다면 그의 입이 이 느낌을 없애 줄 수 있음을 알았다. 그래서 나는 내 이름을 외쳤고, 그가 즉시 알아들었음을 알았으나 그는 대화하던 여자와 얘기하기를 멈추지 않았고, 그 때문에 나는 그가 말을 멈출 때까지 내 이름을 몇 번이고 외쳐야 했고, 그즈음 내 이름은 사슬처럼 그를 휘감았다, 그의 입 모양이 사슬처럼 나를 휘감았듯이. 그리고 서로 눈이 마주쳤을 때 우리는 웃었고, 행복하기에 그랬지만, 실은 무섭기도 했는데, 그 시선이 모든 것을 물었기 때문이다. 누가 누구를 배반할지, 누가 사로잡힌 자가 될지, 누가 사로잡은 자가 될지, 누가 주고 누가 받을지, 내가 어떻게 할지. 그리고 우리가 눈을 마주친 채 동시에 웃었을 때, 나는 말했다. "당신을 사랑해요, 당신을 사랑해요." 그리고 그는 말했다. "알아요." 그의 그 말은 허영에서 나온 것도, 자만에서 나온 것도 아니었고, 단지 진실이었기 때문에 한 말이었다.

그의 이름은 롤랑이었다. 그는 영웅이 아니었고, 그에겐 나라조차 없었다. 그는 섬 출신, 바다와 대양 사이에 있는 작은 섬 출신이었고, 작은 섬은 나라가 아니다. 그에겐 역사가 없었고, 그는 다른 누군가의 역사 속 작은 사건이었으나, 그는 남자였다. 그가 자신을 보는 것보다 나는 그를 더 잘볼 수 있었는데, 그가 그이고 내가 나이기 때문이었지만, 내가 그보다 키가 더 크기 때문이기도 했다. 그는 세련되지 않았지만 스스로가 귀한 존재인 양 처신했다. 그의 손은 크고 두툼했다. 그는 이렇다 할 이유 없이 양손을 몸 앞으로 쭉 뻗곤 했는데 그럴 때면 그의 손은 강력한 기계에서 떨어져 나온 부품처럼 보였다. 다리는 엉덩이에서 무릎까지 곧았다가, 무릎부터는 바다에 너무 오래 나가 있었거나 애초에 제대로 걷는 법을 배운 적 없는 듯 비스듬히 굽어 있었다. 그의 다리털은 바느질을 시작할 때 엄지와 집게손가락으로 꼰 실처럼 몹시 고불거렸고, 그의 팔 털, 겨드랑이 털, 가슴 털도 마찬가지였다. 그런 부위의 털은 검고 듬성듬성했다. 머리털과 샅의 털 역시 검고 몹시 고불고불했는데, 아주 풍성했으므로 그 틈에서 내 손을 움직일 수 없을 정도였다. 앉아 있건, 서 있건, 걷건, 누워 있건 그는 스스로가 귀한 존재인 양 처신했지만 허영에서 비롯한 것은 아니었는데, 진실로 그는 귀중한 존재였기 때문이다. 한편 그는 내 위에 누워 있을 때 내가 세상에서 유일한 여자인 것처럼, 그런 식으로 바라본 유일한 여자인 것처럼 나를 굽어보았다. 하지만 그것은 진실이 아니었고, 남자가 그러는 것은 진실이 아닐 때뿐이다. 그가 처음으로 내 위에 누웠을 때 나는 내가 느끼는 엄청난 쾌락에 부끄러워져서 아랫입술을 세게 깨물었다. 그러나 그때 입술을 깨물어서 피가 나지는 않았다. 내가 키스하지 않은 그의 피부는 매끄럽고 따스했다. 내가 키스한 자리는 차갑고 거칠었으며, 모공들이 열리고 도드라졌다.

세상은 아름다운 곳이 되었던가? 우기가 마침내 지나가고, 화창한 계절이 왔고, 무척 더웠다. 강바닥은 마르고, 강어귀의 수심은 얕아지고, 결국 열기는 비만큼 지겨워졌다. 이 다른 감각, 한마디로 표현할 수 없는 이 감각에 사로잡히지 않았더라면 나는 열기가 가시기를 바랐을 것이다. 나는 나의 충만한 행복감을 느낄 수 있었지만, 그것은 이전까지 한 번도 경험해 본 적 없는 종류의 행복이었다. 그러나 내 행복은 내게서 흘러 나가 기나긴 길을 타고 떠내려갈 것이며, 그러다 길도 끝날 것이고, 나는 텅 비고 슬픈 기분이 될 터였다. 이다음에는 무엇이 올까? 어떻게 끝이 날까?

모든 것에 끝이 있지는 않다, 비록 시작은 변화하지만. 처음으로 잠자리를 함께했을 때 우리는 낡은 옷을 깐 얇은 판자 위에 누워 있었고, 우리의 가난을 입증하는 이 사소한 세부 사항은 ── 우리 같은 지위의 사람들, 하역 인부와 의사의 하녀는 번듯한 매트리스를 구할 수 없었다. ── 내 만족에 크게 공헌했는데, 그 덕분에 나는 몸에 힘을 주고 그와 숨소리까지 일치시킬 수 있었다. 하지만 설탕이나 면화 뭉치가 가득 든 커다란 부대를 새벽부터 해 질 녘까지 등에 지고 나를 수 있는 남자가 여자의 몸에 들어온 지 오 분 만에 기력을 다하다니, 어찌 된 일일까? 그때 나는 답을 알지 못했고 지금도 알지 못한다. 그는 내게 키스했다. 그는 잠들었다. 나는 그의 다리 사이에 얼굴을 묻었다. 그에게선 카레와 양파 냄새가 났는데, 하루 종일 그것들을 하역했기 때문이다. 그의 다리 사이에 얼굴을 묻었던 다른 때에는 ── 나는 자주 그랬고, 그러기를 좋아했다. ── 설탕, 밀가루, 혹은 둘

둘 말린 무명천 냄새가 났는데, 그는 무명천 몇 야드를 훔쳐다가 드레스를 만들라고 내게 주곤 했다.

일상이란 무엇인가? 평범함이란 무엇인가?

어느 날, 보급품을 받아 오려고 정부 진료소로 걸어가던 중 — 스스로 어찌할 수 없을 정도로 나와 사랑에 빠져 있기 때문에 일찍이 노력하기를 그만둔 남자, 만족감을 원할 때를 제외하고는 내가 무시하던 남자의 하녀로서 내 임무 중 하나였다. — 나는 롤랑의 아내와 처음으로 대면했다. 그녀는 보초병처럼 내 앞에 섰다. 근엄하고 위엄 있게, 고귀한 이상까지는 아니더라도 고상한 생각, 다름 아닌 자신의 남편을 지키겠다는 일념. 그녀는 태양을 가리지 않았고, 태양은 내 오른쪽에서 빛나고 있었다. 내 왼쪽에는 커다란 먹구름이 드리워 있었고, 먼 곳에 비가 내리고 있었다. 수평선에 무지개는 없었다. 우리는 인도를 이루는 좁은 콘크리트 위에 서 있었다. 거리의 행인들로부터 집 마당을 보호하는 어느 나무 울타리 한군데가 툭 튀어나온 채 부서져 있었는데, 어떤 부주의한 무리가 몇 번 잡아당기기만 해도 쓰러질 듯했다. 그 마당에는 잎사귀가 매우 크고, 현란하고 부자연스럽게 꽃을 피운 프림로즈 덤불이 있었고, 습기 속에서 무성히 자라난 잡초가 사방에 깔려 있었다. 우리는 단둘이 아니었다. 한 남자가 배낭에 단검을 넣고 두 발짝 뒤에서 학대당한 개를 거느린 채 우리 곁을 지나쳤다. 한 여자가 머리에 큼직한 음식 바구니를 이고 걸어갔다. 아이들 몇몇이 학교에서 돌아오고 있었고, 그들은 함께 걷지 않았다. 코담배를 하던 남자가 창밖으로 몸을 내밀더니 침을 뱉었다. 나는 얌전한 높이의 하이힐을 신고 있었다. 빨간색이었고, 대낮에 일하면서 신을 만한 색깔은 아니었지만 내가 느끼는 기분을 반영하고 있었다. 정열의 빨강, 코담배 때문에 연신 침을 뱉는 남자의 창문 아래서 자라난 히비스커스처럼. 그리고 롤랑의 아내는 나를 매춘부, 창녀, 돼지, 뱀, 독사, 쥐, 천것, 기생충, 사악한 여자라고 불렀다. 그녀의 입이 그 같은 말들을 친숙하게 품고 있음을 바로 알 수 있었다. 가엾게도 그녀는 그런 말을 하는 데 익숙했던 것이다. 나는 놀라지 않았다. 롤랑이 다른 여자들을 사랑하지 않았다면, 나는 그토록 그를 사랑할 수 없었을 것이다. 그리고 나는 놀라지 않았다. 나는 그의 치아 사이에 벌어진 틈을 보고 즉각 눈치챘었다. 그녀가 나를 안다는 것 역시 나는 놀랍지 않았다. 남자는 비밀을 지킬 줄 모르고, 항상 자기와 잠자리한 모든 여자들끼리 서로 알길 원한다.

나는 내가 믿는 대로 말했다. "나는 롤랑을 사랑해요. 그가 내 곁에 있을 때 난 그가 날 사랑해 주길 바라요. 그가 내 곁에 없을 때 난 그가 나를 사랑해 주는 상상을 해요. 나는 당신을 사랑하지 않아요. 나는 롤랑을 사랑해요." 이것이 내가 하고 싶은 말이었고, 내가 했다고 믿는 말이다. 그녀는 내 얼굴을 후려쳤다. 그녀의 손은 노(櫓)처럼 넓고 두툼했다. 그녀도 험한 일을 하는 데 익숙했던 것이다. 그녀의 손이 내 옆얼굴과 만났다. 내 턱뼈, 눈 밑과 턱 밑의 피부, 코의 작은 일부분, 귓불. 그때 나는 이십 대 초반의 젊은 여자였고, 내 피부는 유연하고 매끄러웠기에 맨눈으로는 모공조차 보이지 않았다. 신랄함이라곤 전혀 없이, 나는 그녀의 얼굴을 보며, 너무나 무관심하기에 묘사하는 것조차 지겨울 정도의 얼굴을 보며 생각했다. 결혼이 뭐가 그리 탐나서 왜 모든 여자들은 결혼 바깥으로 내몰릴까 봐 두려워하는가? 그리고 이 여자, 전에 나를 본 적 없고, 내가 어떠한 약속도 한 적 없고, 아무것도 빚진 것 없는 이 여자는 왜 나를 이토록 미워하나? 그녀는 내가 맞받아치기를 기대했지만, 그 대신 나는 이번에도 신랄함이라곤 전혀 없이 말했다. "난 남자를 두고 싸우는 짓을 저급하게 여겨요."

나는 연푸른색 아이리시 리넨으로 만든 드레스를 입고 있었다. 내 형편으로는 그런 옷감을 살 수 없었는데, 그것은 내 나라와 같은 가짜 나라가 아닌 진짜 나라에서 왔기 때문이다. 이 푸른색, 분홍색, 라임색, 베이지색의 옷감은 아마도 아일랜드에서 수송되었을 텐데, 롤랑이 색깔별로 몇 야드씩 둘둘 말아서 내게 주었던 것들이다. 그날 나는 연푸른색 아이리시 리넨 드레스를 입었고, 꽤 점잖은 옷이었으나 — 주름 잡힌 치마는 무릎 아래 길이였고, 허리에는 벨트를 찼고, 소매는 손목에서 단추로 잠갔고, 목깃은 높아서 쇄골을 가렸다. — 드레스 아래에는 아무것도, 어떤 종류의 속옷도 입지 않은 채 스타킹만 신고 있었다. 롤랑이 다른 피륙 수송품에서 빼내다 준 것으로, 나는 한 짝에 두 개씩 고무줄을 꿰매 달아서 가터처럼 스타킹을 고정했다. 저급한 짓이라는 내 선언에 롤랑의 아내는 격분했음이 틀림없다. 내 푸른 드레스의 목깃을 움켜쥐고 세게 잡아당기더니 목에서 허리까지 둘로 찢어 놓았기 때문이다. 내 가슴은 두 덩이의 부풀지 않은 빵 반죽처럼, 이 여자의 분노에 아랑곳하지 않고 가슴팍에 부드럽게 놓여 있었다. 그녀 남편의 입이 닿을 때는 그렇지 않았다. 그는 우선 공들여 단추를 전부 푼 다음에 상의를 끌어 내려서 내 드레스를 벗기고, 한쪽 가슴을 입에 물었다. 이때 가슴은 그의 입에 다 담기지 못할 정도로 커졌고, 그러면 그는 입을 떼고 다른 쪽 가슴을 물곤 했다. 먼젓번 가슴에 묻은 침이 피부에서 증발하며 그의 입에 물린 다른 쪽 가슴과는 완전히 다른 감각을 자아냈다. 나는 스스로를 둘로 나눴는데, 어느 쪽 감각이 우위를 차지하길 바라는

지 좀체 결정할 수 없었기 때문이다. 그는 한 시간 동안 이런 식으로 내게 키스하다가 내 위에 올라가서는 오 분 만에 진이 다 빠지곤 했다. 나는 그를 너무나 사랑했다. 어둠 속에서 나는 그를 똑똑히 볼 수 없었고, 윤곽만이, 짙은 그림자만이 보였다. 낮에 그를 볼 때, 그는 옷을 다 차려입고 있었다. 내 드레스, 자신도 똑같은 옷감의 드레스를 가지고 있기에 익히 잘 아는 옷감으로 지은 내 드레스를 찢으며, 그의 아내는 내게 그의 역사를 이야기해 주었다. 그 역사는 길지 않았고, 슬프지 않았고, 아무도 죽지 않았고, 황폐해진 땅은 없었고, 생득권을 도둑맞은 일마저 없었다. 그녀에게는 목록이 있었고, 그 목록에는 이름이 가득했지만, 나라들의 이름은 아니었다.

그녀의 결혼식 닐씨는 어땠을까? 처음으로 그를 본 순간 그녀는 욕망에 압도당했을까? 소유하고자 하는 충동은 모든 가슴속에 살아 있고, 어떤 이들은 광활한 평원을, 어떤 이들은 높은 산을, 어떤 이들은 드넓은 바다를, 어떤 이들은 남편을 택한다. 나는 나 자신을 소유하기로 결정했다. 나는 길고 튼튼한 가지를 지닌 키 큰 나무 같았다. 나는 여려 보이지만 내 품에 안긴 남자들은 모두 내가 강인하다는 사실을 안다. 내 머리카락은 길고 풍성하고 자연스럽고 굵게 물결쳤다. 나는 머리를 땋아서 핀으로 틀어 올리고 다녔는데,

그걸 어깨에 늘어뜨리면 다른 사람들을 흥분시킬 수 있었기 때문이다. 그중 몇몇은 남자, 몇몇은 여자였고, 몇몇은 마음에 들어 하고, 몇몇은 그렇지 않았다. 나의 걸음걸이는 누가 나를 볼지에 따라, 또 그들에게 내 걸음걸이가 어떠한 영향을 끼칠지에 따라 달라졌다. 내 얼굴은 아름다웠다. 나는 그렇게 생각했다.

그럼에도 불구하고 나는 인생의 전리품을 보호용 자루에 고이 담아 둘 수 없음을 깨달은 여자, 더 이상 목구멍이 아닌 배 속 깊은 곳에서 목소리를 내는 여자, 잘못된 대상을 증오하고 있는 여자 앞에 서 있었다. 나는 눈길을 떨군 채 우리의, 그녀와 나의 발을 내려다보았고, 내 짧은 생애가 눈앞에 스쳐 지나가리라 예상했다. 그런데 그 대신, 나는 그녀가 신발을 신지 않았음을 보았다. 그녀에게는 구두 한 켤레가 있었고, 나도 본 적이 있었다. 흰색에 소박하고, 둥근 구두코에 납작한 구두끈이 달린, 구두약을 잘 먹인 그 구두를 그녀는 일요일과 교회에 갈 때만 신었다. 나는 구두를 여러 켤레 가지고 있었고, 주목을 끌고 눈부시게 할 만큼 다채로웠다. 구두는 불편했지만 나는 그것들을 매일 신었고, 교회에는 전혀 가지 않았다.

알몸으로 내 등 위에 엎드린 롤랑을 어루만지고자 나는

내 강인한 팔을 등 뒤로 뻗었다. 나 역시 알몸이었다. 나는 그의 아내 이름을 알았지만 말하지 않았다. 그도 자기 아내의 이름을 알았지만 말하지 않았다. 나는 그의 아내가 애써 외운, 나라가 아닌 이름들의 긴 목록을 알지 못했다. 그도 그 이름들의 긴 목록을 알지 못했다. 그는 그 목록을 애써 외우지 않았다. 그것은 기만 때문도, 부주의함 탓도 아니었다. 가령 그는 막대한 재산에 너무 익숙해진 나머지 그것을 당연하게 여기는 사람이었다. 그는 예금 통장이 아닌, 장부가 아닌, 재산을 지니고 있었다. 그러면서도 그는 그것들을 더 손에 넣는 데에 흥미를 잃지 않았다. 자궁이 수축함을 느끼면서 나는 여전히 알몸으로 방을 건너갔다. 작은 핏방울들이 내 안에서 흘러나왔고, 내가 그의 말없는 제물을 받아들이길 거부했음을 보여 주었다. 그러자 롤랑은 혼란스러운 표정으로 나를 쳐다보았다. 왜 나는 그의 아이들을 배지 않았을까? 그는 나의 가임(可妊) 시기를 짐작할 수 있었지만, 매달 내게서는 피가 흘러나왔다. 매달 나는 그 시기의 시작과 끝이 임박했음을 확신했고, 내 예측이 정확했다는 데에 몹시 기뻐했다. 그가 그러는 모습을 볼 때, 혼란과 어리둥절함과 패배가 뒤섞인 표정을 떠올리고 있을 때, 나는 그 때문에 무척 슬퍼졌다. 그의 인생이 나라가 아닌 이름들의 목록으로, 월경을 멎게 한 횟수로 요약되었기 때문이다.

그의 인생은 여자들로 요약되었고, 그들 중 몇몇은 아름다웠고, 그가 하역 인부로 일하는 배의 밑바닥에서 슬쩍 빼낸 옷감으로 만든 드레스를 입고 있었다.

그때 나는 그를 이루 말할 수 없으리만치 사랑했다. 나는 그가 내 앞에 서 있을 때 사랑했고, 그가 내 눈에 보이지 않을 때 사랑했다. 나는 아직 젊은 여자였다. 내 몸의 부드러운 부위들에는 어린아이의 집게손가락만 한 작은 자국 하나조차 아직 나타나지 않았다. 내 다리는 길고 탄탄했으므로 나를 멀리 데려가도록 만들어진 듯했다. 내 팔은 길고 강인했기에 무거운 짐을 나를 수 있는 만반의 준비가 되어 있었다. 나는 롤랑과 사랑에 빠져 있었다. 그는 남자였다. 그러나 그는 진정 누구였나? 그는 바다를 항해하지 않았고, 대양을 건너지 않았고, 그렇게 어딘가에서 떠나온 선박의 밑바닥에서 일할 뿐이었다. 산 하나, 골짜기 하나, 그의 이름을 딴 것은 아무것도 없었다. 하지만 여전히 그는 남자였고, 평범한 만족을 넘어서는 무언가를 원했다. 한 사람의 아내, 하나의 사랑, 진흙 벽과 사탕수수 잎으로 만든 지붕을 얹은 방 하나 그 이상을, 매년 같은 나무들이 같은 과일을 맺는 작은 땅뙈기 이상을. 그 모든 것이 결국 죽음으로 끝날 터인데도, 지금껏 쓰인 어떤 역사든 그를 받아들이지 않았음에도, 자기 내면의 작은 봉기들의 정체를 알 수 없었음에도, 자기 내면의 그 작은 봉기들을 부인할 것임에도, 이따금 그에게는 기묘한 침착함, 차가운 정적이 찾아들었다. 그러나 그것을 설명할 말을 찾을 수 없었으므로 그는 잠시 수치심 탓에 눈이 멀었다.

어느 날 밤, 롤랑과 나는 부두의 계단에 앉아 있었다. 우리가 온 작은 세상, 급하고 위험하게 굴곡진 도로의 세상, 최근의 화산 활동으로 이루어진 가파른 산들이 무척 보잘 것없는 초목으로 덮여 있을 뿐이라 아무도 그 산들을 동경하지 않는 세상, 한데 모여서 장엄한 포효를 결코 이룰 일 없는 365개의 작은 개울의 세상, 끝없이 내리는 비를 머금은 거대한 그릇에 지나지 않는 구름들의 세상, 아예 사람들로 간주된 적 없는 사람들의 세상으로부터 우리는 등 돌리고 있었다. 우리는 밤을 들여다보았고, 그 어둠은 경이로 와 닿지 않았다. 다만 죽은 듯 창백한 빛으로 가득한 달이 반짝이는 캄캄한 하늘 표면을 가로지르며 여행했다. 나는 그가 건넨 다른 옷감, 허락 없이 배 밑바닥에서 가져온 옷감으로 만든 드레스를 입고 있었고, 드레스 치마 쪽에는 가짜 주머니, 바닥없는 주머니가 달려 있었고, 롤랑은 거기에 손을 쑥 집어넣어서 내 안쪽을 만졌다. 나는 그의 얼굴을 바라보았고, 그의 입이 보였고, 입은 섬처럼 그의 얼굴에 가로놓여 있었고, 역시 섬처럼 비밀들을 품은 듯 위험스러웠고, 저보다 훨씬 큰 것들을 통째로 집어삼킬 것 같았다. 나는 수평선 쪽을 내다보았고, 잘 보이지는 않았지만 여전히 거기에 있음을 잘 알았다. 그것은 롤랑을 향한 내 사랑의 끝에도 들어맞는 진실이었다.

내 아버지의 피부는 타락의 빛깔을 띠었다. 구리, 금, 광석. 그의 눈은 회색이었고, 머리칼은 붉었고, 코는 긴 데다 좁았고, 그의 아버지는 스코틀랜드 사람(Scots-man), 그의 어머니는 아프리카 족속(African people)이었는데, 이 '사람(man)'과 '족속(people)'이라는 구분은 중요한 차이점이었다. 한쪽은 무리의 일부로, 이미 악마화되어서, 인간의 고통 이외에는 모든 것에 넋이 나간 채로, 저마다 옆 사람과 똑같은 얼굴을 하고 배에서 내렸다. 다른 한쪽은 스스로의 자유 의지로, 운명을 완수하려고, 마음의 눈에 담긴 자기 비전을 달성하려는 목적으로 배에서 내렸다. 둘의 결혼은 합법적이었고, 19세기 말 어느 일요일 오후, 앤티가의 세인트폴 교구에 자리한 올세인츠 마을의 감리교회에서 이뤄졌다. 그의 이름은 존 리처드슨이었고 그녀의 이름은 메리였다. 당시에 '행복'이라는 말이 과연 결혼과 결부되었는지 나는 모른다. 그들은 두 자녀, 앨프레드와 앨버트라는 이름의 두 아들을 두었다. 앨프레드는 내 아버지가 되었다. 내 아버지가 부모를 어떻게 생각했는지 나는 알지 못한다. 그의 어머니가 아름다웠는지 나는 알지 못한다. 사진도 없고, 아버지는 그녀에 대해 결코 그런 식으로 말하지 않았다. 그의 아버지가 미남이었는지 나는 알지 못한다. 사진도 없고, 아버지는 그에 대해 결코 그런 식으로 말하지 않았다. 그의 어머니는 노예로 태어나지 않았겠지만, 그녀의 부모는 틀림없이 노예가 된 자들이었을 터다. 그러므로 그의 아버지 역시 당시에는 노예 소유주가 아니었겠지만, 그의 부모는 그랬을 것이다. 이 두 사람이 그때 어떻게 만나서 사랑에 빠졌는지 나는 알지 못한다. 그들이 사랑에 빠졌는지 어땠는지 알 수 없는 일이지만, 나는 어떤 가능성, 다른 감정들의 조합도 배제하지 않는다. 존 리처드슨이라는 이름의 남자는 럼주 상인이었고 영국령 서인도 제도 전역에서 살았는데, 앵귈라에 가장 오래 머물렀음에도 결국 아내 메리와 앤티가에 정착했다. 그는 여러 곳에 살면서 여러 여자와 수많은 자녀를 두었는데, 모두 아들이었고, 그들은 굳이 밝히지 않더라도 존 리처드슨의 아들임을 알릴 수 있었다. 모두 똑같이 붉은색 머리카락을, 매우 독특해서 다들 자랑스럽게 여기던 존 리처드슨의 머리카락을 지녔기 때문이다. 내가 이를 아는 까닭은 내 아버지가 사람들에게 자신은 그 사람의 아들이라고, 자기 아버지가 여기저기 살면서 붉은 머리카락의 아들들을 두었던 사람이라고, 그래서 붉은 머리카락의 남자를 볼 때마다 혹시 자기 혈연인지를 알아본다고, 언제나 기쁨과 자부심을 담아서 스코틀랜드 출신의 주정뱅이가 남겼을 불행의 흔적에 대해 슬픔이나 씁쓸함이나 아이러니 없이 이야기했기 때문이다.

나는 붉은 머리카락이 아니었고, 남자가 아니었다.

그의 어머니는 명확한 특징 없이 그에게 남아 있었다. 분명 그의 옷을 수선하고, 음식을 요리하고, 남자 학생다운 상처들을 치료하고, 그의 야망을 격려하고, 다친 이마를 어루만져 주었을 텐데도 말이다. 이는 내게 어머니가 있었다면 내게 해 주길 바랐던 것들이다. 존 리처드슨은 결국 바다에서 돌풍을 만나 실종되었는데, 간단한 사건이었다. 그가 끝내 스코틀랜드로 돌아가서 더 많은 자녀들을, 저마다 모질이 서로 다른 붉은 머리카락의 아들들을 두었다고 하더라도 나는 놀라지 않았으리라. 메리는 그리 오래지 않아서 무슨 원인으로 죽었는데, 상심 때문이었을 수도 있고, 아닐 수도 있다. 내 아버지는 그녀의 장례식에 참석하지 않았다. 당시에 그는 세인트키츠에서 경찰로 근무 중이었고, 이미 붉은 머리카락의 아들들로 이루어진 작은 왕조를 세워 나가고 있었다. 그는 아직 결혼하지 않았다. 그는 키가 컸고, 내 기준이 아닌 어떤 다른 기준으로 보자면 대단한 미남이었다. 무슨 옷을 입든 잘 어울렸다. 제복을 입으면 아주 근사해 보였고, 일요일마다 교회에 갈 때 차려입는 리넨 정장을 입어도 아주 근사해 보였다. 그는 허영심 많은 남자였고, 그 허영심이 너무나 강렬했으므로 공적인 장소에서 자기 모습에 도취하지 않도록 스스로를 단련했다. 내 생각에 그는 가족들이 주일 학교의 수업을 준비하고 있다고 여기는 동안, 문을 잠그고 방에 틀어박힌 채, 사람들 앞에서 취할 다양한 포즈를 연습하며 오랜 시간을 쏟았을 터다. 그는 야심 찬 남자였고, 일을 훌륭히 해내길 좋아했고, 자기 노력이 인정받지 못한 채 넘어가는 상황을 좋아하지 않았다. 그는 결코 주머니에 돈을 가지고 다니지 않았고, 결코 돈으로 자신을 둘러싸지 않았지만, 이는 공적인 장소에서 자기 모습을 흘긋거리지 않으려는 훈련과 별반 다르지 않았다. 그런데 돈을 지닌 모습을 비추면 그가 돈을 얼마나 사랑하는지 곧장 드러났다. 그는 페니보다 파딩을 더 사랑했고 실링보다 페니를 더 사랑했으며 파운드보다 실링을 더 사랑했는데, 이를 미친 짓으로 여기는 것은 돈이나 사랑을 이해하지 못하는 사람, 나 같은 사람뿐일 터다. 하지만 내 아버지, 사람에 대한 사랑은 이해하지 못한 채 돈에 대한 사랑만을 이해했던 아버지는 진정한 전체가 무언가의 작은 부분들에서 표출되고, 참된 아름다움이란 그 작은 부분들에 깃들어 있음을 이해했다. 그는 1파운드가 960파딩이고, 빈방 바닥에 흩어진 960파딩이야말로 넋을 홀리는 매혹적인 광경이며, 그것이 적임자에게는 세상이 세워지는 기초로 보이리라는 사실을 알았다. 그는 아이들과 자신보다 불리한 입장의 사람들에게 특히 잔혹했다. 그가 비겁했던 것은 아니었다. 다만 자신보다 더 강력한 사람에게는 결코 진정으로 분노를 느끼지 않았을 따름이다. 그는 자기 인생, 자신, 주변의 모든 것을 유머러스하게 대하는 듯 보였다. 사람들 앞에서 그는 늘 입술에 미소를 띠었으나 그 미소는 내면을 향할 뿐 외면으로 나아가지 않았다. 이 미소는 아마 그가 의도하지 않았을 다른 목적을 이뤄 주기도 했으리라. 그보다 약한 이들이 그에게 접근하는 것을 망설이게 하고, 그보다 강력한 이들은 그에게 편히 접근하도록 했다. 그럼에도 그 미소는 가장(假裝)이었고, 공적인 자리에서 억지로 짓는 표정이었다. 그는 자기 모습에 눈길을 주지 않고자 억제했을 때와 같은 결단으로 미소를 지었다. 그가 동료 인간들에게 느끼는 모든 것을 가리기 위함이었고, 그가 그들에게서 느끼는 모든 것은 바람직하지 않았다. 나는 결코 내 아버지를 좋아할 수 없었다. 어쩌면 사랑했을지도 모르지만, 도저히 스스로 인정할 수 없었다. 나는 그를 좋아하지 않았다. 내 아버지의 내면에서는 스코틀랜드 사람과 아프리카 족속이 만났다. 그가 그 점에 대해 어떻게 느꼈는지 나는 알지 못한다. 그는 자기 집의 바다가 보이는 방, 시커먼 도미니카해가 보이는 방에 앉아 있을 때 그 일을 생각했는지 나는 알지 못한다. 그 바다는 무덤이었고, 사람과 족속으로 이루어진 그의 역사가 거기에 갇혀 있었다. 그런 입장은 사람과 족속 중 무엇이 될지를 두고 그를 마비시켰을지도 몰랐다. 타락의 빛깔, 금, 구리, 광석 같은 피부색(내가 아버지를 사랑했고, 그에게 호의적이었다면 생명의 양식인 빵의 색깔이라고 묘사했겠지만) 덕분에 그는 정복당한 자들(아프리카 족속)보다 승자(스코틀랜드 사람)에 가깝게 보였다. 하지만 그것은 어떤 하나를 제쳐 두고 다른 하나를 선택한 이유가 아니었다. 내 아버지는 정복당한 자들의 복잡한 문제를 거부했다. 승자의 편안함을 택했다. 자세히 보았다면, 그는 정복당한 자들에게서 모든 인간이 매일같이 대면하는 공백, 채우기를 소망하며 가끔 성공하기도 하지만, 그럼에도 대개는 채우지 못하는 공백을 느낄 수 있었을 터다. 그리고 이 사람들, 그가 자신의 절반을 발견했을 이 아프리카 족속 역시 인간이므로, 그 공백을 느끼고 흔하디흔한 것들로 그 공백을 채우고자 노력했으리라. 시간을 해, 달, 날로 나눈다거나 뭐 그런 것으로. 그들 역시 평범한 것을 숭배의 대상으로 삼았을 터다. 음경의 포피, 질 입구의 얇은 막 따위를. 그들 역시 물건들 울, 다양한 재료로 다양한 용도를 지닌 다양한 형태의 도구들을 만들었을 것이다. 그들 역시 자연에서 발생하는 격렬한 현상을 목격하고 ─ 파열하는 대지, 육지였던 곳에 들어선 바다, 빛이 있던 곳에 스며든 어둠 ─ 그런 현상들로부터 일종의 약속들, 살아가야 하는 방식, 의식(儀式)들, 살아남았다는 특별한 의식(意識)을 발견했을 것이다. 그리고 그들 역시 시작과 종말의 신화를 가졌으리라. 공백은 그들이 스스로를 구출해 낸, 삶에 질서를 부여한 혼돈이다. 거기서부터 거기까지, 그리고 본래대로, 바로 그런 식으로. 또 그들은 스코틀랜드 사람 혹은 그냥 사람으로서는 존재할 수 없고, 수식어가 붙은 채로만 존재하는 다른 나라의 사람에 의해 이런 삶으로부터 떨어져 나갔다.

외부에서, 내 아버지의 외부, 그가 태어난 섬의 외부, 그가 지금 생을 사는 섬의 외부에서, 세상은 나름대로 미래의 예행연습이라 할 수 있는 각각의 큰 사건, 과거의 되풀이인 각각의 큰 사건을 이어 나갔다. 그러나 내부, 내 아버지의 내부에서는(그리고 그가 태어난 섬의 내부, 그가 지금 생을 사는 섬의 내부에서도) 몇백 년 전에 일어났던 사건, 사람과 족속의 만남이 아주 교묘히 계속 진행된 끝에 그의 성격을 드러내는 진정한 표현이 되었고, 그의 본모습이 되었다. 그리고 그는 아프리카 족속처럼 행동하는 모든 이들을 모조리 경멸하기에 이르렀다. 그들처럼 생긴 이들 모두가 아니라 그들처럼 행동하는 이들 모두를, 패배하고, 불운하고, 정복당하고, 가난하고, 병 걸리고, 머리를 조아리고, 마음이 잔혹함에 무뎌진 이들 모두를. 그리고 어느 날, 라자루스라는 이름의 무덤 파는 일꾼이 집 지붕을 고치려고 못을 좀 얻으러 왔을 때, 그는 자기답게 행동한다고 믿었다. 라자루스의 집은 빨간색과 노란색을 칠한 소나무 목재로 지어진 아담하고 작은 집이었는데, 이 년 전 허리케인 탓에 무너졌다. 당시 내 아버지는 마호의 최고위 정부 공직자였고, 재해가 발생할 때마다 식민 정부로부터 가장 절박한 사람들에게 무료로 나눠 주는 온갖 것들을 받았다. 허리케인 시기에는 품질이 그다지 좋지 않은 건축 자재를 받았다. 아버지는 그 일부를 올바르게, 정말 필요한 사람들에게 지급했지만, 물의를 빚지 않을 만큼만 주었을 따름이었다. 그 나머지는 팔았는데 지불할 능력이 없는 사람일수록, 절박한 사람일수록, 더 비싼 값에 팔았다. 라자루스는 그런 사람, 값을 지불할 능력이 없고 절박한 사람이었다. 그에게서도 아프리카 족속과 수식어가 달린 사람의 만남이 너무나 교묘히 일어났었기에, 그가 어떤 방식으로 스스로를 표현하든 오히려 그 점을 일깨울 뿐이었다. 그에게 행복한 노래란 자유라는 개념일 뿐, 목적 없는 즐거움에 잠긴 채 바닷가 모래밭에 누워서 소일하는 하루가 아니었다. 그리하여 라자루스가 집 지붕을 수리하려고 못을 청했을 때, 내 아버지 안에서 수식어 달린 사람과 족속 사이의 분쟁은 해결된 지 오래였고, 예전처럼 수식어 달린 사람이 승리를 거두었으니, 아버지는 라자루스에게 못이 전혀 남아 있지 않다고 말했다. 그때 나는 열 살이었다. 나는 어머니를 알지 못했고, 어머니는 내가 그녀에게서 나오던 순간 죽었으므로 나는 오직 내 아버지만을 알았다. 나는 그를 이해하지 못했다. 나는 그가 내 시선을 눈치챌 수 없는 가까운 곳에서 그를, 그의 붉은 머리카락이 햇빛을 받아서 반짝이는 모습을 바라보길 좋아했다. 또 나는 그가 영국 왕의 생일 축하 퍼레이드에 입고 간 예복 차림, 감청색 서지 바지와 금빛 단추가 달린 하얀 능직 면 재킷 차림의 그를 바라보길 좋아했다. 하지만 라자루스의 청을 거절한 순간, 그는 진짜, 단지 내 아버지가 아닌 진정한 모습이 되기 시작했다. 나는 집 뒤편 헛간에 못과 다른 것들이 든 큰 통이 있음을 알았고, 그래서 순진하게, 그가 완전히 잊어버렸나 보다고 믿었기에 나는 그 사실을 일깨웠고, 못이 가득한 통 얘기를 했고, 통이 바로 어디에 있는지, 통이 어떻게 생겼는지, 못이 어떻게 생겼는지, 통 속에 쌓인 차갑고 반짝이는 못들이 어떻게 생겼는지 말했다. 그는 다시 남은 못이 하나도 없다고 부인했다. 그의 목소리는 새롭지 않았다. 다만 내가 처음으로 들었을 뿐이었다. 그것은 내 안의 아무것도 산산조각 내지 못했고, 내 외부의 아무것도 산산조각 내지 못했으며, 갑작스럽지 않았고, 내가 예상하지는 못했지만, 뜻밖이지도 않았다. 그것은 서로 다른 산들의 높이나 하늘의 푸름, 달처럼 자연스러운 일이었고 기정사실이었다. 그는 내가 늘 알았던 나의 아버지였고, 다만 더 많은 얼굴을 지녔을 뿐이었다.

라자루스가 구하던 못을 얻지 못하고, 필요한 못을 얻지 못한 채 돌아간 뒤, 아버지는 내가 입은 드레스의 목덜미를 잡아채더니 집을 가로질러 못이 든 통이 있는 헛간으로 나를 끌고 갔다. 그러고는 나를 그 통에 얼굴부터 밀어 넣으면서 프랑스어 방언으로 말했다. "이제 못이 어디 있는지 알겠지, 이제 못이 어디 있는지 확실히 알겠지." 그가 프랑스어건 영어건 방언을 쓰는 경우는 가족과 있을 때나 어린 시절부터 그를 알았던 이와 함께 있을 때뿐이었고, 그래서 나는 그가 방언을 쓸 때 본모습을 표출하는 것이라 여겼고, 그랬기에 그가 내게 가하는 고통, 나를 못이 든 통 속에 처박아서 질식시키려는 행동이 그의 진정한 감정임을 알았다. 그는 마지막으로 내 머리통을 한 번 누르더니 재빨리 자리를 떠났다. 그는 바다가 내다보이는 방, 실제 용도가 없기에 아주 드물게 사용하는 방으로 가서 앉았다. 바다 표면은 잔잔했고, 그는 그 바다를 보며 귀에서 귀지를 파내 먹었다.

그 방에 앉아서, 어느 끔찍한 영국인의 거실 풍경화 속에 나오는 의자를 모조한, 분명 그가 이용해 먹었을 누군가의 손으로 복제된 의자에 앉아서, 내 아버지는 무슨 생각을 했을까? 때로는 수면이 들썩이고 때로는 잔잔한 바다를 바라보면서 무슨 생각을 했을까? 인간, 사람, 대중, 국민, 그들의 주변 환경, 물리적인 주변 환경이 그들의 의식을, 존재 자체를 형성한다고 말할 것이다. 그들은 매일 아침에 일어나서 초록색 언덕, 하얀 절벽, 은빛 산, 금빛 곡식이 자라는 들판, 물이 파랗게 반짝이는 강을 바라볼 것이다. 이 아름다움 속에서 — 그것은 아름답고, 그들로서는 아름답다고 여길 수밖에 없다. — 그들은 보이지 않게, 마술적으로, 그들과 그들이 바라보는 아름다움 사이의 거리를 정복하고, 그 아름다움과 하나가 되었다고 느끼고, 거기서 힘을 얻고, 거기서 영감을 받아 노래를 부르고 시를 쓴다. 그들은 스스로를 발명하고 재발명하며 영감을 (다시) 얻지만, 이번에는 그 영감으로 작은 행동들, 작은 행위들, 종국에는 큰 행동들, 큰 행위들을 행하고, 각각의 성공은 원래의 생각, 원래의 감정, 사람과 장소의 만남을 확인시켜 주며, 당신과 당신이 도달한 장소의 만남은 정녕 우연이 아니다. 그것은 운명을 넘어서는 것, 정해진 인연이기에 언어를 넘어서는 것이다. 내 아버지에게, 바다, 크고 아름다운 바다, 종종 빛나는 푸른 천이고 종종 빛나는 검은 천이며 종종 빛나는 회색 천인 바다는, 그토록 넘쳐 나는 영감, 그런 풍요로운 편안함, 무엇이든 좋은 것이라곤 전혀 담고 있지 않았다. 그 아름다움은 그에게 와 닿지 않았고, 공백이었다. 바다를 바라보는 것, 바다가 보여 주는 것은 승자의 절망과 정복당한 자들의 절망을 동시에 되새기는 일이었다. 왜냐하면 승자에게는 정복의 공허함이 사라지지 않으므로, 그런 사람은 더욱더 많은 것을 원하는 끝없는 욕망에 직면하고, 오직 죽음이 그 욕망을 가라앉힐 때까지 시달릴 수밖에 없다. 그리고 정복당한 자들이 겪는 바닥없는 고통과 비참의 우물 — 아무리 수많은 복수로도 이 엄청나게 부당한 범죄를 상쇄하거나 지울 수 없다. 그리하여 내 아버지 안에는 승자와 정복당한 자, 가해자와 피해자가 동시에 존재했으므로, 전혀 놀랍지 않은 일이지만, 그는 전자의 외양을, 언제나 전자이기를 택했다. 그가 스스로와 전쟁을 벌였다는 말은 아니다. 다만 그가 흔한 인간임을 입증했다는 뜻이다. 성인(聖人)들을 제외하면 우리 중 누가 과연 고개를 숙인 사람들이 아닌, 고개를 쳐든 사람들 틈에 끼기를 선택하지 않겠는가. 심지어 성인들조차 최후에는 고개를 쳐든 자들 사이에 자신이 서게 될 것임을 안다.

냉담한 이, 냉소적인 이, 불신자는 아마 중력에서 해방된 순간, 아마 눈부신 섬광 속에서 세상이 끝나고 다시 시작되길 거부하는 순간에, 인생은 게임이라고 말할 것이다. 더 잘난 사람이 이기고, 못난 사람은 지는 게임이라고. 이기면 전부를 얻고 지면 아무것도 얻지 못하는 게임, 혹은 승리하려면 음악이 멈출 때 바로 앉아서 패자에게 절대 자리를 내주지 말아야 하는, 패자는 영원히 서 있어야만 하는 의자 뺏기 게임. 냉담한 이들, 냉소적인 이들, 불신자들 속에 끼는 것이 승자에 속하는 일임은 두말할 나위도 없는데, 패자들은 자기들의 상실에 결코 무감각해지지 않기 때문이다. 그들은 그 상실을 깊게, 언제나, 영원토록 느낀다. 패배한 자는 어느 누구도 감히 인간의 선함을 의심, 진정으로 의심하지 않는다. 패배한 자에게 마지막 호흡은 "오, 하느님!"이라는 한숨이기 때문이다. 항상 그렇다.

아버지를 관찰하면서 나는 나름대로 이해할 수 있었고, 약간의 연민을 느끼기도 했다. 소년이었을 무렵 ── 이것은 가끔 내 마음에 잘 와닿지 않는 발상이었지만 현실이었다.

보드랍고, 무릎과 팔꿈치의 멍을, 고열을 달래 주어야 하고 따스함을 필요로 하는 그, 소년다운 의지가 약해지고 흔들릴 때 안심을 필요로 하는 그, 태양은 다시 떠오를 것이고, 조수는 빠져나갈 것이고, 비는 그칠 것이고, 지구의 회전은 멈추지 않으리라는 등 다른 확신을 필요로 하는 그 (나는 이 현실을 무턱대고 믿는 수밖에 없었다. 그런 상태가 이례적이지는 않겠지만, 그는 진짜 피부 위에 또 한 겹의 피부, 눈에 보이지는 않지만 거북의 등껍질이나 전사의 방패만큼 방어적인, 마치 진짜 같은 피부를 너무나 완벽히 구축했기 때문이다.) ― 내 아버지는 부모의 이웃에게서 달걀 하나를 받았다. 아버지가 아주 친절하게 대해 준 보답으로 받은 감사 선물이었다. 그 이웃은 나이 들고 혼자 사는 여자였는데, 그는 이따금 부탁받지 않았음에도 심부름을 해 주었고, 결코 감사를 기대하지 않았다. 그녀가 달걀을 주었을 때 ― 그녀에게는 암탉 세 마리, 수탉 한 마리, 돼지 한 마리가 있었고, 그것들은 그녀 집 마당의 변소 근처에서 살았고, 닭들은 그 위쪽에 솟아 있는 나무에서 잠을 잤다. ― 그는 감사를 받으리라고 아예 기대하지 않았으므로 놀랐고, 달걀을 받아서 ― 갈색 껍질에 더 짙은 갈색 반점이 온통 흩어져 있는 달걀이었다. ― 오믈렛이나 다른 음식을 만들어 먹지 않고, 어머니가 키우는 다른 암탉 밑에 둬서 다른 알들과 함께 품도록 했다. 그 알들이 전부 부화하자 아버지는 그 중 한 마리가 자기 것이라고 주장했다. 그 닭은 암탉이 되어서 알을 낳고, 알들은 부화해서 닭이 되고, 닭들은 또 알을 낳아서…… 이 끝없는 순환은 달걀이나 닭을 얼마간 내다 팔 때에만, 그 대가로 파딩, 반 페니, 페니 동전으로 수익을 얻을 때에만 중단되었다. 그 뒤로 그는 절대 달걀을 먹지 않았다.(내가 아는 한 줄곧 그러지는 않았지만.) 또 그 뒤로 그는 절대 닭을 먹지 않았다.(내가 아는 한 줄곧 그러지는 않았지만.) 그저 빛나는 붉은 구리 동전을 모아서 반짝이도록 광을 낸 다음 어머니에게 주는 데에만 몰두했고, 어머니는 낡은 양말에 돈을 넣어 둔 채 잠잘 때에나 깨어 있을 때에나 늘 품속에 간직했다. 그의 아버지가 고국을 방문하고자 스코틀랜드로 떠날 때, 바다에서 익사하는 결말로 끝나버린 그 여행이었는데, 내 아버지는 선물로 받았던 맨 처음 달걀에서 시작된 수익금을 자기 아버지에게 주었다. 그 돈은 막대한 액수, 일요일에만 차려입는 정장을 짓는 데 필요한 잉글랜드제 옷감을 사기에 충분한 금액으로 불어나 있었다. 하지만 내 아버지는 두 번 다시 자기 아버지를 보지 못했고, 다시는 자기가 얻은 수익금을 보지 못했고, 그의 여생은 상상했던 정장을 입은 자신의 모습, 그 최초의 정장을 찾아내서 꼭 들어맞고자 하는 노력의 연속이었을지도 모른다.──그 스스로는 그러고 있었음을 몰랐겠지만, 그의 한평생은 결코 즐기지 못했던 보상들의 연속이었는지도 모른다.

"아름다운 날이었어, 무척이나 아름다운 날이었기에 그날은 내 기억 속에 영원히 새겨져 있지." 부친이 스코틀랜드로 향하는 배에 올랐던 그날을 이야기하며, 내 아버지는 내게 말하곤 했다. 배는 목적지에 도달하지 못했고, 그리하여 햇빛 속에서 시작된 이 그림은 차가운 바닷물의 검은색으로 끝났는데, 내 아버지의 얼굴, 내 아버지의 존재 자체가 그 그림이 그려진 캔버스였다. 그가 처음으로 인생의 중요한 세부 사항인 이 사건에 대해 이야기하기 시작했을 때 나는 여덟 살의 어린아이였는데, 그가 자기 아버지를 두 번 다시 보지 못하리라고 깨달았을 때와 같은 나이였다. 나는 신체적으로 튼튼하지 못했고, 목소리는 연약했으며, 게다가 여자였고, 그에게 영어로, 올바른 영어로만 말했다. 그는 인도에서 자라는 나무로 만든 의자에 앉아 있었는데, 이 의자 팔걸이의 끝부분은 내가 이름을 모르는 어떤 동물의 오므린 발 모양이었다. 의자의 앞쪽 두 다리도 마찬가지였고, 나는 그의 맞은편에, 전날 반들반들하게 닦은 바닥에 앉아서 입고 있던 하얀 포플린 드레스의 치맛자락을 꽉 쥐고 있었다. 그 포플린은 여기서 멀리 떨어진 어딘가에서 온 물건이었고, 우리가 앉아 있던 방에는 별다른 용도가 없었다. 마지막으로 부친을 보았던 때를 이야기하면서, 그의 얼굴은 일련의 기하학적 참조 기호들, 규칙적이고 불규칙한 선들, 날카롭고 부드러운 각들을 이루었고, 이내 뺨 밑의 얕은 공간이 차오르더니 둥그레졌다. 그는 당시의 그 소년처럼, 혹은 분명 스스로 그 당시에 자신이 그랬었다고 생각하는 소년처럼 보였고, 목소리 역시 매끄럽고 부드럽고 풍부해졌다. 마치 다른 누군가, 자신이 아닌 한때 아주 잘 알았던 누군가, 또 자신이 아닌 깊이 사랑했던 누군가, 그리고 자신이 아닌 다른 이에 대해서 말하는 듯했다. 그의 아버지는 존 호킨스*라는 이름의 배를 타고 항해를 떠났으나, 내 아버지의 얼굴을 어둡게 하고, 더럽히고, 범죄자처럼 만든 것, 작은 소년의 눈에서 광채를 사라지게 한 것은 그 악명 높은 범죄자의 이름이 아니었다.

내 아버지는 단 한 번이라도 "나는 누구인가, 나는 누구인가?"라고 자문한 적 있을까? 절망의 검은 구멍에서 나오는 외침이 아닌, 때때로 그 역시 어리석은 자의 순진한 호기심 탓에 괴로워했다는 증거로서 말이다. 나는 알지 못하고, 알 길도 없다. 그는 스스로를 알았을까? 그 답이 긍정이라

---

* 영국 사략선의 선장이자, 악명 높은 노예 상인이며 제독이었다.

면, 혹은 긍정이지만 전적으로 그렇지는 않다면, 혹은 긍정
이지만 극도로 협소한 의미에서만 그렇다면, 그는 스스로를
아는 정도와 맞먹는 은밀한 즐거움들을 누렸겠지만, 나는
알지 못하고, 그 답 역시 알지 못한다. 나는 그를 알지 못했
다. 그는 내 아버지였으나 나는 그를 알지 못했다. 내가 그에
대해 말하는 모든 것은 나의 관찰, 나의 의견에 불과하며,
내 존재의 두 근원 중 하나였던 사람이 내게 알려지지 않았
다는 것, 단지 미스터리가 아니라 그저 알려지지 않았다는
것은 모든 아이들에게 — 내게는 그랬다. — 틀림없이 수치
스러운 일이다.

내 아버지가 처음으로 내 어머니의 피부를 손으로 쓸었
을 때 — 그녀의 얼굴 피부, 다리 피부, 다리 사이의 피부, 팔
의 피부, 팔 아래의 피부, 등의 피부, 등 아래의 피부, 가슴의
피부, 가슴 아래의 피부 — 그 감촉을 새틴이나 실크에 비견
하지는 않았을 텐데, 어머니에게 빼어난 귀중함이나 아름다
움은 주어지지 않았기 때문이다. 그녀의 피부색 — 유구한
노을 같은 짙은 오렌지색과 갈색 — 은 정복자와 정복당한
자, 슬픔과 절망, 허영심과 굴욕의 운명적인 만남의 결과가
아니었다. 그것은 그 자체, 흔들리지 않는 사실일 뿐이었다.
그녀는 카리브족이었다. 그는 "카리브족은 누구인가?"라거

나, 더 정확하게는 "카리브족은 누구였는가?"라고 — 왜냐하면 그들은 소멸해서 더 이상 존재하지 않았고, 몇백 명만이 아직 살아 있을 뿐이며, 내 어머니는 그중 하나였고, 그들의 마지막 생존자였으므로 — 질문하지 않았을 터다. 그들은 살아 있는 화석이나 마찬가지였고, 유리 진열장 속 선반에 얹혀 있는 박물관의 유물에 속했다. 이 사람들, 내 어머니의 사람들이 영원의 절벽 끄트머리에 서서 위태롭게 균형을 유지한 채 무(無)의 커다란 하품에 삼켜지기를 기다리고 있다는 사실엔 의심의 여지가 없었으나, 가장 비통한 부분은 그들이 패배했다는 것, 심지어 가장 극단적으로 패배했다는 것이 전혀 그들의 잘못이 아니었다는 점이다. 그들은 그들 자신이 될 수 있는 권리를 잃었을 뿐 아니라, 그들 자신 자체를 잃었다. 내 어머니는 이러했다. 그녀는 키가 컸다.(전해 들은 얘기다. 어머니는 내가 태어나던 순간에 죽었으니, 나는 그녀를 알지 못한다.) 머리칼은 검고, 손가락은 길고, 다리는 길쭉하고, 발은 좁고 긴 데다 발등이 높고, 얼굴은 야위고 앙상하며, 턱은 좁고, 광대뼈는 높은 데다 넓고, 입술은 폭이 넓고 얇으며, 몸은 마르고 길었다. 그녀에게는 타고난 우아한 걸음걸이가 있었다. 그녀는 말이 많지 않았다. 어쩌면 매우 중요한 말을 전혀 하지 않았을지 모르지만, 아무도 내게 일러 주지 않았다. 나는 그녀가 어떤 언어로 말했는지 모른다. 그녀가 아버지에게 사랑한다고 말한 적 있더라도, 과연 어떤 언어로 그런 말을 했을지 나는 알지 못한다. 나는 그녀를 알지 못했다, 그녀는 내가 태어나던 순간에 죽었으니. 나는 그녀의 얼굴을 한 번도 보지 못했고, 꿈속에서 내게 나타날 때조차 나는 어머니의 얼굴을 보지 못했다. 나는 오직 사다리를 내려올 때 그녀의 발 뒤쪽, 발 뒤꿈치만을, 그렇게 내려오는 맨발만을 보았고, 언제나 다시 올라가는 모습을 보기 전에 잠에서 깨어났다.

내 어머니가 태어났을 때(그렇게 나는 전해 들었다.), 그녀의 어머니는 아기를 깨끗한 천으로 감싼 뒤 프랑스 출신의 수녀들이 사는 곳의 문밖에 두었다. 수녀들은 그녀를 키우고, 기독교 세례를 해 주었고, 조용하고, 수줍음 많고, 참을성 있고, 의심하지 않고, 정숙하고, 곧 죽기를 바라는 사람이 될 것을 요구했다. 그녀는 그런 사람이 되었다. 어머니가 아이에게 품는다는 정신적이고 육체적인 애착, 누가 누구인지 모르는, 살과 살의 혼동, 어머니와 아이 사이에 존재한다는 그 불가분성 — 이 모든 것이 내 어머니와 그녀 어머니 사이에는 부재했다. 이런 유기(遺棄)를 어떻게 설명할 것이며, 어떤 아이가 그것을 이해할 수 있단 말인가? 내 어머니와 그녀 어머니 사이에 부재했던 그 신체적이고 육체적인 애착, 누가 누구인지와 살과 살을 혼동하는 것의 부재를, 내 어머니 역시 내가 태어나던 순간 죽었으므로 내 어머니와 나의 사이에서도 부재하는 것을, 비록 어쩔 수 없는 일이었다고 스스로에게 분별 있게 설득할 수 있다 하더라도 — 죽음을 누가 어찌할 수 있겠는가? — 어린아이가 어떻게 그런 일을, 너무나 철저한 유기를 이해할 수 있겠는가? 나는 단 하나의 아이도 낳기를 거부했다.

그리고 그런 사람들과 함께 보낸 어머니의 어렸을 적 실제 인생은 어땠을까. 거기에는 아무런 즐거움도 없고, 상상의 나라 속 상상의 여왕이 되어 상상의 군대를 거느리고 상상의 국민을 정복하는 순전한 여가의 순간조차 없었을 것이다. 그런 것이야말로, 어린아이의 마음이 마땅히 그러하듯, 생활의 비속함을 모르는 마음의 유일한 재산인데 말이다. 그녀는 난징 무명으로 된 드레스, 헐렁한 드레스, 수의를 입었다. 그 옷은 그녀의 팔과 무릎을 덮었고, 발목까지 내려왔다. 머리에도 같은 재질의 천을 둘러서 아름다운 머리칼을 완전히 가렸다.

내 아버지는 언제 처음으로 그녀를 보았을까? 맑지만 안개 낀 도미니카의 아침(그런 것은 실제로 존재한다.), 섬(더 넓은 바다에서 튀어나온 큰 땅덩어리)의 둘레를 돌며 굽어지는 좁은 길(도로)을 따라, 그녀가 머리에 짐을 이고 그를 향해 다가오는 모습을 처음 보았을 수도 있다. 그가 보기에 그녀의 아름다움은 얼굴의 구조, 몸매의 나긋함(나는 알 수 없고, 다만 상상할 수 있을 뿐이다.), 얼굴 표정에서 느낄 수 있는 지성에 있지 않았음이 분명하다. 아니다, 그 아름다움은 그녀의 슬픔, 연약함, 오래된 상실감, 조상 혈통의 단절, 낙담, 사실은 패배에 불과한 가짜 겸손에 있었을 터다. 당시 그는 더 이상 평범하고 하등하고 거친 졸개가 아니었다. 그 무렵 그는 제복을 입었고, 어쩌면 그런 취급을 받지 않을 만한 사람들에게조차 적절히 잔인하고 박정하게 굴어 왔음을 보여 주는 리본이나 표식을 달고 있었을지도 모른다. 그 무렵 그는 섬에서 섬으로 옮겨 다니며 이름을 기억하지 못하는 여자들과의 사이에서 아이들을 두었고, 아이들의 이름은 전혀 알지 못했다. 그녀를 보았을 때, 그는 한 장소에 정착해야겠다고 느꼈음이 분명하다. 가엾은 내 어머니! 그러나 내가 어머니를 알지 못하기에 슬프다고 말한다면 전혀 사실이 아닐 터다. 다만 나는 그런 인생이 존재했어야 함을 알게 되어서 슬플 따름이다. 매일같이 살 것인가 죽을 것인가, 과연 어느 쪽인가, 라는 질문이 그녀 앞에 서 있었으리라. 이 여자와의 교제는 그의 상상력에 부담을 주지 않았을 것이다. 그들은 로조의 교회에서 결혼했고, 일 년 만에 그녀는 그 교회의 묘지에 묻혔다. 사람들은 그가 이 상실로, 유일하게 결혼했던 여자의 죽음으로 괴로워했다고 말한다. 사람들은 그가 이 일로 무너졌다고 말한다. 사람들은 그가 그 뒤로 인생을 즐기지 않았다고 말한다. 사람들은 큰 슬픔이 그를 덮친 까닭에 그가 신에게 깊이 헌신하게 되었고 교회 집사가 되었다고 말한다. 사람들은 이런 이야기들을 하지만, 그가 스스로의 괴로움 때문에 타인의 괴로움을 이해하고 동정심을 보였다고는 말할 수 없다. 이 상실로 말미암아 그가 관대해지고, 친절해지고, 남을 이용하기를 늘 꺼렸다고는 말할 수 없다. 그의 선량함이 커지고 또 커져서 그의 잘못과 결점들을 완전히 가렸다고는 말할 수 없다. 사람들은 그렇게 말할 수 없다. 왜냐하면 그건 진실이 아닐 터이므로.

그리고 내가 꿈에서조차 결코 얼굴을 보지 못한 이 여자 — 처음으로 이 남자를 보았을 때 그녀는 어떻게 생각했고, 마음속에 어떤 생각을 떠올렸을까? — 에게 그는 또 하나의 거부할 수 없는 힘, 그녀 인생에서 끝내 거역할 수 없는 힘처럼 보였을 수 있다. 어쩌면 그녀가 그를 열정적으로 사랑했을지도 모른다.

슬프게도 신으로 태어나지 않는 한, 당신 인생은 맨 처음부터 당신에게 미스터리이다. 당신은 수태된다. 당신은 태어난다. 이런 일들은 진실이고 진실이 아닐 수 없지만, 당신은 그 일들을 알지 못한다. 그저 믿어야만 하는데, 다른 설명이 없기 때문이다. 당신은 어린아이이고 세상은 크고 둥글며,

당신은 그 안에서 자리를 찾아야 한다. 어떻게 하느냐는 또 다른 미스터리이고, 아무도 정확한 방법을 일러 줄 수 없다. 당신은 여자가 되고, 성인이 된다. 충분한 증거에 반하여, 스스로의 판단에 반하여, 당신은 세상사의 불변성에, 그 일상성에 믿음을 건다. 어느 날 당신은 문을 열고 마당으로 걸음을 내딛지만, 거기에 바닥은 없고 당신은 밑도, 벽도, 색도 없는 구멍 속으로 떨어진다. 바닥에 난 구멍의 미스터리는 당신에게 주어진 추락의 미스터리로 바뀐다. 영원히 떨어지고 떨어지는 데에 막 익숙해졌을 무렵, 당신은 멈춘다. 그리고 그 멈춤은 또 하나의 미스터리인데, 애초에 왜 떨어졌는지 답이 없는 만큼이나 왜 멈췄는지에 대해서도 답이 없기 때문이다. 당신이 누구인가는 누구도, 당신조차 답할 수 없는 미스터리이다. 왜 그렇지 않겠는가!

현재는 항상 완벽하다. 과거에 내가 얼마나 행복했든 나는 과거를 갈망하지 않는다. 현재는 항상 내가 목적으로 살아가는 순간이다. 나는 미래를 갈망하지 않는다. 미래는 오거나 오지 않을 것이며, 언젠가는 오지 않으리라. 아니, 그것은 내 앞에 닥치지 않고, 나는 결코 예측할 수도 없다. 또 미래는 간간이 섬광이 비치는 하늘 위쪽의 검은 공간과도 비슷하지 않다. 오히려 천장도 바닥도 벽도 없는 방과 닮았다. 그런 형태를 부여하는 것은 현재고, 그것을 둘러싸는 것 역시 현재다. 과거는 짐과 잡동사니와 가끔 쓸모 있는 물건들로 가득 찬 방이다. 나는 정말로 쓸모 있는 것들이라면 보관해 두었다.

나는 사랑하지 않는 남자와 결혼했지만, 사랑하는 남자와는 결혼하지 않았을 것이다. 나는 내 아버지의 친구, 필립 베일리라는 이름의 남자, 병자를 치료하도록 훈련받은 남자와 결혼했고, 그는 이따금 성공적으로 병자를 치료했으나 일시적인 조치에 불과했다. 누구나, 어디서나, 결국 죽음이라는 압도적인 고요함에 굴복하기 때문이다. 그는 나를 사랑했고 나를 갈망했고 그러고는 죽었다. 그는 고독한 사람으로, 그가 태어난 장소에서 멀리 떨어진 채, 어린아이였을 때 그를 지탱해 주던 모든 것들로부터 멀리 떨어진 채, 그를 사랑했을지 모르는 여자, 그의 첫 아내로부터 떨어진 채 죽었다. 그가 나와 결혼한 것은 그녀가 죽은 뒤였다. 그의 친구들이 그에게 등을 돌린 까닭은, 나를 향한 그의 감정이 진실이고 그가 나를 사랑하고 있음을 깨달았기 때문이다. 그들은 우리 결혼식에 참석하지 않았다. 결혼하고 나서 우리는 멀리 이사한 뒤 산속으로, 내 어머니와 어머니가 속한 사람들이 태어난 땅으로 가서 살았다.

결혼했을 무렵 내 자궁은 벌써 말라붙어서, 너무 오래 내버려 둔 식물 조각처럼 쪼그라들었다. 내 몸의 다른 부분들도 말라붙어 갔다. 피부 속 수분이 증발하는 것 같았음에도 내 피부는 그리 심하게 주름지지 않았다. 나는 스스로에 대한 관찰을 결코 멈추지 않았고, 그때 내가 신체적 매력이나 아름다움에서 잃은 것을 성격에서 얻었음을 알 수 있었다.
그것은 내 온몸에 쓰여 있었다. 나는 호기심 있는 사람이라
면 누구에게나 반드시 호기심을 불러일으켰다. 나는 남들의
이야깃거리가 되고, 입방아에 오르내리고 비난받았다. 나
는 사랑받았고 미움받았다. 지금 나는 그 모든 것들 위에 서
있고, 그 모든 것들은 내 발치에 있다. 내가 남편의 첫 아내
를 독살했다는 소문이 퍼졌지만, 나는 그러지 않았다. 단지
그녀가 매일 스스로를 독살하는 행위를 방관하고 지켜보면
서 말리지 않았을 뿐이다. 그녀는 굉장히 아름다운 잡초의
크고 하얀 꽃을 말려서 차로 달여 마시면 기분이 편안해지
고 유쾌한 환각을 느낄 수 있음을 발견—이 같은 발견을 그
녀에게 소개한 사람은 나였다.—했다. 나는 내 자궁을 해방
시키고자 여러 차례 방랑하던 중에 이 식물을 알게 되었다.
자궁에 품고 싶지 않은 짐들, 내가 품고 싶지 않은 짐들, 진
실의 결과물이 아닌 쾌락의 결과물인 짐들로부터 해방되고
싶었다. 하지만 내게는 안락함도, 기분 좋은 환각도 필요하
지 않았으므로 이 식물은 내게 그 밖의 용도로는 쓸모없었
다. 결국 그녀는 점점 더 강한 찻물을 원하게 되었고, 죽기
직전 그녀의 피부는 차 때문에 검게 변했다. 그녀는 생의 대
부분을 그런 색의 피부를 지닌 사람들 틈에서 살았고, 바로
검은 피부, 그 이유만으로 그들을 경멸했다. 그녀가 그들에

대해 아는 것은 그들의 외피, 보호용 덮개, 즉 피부가 검다
는 사실 외에는 아무것도 없었고, 그녀는 그 점을 좋아하지
않았으나, 죽기 전에 바로 그 검은색으로 변했다. 그녀는 그
것을 좋아했을지도 좋아하지 않았을지도 모르지만, 어느 쪽
이든 상관없이 그녀는 죽었다. 나는 종종 그녀의 고통에 마
음이 동했는데, 그녀가 정말로 고통스러워했기 때문이다. 반
면 그렇지 않을 때도 종종 있었다. 최후의 몽상에 빠져들기
전에 그녀는 요구하고 또 요구했으며, 그녀의 요구는 모두
스스로를 누구라고 생각하는지에 근거했고, 그녀가 생각하
는 자신은 출신 국가, 즉 잉글랜드에 의거하고 있었다. 자기
자신이 누구인지를 생각하는 복잡한 문제는 그녀에게 없었
다. 그녀는 내 여동생 엘리자베스와 다르지 않았다. 내 남편
의 아내, 이 연약한 인간은 자기가 누구인가, 라는 감각을
출신 국가의 힘에서, 그녀가 태어났을 때 세계 인구의 4분의
1에 해당하는 사람들의 일생을 좌지우지하던 나라의 힘에
서 끌어왔고, 편협한 마음으로 그러한 상황이 운명일 뿐 아
니라 영원하리라고, 스스로의 한계에 대한 자각이나 취약함
에 대한 동정심이라곤 조금도 없이 굳게 믿었다. 그녀는 스
스로를 가치와 예의와 세상에 대한 강인한 확고함을 지닌
사람이라고 생각했다. 마치 새로운 것이란 있을 수 없고, 만
물은 정지 상태에 이르렀으며, 그녀와 그녀 동족들이 도래

하면서 비로소 생은 완벽함에 도달하였고, 따라서 그 밖의 모든 것, 그녀와 다른 모든 것은 그저 고꾸라져 죽어야 한다는 듯. 그러나 고꾸라져 죽은 쪽은 그녀였다. 그 밖의 모든 것은 계속되었고, 그 역시 결국에는 고꾸라져 죽겠지만, 허영과는 다른 형언할 수 없는 어떤 것, 공포를 넘어서는 어떤 것, 아마 무지일 뿐인 어떤 것이 그녀로 하여금 스스로 아는 대로의 세상이 완벽하다고 믿게 했다. 하지만 그녀는 죽었고 먼지, 혹은 흙, 혹은 바람, 혹은 바다, 무엇이 되었든 우리가 죽으면 변하게 될 것으로 돌아갔다.

내 아버지 역시, 내가 그의 친구와 결혼하고 오래지 않아서 죽었다. 그들은 어떻게 친구가 되었을까? 아버지는 필립의 정원을 보고 감탄했다. 그는 정원에 다양한 열대 지방에서 가져온 과수들을 키웠으나, 그 열매들이 정상적이지 않은 크기로 자라나도록 강제했다. 더 크게 자라나게 할 때도 있고, 작은 모형에 불과하도록 키울 때도 있었다. 필립은 세상을 그대로 내버려 두지 못하는, 무엇이든 너무 오래 바라보노라면 그 존재 자체에 불편함을 느끼고야 마는, 좀처럼 가만히 있지 못하는 사람들에 속했다. 고요함은 그들에게 생경하다. 내 아버지 역시 가만히 있지 못하는 사람이었으나 운명이, 정복 행위가 그를 가만히 있도록 했다. 그는 필립이라는 남자를 바라보고, 그가 어른 머리 크기만 한 망고를 키우는 모습을 단지 구경할 수 있을 따름이었다. 그러나 그 과일은 맛이 없었고 보기에만 아름다웠다. 그러면 필립은 이제 과실의 맛을 향상시키고자 많은 시간을 쏟았다. 필립이 과연 성공했는지 나는 모른다. 나는 그가 키워 낸 것을 결코 먹지 않았다.

아버지가 죽기까지는 오랜 시간이 걸렸다. 그는 심한 고통으로 괴로워했고 그가 괴로워하는 모습을 보면서 나는 거의 정의를 믿을 뻔했으나, 거의 그랬을 뿐이었다. 그 무엇으로도 바로잡을 수 없는 잘못들은 있기 마련이고, 내가 아는 대로의 세상에서 과거는 되돌릴 수 없기 때문이다. 죽는 것은 아무렇지 않다고, 그는 말했다. 그는 죽어 감의 세상과 죽음의 세상에 대해 매우 감동적으로 말했고, 자신이 살아온 인생에 대해 매우 감동적으로 이야기했다. 나는 그가 말해 준, 그가 살아온 인생을 알아듣지 못했다. 감동받지도 않았다. 물론 그에게 자신의 인생은 훌륭하게 보였으리라. 그렇지 않았다면 죄를 뉘우치고, 선행들을 내보이며 스스로를 용서했을 테니까. 그가 재물을 탈취했던 이들은 모두 죽거나 죽음에 이르렀다. 또 그에게서 재물을 탈취했던 이들, 그가 인간이 되기 위해 기울인 노력을 좌절시켰던 이들도 모두 죽었거나 결국엔 죽을 것이었다. 그럼에도 그는 누워 죽어 가면서도 스스로가 획득한 방대한 영토를 볼 수 있었고,

기름진 화산토로 이루어진 땅마다 값비싼 작물이 가득했다. 커피, 바닐라, 자몽나무, 라임나무, 레몬나무, 바나나. 그는 로조에 여러 채의 집을 거느렸고, 매월 말이면 어느 다 죽어 가는 남자가 — 말년에 아버지에게는 그를 위해 일하는 부하와 아랫사람이 있었으므로 — 더러 먹을 것도 별로 없는 세입자들로부터 수금한 집세를 가져왔다. 그는 부자로 죽었고, 그 때문에 자신이 천국이라 부르는 장소의 문으로 들어가지 못하리라고는 믿지 않았다.

그가 죽었을 때 나는 그를 그리워했고, 그가 죽기 전에 그리리라는 사실을 알았다. 나는 그를 그리워하지 않길 바랐으나, 그럼에도 그리워했다. 나는 내 어머니를 전혀 알지 못했으나 그녀에 대한 내 사랑은 영원토록 그녀를 따랐다. 내 어머니는 내가 태어났을 때 죽었고, 범상한 상상을 뛰어넘을 만큼 잔혹한 세상에서 스스로를 지킬 수 없었고, 나를 보호할 수 없었다. 내 아버지는 나를 보호할 수 있었으나, 그러지 않았다. 그 대신 그가 어린 나이의 나를 죽음의 아가리 속으로 밀어 넣었다고 나는 믿는다. 내가 거기서 어떻게 탈출했는지 스스로도 짐작할 수 없다. 나는 아버지를 사랑하지 않았고, 아버지를 사랑하지 않으리라는 다짐을 사랑하게 되었고, 그의 존재를, 이 사랑 없는 사랑이라는 위화감을 그리워했다. 그는 죽었다. 나는 그의 눈에서 빛이 꺼지는 광경을 보았고, 몸에서 숨이 떠나는 장면을 보았다. 따스하던 그의 피부가 차갑게 식어 감을 느꼈다. 한참 동안, 죽고 나서 몇 시간 뒤에도, 그는 살아 있을 때처럼 그저 거기에 그대로 가만히 있는 듯 보였고, 그러다가 뭔가 다른 것, 그 밖의 것, 다른 모든 것이 죽었을 때와 같은 모습으로 보였다. 그는 잠잠했다. 그의 몸도, 마음도 잠잠했다. 내가 죽음이 실제임을 안 것은 그 순간이었다. 내 어머니의 죽음은 그에 비하면 죽음도 아니었다.

나는 아버지가 매장될 때 입을 옷을 골랐다. 내 여동생의 결혼식에서 입었던, 아이리시 리넨으로 만든 흰 정장이었다. 그의 아내는 그에게 관심을 잃은 지 오래였으므로, 내가 옷을 고르는 일을 맡게 되었다. 여동생은 이 영예를 내게 양보했는데, 필립과의 결혼 덕분에 내가 우월한 지위에 올랐기 때문이다. 필립은 정복자 계급에 속했다. 그녀는 이 점을, 내가 이룩한 정복을 — 그녀는 그렇게 보았다. — 경외했고, 그 때문에 나를 한층 더 경멸했다. 필립이 진정한 인생과 생명력을 잃고, 기진맥진하고, 너무 지친 나머지 스스로를 즐겁게 하지도 못할 지경이고, 내가 그를 사랑하지 않는다는 점은 그녀에게 전혀 떠오르지 않았다. 내 결혼이 일종의 비극, 일종의 패배에 해당함을, 그러나 세상의 흐름을 망설이게 할 만큼 대단하지는 않다는 것, 이런 생각 역시 그녀에게는 전혀 떠오르지 않았다.

내 아버지는 죽은 뒤 여러 시간 동안 생전과 똑같이 보였다. 그의 이목구비는 내가 그를 알았을 때와 똑같았다. 얼굴에는 희미한 미소가 떠오르고, 입술이 당겨지며 살짝 벌어지고, 감긴 눈은 뺨 위의 주름 속에 거의 가려지고, 커다란 귀는 머리에서 툭 튀어나와 있었는데, 그 생김새가 마음에 안 든다면 어색하게, 마음에 든다면 아름답게 솟아 있었다. 나는 아버지의 귀를 사랑했다. 그때, 죽은 직후 그의 피부색은 뭔가 유용한 어떤 것의 빛깔처럼 보였다. 조리 도구, 코프라, 대지, 더 이상 어둡지 않지만 아직 밝지도 않은 이른 아침의 날빛. 마지막 숨이 끊어지고 몇 시간 사이에, 그는 죽은 자처럼 보였다. 익명이고, 특징 없고, 개성 없는. 그를 모르는 사람이라면, 그의 인생에서 선행 혹은 악행, 어떤 종류의 행위가 두드러졌는지 알 수 없으리라. 그는 죽은 자처럼 보였고, 자기 이름을 말할 수도, 자기 이야기를 들려줄 수도, 스스로를 옹호할 수도 없었다. 그는 저세상에, 죽은 자들의 세상에, 침묵 너머의 세상에 속했다. 무(無)에. 그를 내려다보며 나는 커다란 슬픔에 휩싸였다. 그가 죽었기 때문에, 나는 엄청난 연민을 느꼈다. 그는 두 번 다시 걸을 수 없고, 다시는 말할 수 없을 터였다. 그를 기쁘게 했던 모든 것, 그 악행들의 열매는 더 이상 그에게 중요하지 않았다. 그의 행위들은 잔물결을 일으키는 파도처럼, 해안에 있는, 발을 적시지 않을 수 없는 사람들에게만 의미가 있었다. 또 한편 그를 내려다보며, 그가 죽었음을 보며, 나는 우월감을 느꼈다. 나는 살아 있고 그는 죽었다는 사실에서 우월감을 느꼈고, 죽음이 나의 운명이기도 함을 알고 믿으면서도, 마치 죽음이라는 굴욕이 내게는 결코 일어나지 않으리라는 듯, 그보다 내가 우월하다고 느꼈다. 그때 나는 어린아이였으니, 당신은 당신을 이 세상에 내놓은 사람들이 죽을 때까지 어린아이다. 당신을 이 세상에 내놓은 사람들이 죽었음을 이해하고 믿기 전까지 당신은 여전히 어린아이다.

내 아버지는 매장되었다. 그가 떠난 세상이 그의 부재에 보인 전적인 무관심을 그가 재미있게 여겼을지, 나는 알지 못한다.

나는 평생 동안 세상 끝에서 살아왔다. 태어난 순간부터 그러했는데, 내 어머니는 내가 태어났을 때 죽었기 때문이다. 하지만 내 아버지가 죽은 지금, 나는 영원의 문턱에서 살고 있었고, 그것은 마치 내 인생의 질이 돌연 상승해서 지난날의 의미가 부각되는 듯했다. 내가 기원한 두 사람은 더 이상 존재하지 않았다. 나는 누구도 내게서 기원하는 것을 허용하지 않았다. 그때 새로운 고독감이 나를 사로잡았다. 나는 열기에 동요하다가 깊은 오한으로 진정되었다. 나는 이

고독에 익숙해졌다. 어느 날, 그 안에 내가 잃어버린 것들과 가질 수 있었지만 거부한 것들이 있음을 인식하면서부터 말이다. 나는 내 아버지를 사랑하게 되었지만 그가 죽었을 때에야, 여전히 그 자신처럼 보였으나 더는 해를 끼칠 수 없는 모습, 고요하고, 죽은 모습이었던 순간에야 그럴 수 있었다. 그는 기억과 같았다. 사진은 아닌, 그저 기억. 그럼에도 기억을 믿어서는 안 된다. 과거 경험의 너무나 많은 부분이 현재 경험에 의해 결정되기 때문이다.

내 결혼식에서 나는 분홍색 파유* 실크 드레스를 입었다. 목에는 아버지가 내게 준, 광을 내지 않은 진주 목걸이를 걸었는데, 내 여동생과 그녀의 어머니는 내가 이 목걸이를 가지게 되는 일을 원하지 않았다. 그들은 목걸이를 잃어버렸다고 얘기했지만, 결국 결혼식 날에 내게 보냈다. 남편과 나는 기쁨 가득한 한 쌍은 아니었다. 우리는 매우 진지하게, 죽음이 우리를 갈라놓을 때까지 충실하겠노라는 서약을 되뇌었다. 그렇게 우리가 지상에서 결합하던 순간은 너무나 손에 잡힐 듯하고 무척 생생해서, 피부로 느낄 수 있을 정도였다.

내 여동생이 죽었다. 그녀의 남편이 죽었다. 그녀의 어머니가 죽었다. 내가 내 인생을 시작하면서부터 속속들이 알

---

* 가로 방향으로 골이 지게 짠 평직물.

왔던 모든 이들이 죽었다. 나는 그들의 존재를 그리워해야
했으나 그러지 않았다.

나는 감상적이었던 적이 없다. 내 인생은 넓게 펼쳐진 가
능성들로부터 시작되었다. 나의 출생 자체는 다른 출생들과
매우 비슷했다. 나는 새로웠다. 내 인생의 페이지 위에는 아
무것도 쓰이지 않은 채였고, 얼룩 하나 없이 너무나 깨끗하
고, 너무나 매끄럽고, 너무나 새로웠다. 그때 내가 스스로를
볼 수 있었다면, 내 미래가 여러 권의 책으로 채워지리라 상
상했을 터다. 왜 모험의 세계는 영원히 내게 닫힌 채로 있어
야 하는가, 산과 광활한 바다와 끝없이 펼쳐진 텅 빈 평원과
하늘과 천국을 발견하고, 타인을 잔인하게 복종시키는 일
마저? 왜 커다란 범죄 행위들에는 깊은 속죄, 헤아릴 수 없
이 대규모이므로 자기 범죄를 역겹게 하면서도 동시에 어린
애의 순진하고 단순한 행동과 다를 바 없이 보이게 하는 힘
을 지닌 속죄가 뒤따라야 하는가? 인간의 몸을 사고판 다음
에 찬송가를 쓴 남자의 경우처럼 말이다. 그 찬송가는 너무
나 명성 높아서 그가 사고팔았던 인간의 몸으로부터 태어난
후손들마저 일요일마다 교회에 나가 저자이자 죄인인 그에
게 불가능한 열렬함과 진심을 담아서 이 노래를 불렀다. 악
의 깊이, 그 결과들은 내게 지극히 명백했다. 그 만족감, 그
보상들, 악이 성공적일 때 불러일으키는 의기양양함과 우월

감, 영예로운 감각, 찬사, 무적이라는 느낌 ── 나는 이 모든 것을 직접 목격했다. 모든 길은 끝에 이르고, 모든 끝은 똑같이 잦아들면서 무(無)가 된다. 메아리조차 결국에는 고요해지리라.

나는 정복당한 자들에 속하고, 패배당한 자들에 속한다. 과거는 고정된 점이며, 미래는 열려 있다. 내게 미래는 과거에 빛을 비출 수 있는 상태로 남아 있어야 한다. 내 패배 속에 내 위대한 승리의 씨앗이 들어 있고, 내 패배 속에 내 큰 복수의 시작이 들어 있도록. 내 충동은 선에 대한 충동이고, 내 선은 스스로를 위한 것이다. 나는 족속(people)이 아니고, 국가(nation)도 아니다. 다만 나는 내 행동들이 한 족속의 행동들이 되기를, 내 행동들이 한 국가의 행동들이 되기를 이따금 바랄 뿐이다.

나는 사랑하지 않는 남자와 결혼했다. 변덕 탓에 그런 것은 아니고, 면밀히 계산해 본 다음에 그런 것도 아니었으나, 이 결혼에는 나름의 유용함이 있었다. 그 덕분에 나는 내 인생을 로맨스로 삼을 수 있었고, 가끔 그럴 필요가 있을 때면 밤의 깊은 어둠 속에서 내 모든 행위와 나 자신에 대해 다정하게 생각할 수 있었다. 로맨스는 패배한 자들의 피난처다. 패배한 자들에게는 스스로를 달랠 노래가 필요하고, 스스로를 달랠 달콤한 곡조가 필요한데, 그들의 전(全)

존재가 상처이기 때문이다. 또 그들에게는 잠을 청할 푹신한 침대가 필요하다, 왜냐하면 그들에게는 깨어 있을 때가 악몽이고, 잠 속의 꿈이야말로 현실이기 때문이다. 나는 사랑하지 않는 남자와 결혼했지만 '사랑'이라는 그 말, 사랑이라는 그 개념 ── 그것이 내게 무슨 의미일 수 있으며, 무슨 의미여야 하는가? ── 을 나는 알지 못했다. 그럼에도 나는 그를 구했을 것이고, 그를 죽음으로부터 구했을 것이고, 내가 승인하지 않은 죽음으로부터 구했을 것이고, 그를 나 자신으로부터 구해야 하는 상황만 아니라면 그를 구했을 것이다. 그렇다면 이것은 사랑의 한 형태인가, 불완전한 사랑인가, 아니면 전혀 사랑이 아니었나? 나는 알지 못했다. 나는 한평생 그런 것, 사랑이라는 것, 그것 때문에 죽거나 영원히 살게 되는 경우는 없었다고 믿는다. 사실 그렇지 않았다고 해도 나는 그 반대의 경우를 납득할 수 없다.

그리고 내가 결혼한 이 남자는 승자에 속했고, 그의 너무나 많은 부분이 이런 상황, 정복자의 상황이었기에, 그는 역사책을 통해서만 스스로가 아닌 것, 나와 같은 것, 정복당한 자, 패배한 자였을지 모를 시대를 떠올릴 수 있었다. 그가 밤하늘을 바라보면, 하늘은 닫혀 있었다. 한낮의 하늘 역시 닫혀 있었다. 바다도 닫혀 있었고, 그가 걷는 바닥도 닫혀 있었다. 그에겐 미래가 없었고, 그에겐 오직 과거만이 있었다. 그는 그런 식으로 살았다. 그것은 그가 직접 책임져야 하는 과거가 아닌, 그저 상속받은 과거였다. 그는 자신의 유산을 거부하지 않았다. 좋은 유산이었으나, 다만 행복을 가져다주지 못할 뿐이었다. 그리고 그런 단언에 대한 그의 대답은 옳은 반응일 터다. 무엇이 행복을 가져다줄 수 있는가? 정복자가 이런 질문을 던지는 순간, 그의 패배는 확실하다. 내가 남편을 만난 때는 그의 생의 그런 순간, 그 자신의 패배, 그가 속한 사람들의 패배가 확실한 순간이었다. 내가 사랑받고 있음을 들을 필요가 있다면 그는 내게 사랑한다고 말할 수 있었지만, 나는 결코 그 말을 하지 않을 것이었다. 그는 내 발자국 소리를 위해 살게 되었으므로, 나는 종종 소리 나지 않도록 걷곤 했다. 그는 내 목소리를 사랑했고, 그래서 나는 며칠 동안 한마디도 하지 않았다. 누구의 손길에나 감동할 수 있게 된 뒤에야, 그러니까 한참 후에야 나는 그가 나를 만지도록 허락했다.

그와 나는 이 주술, 역사의 주술 속에서 살았다. 나는 검은색, 애도하는 자의 색을 입고 있었다. 나는 그에게 갓 태어난 아기, 순진한 자, 연약한 자, 청춘의 빛깔들을 입혔다. 흰색, 연푸른색, 연노란색, 희미하게 빛바랜 색이라면 무엇이든. 이런 것들은 어떠한 깃발의 색도 아니었다. 매일 아침 변치 않는 초록빛으로 덮인 웅장한 산들이 한쪽에서 우리를 마주하고, 잿빛 바닷물의 장대한 띠가 다른 쪽에서 우리를 에워쌌다. 하늘, 그 하늘의 달과 별과 태양 — 이들 중 아무것도 역사의 주술에 매이지 않았다. 그의 것에도, 나의 것에도, 누구의 것에도. 오, 그런 것의 일부가 된다는 것은 역사 아닌 무엇의 일부가 된다는 것, 인간 손의 손짓을, 인간 심장의 박동을, 인간 눈의 시선을, 인간의 욕망 자체를 부정할 수 있는 무엇의 일부가 된다는 것이었다. 그리고 그는 매일 스스로 사는 땅의 둘레를 따라서 걸었다. 그가 생의 대부분을 보낸 이 땅은 언제나 그에게 낯선 채로 남아 있을 터였다. 그는 비틀거렸고, 그 땅의 윤곽을 알지 못했고, 그 감각은 결코 그에게 친숙해지지 않았다. 그는 거기서 태어나지 않았고, 거기서 죽게 될 뿐이었으니, 자기가 태어난 땅이 있는 방향, 동쪽을 바라보게 묻어 달라고 부탁했다. 그는 그 주변을 걷다가 비틀거리곤 했다. 땅이 둘로 갈라진 곳, 벼랑, 심연에 도달했으나 그곳조차, 심연마저 그에게 닫혀 있었다. 대지의 깊은 틈새를 들여다보는 그의 모습에 내 마음은 연민으로 동요하지 않았다. 그때 그가 하던 어떤 몸짓도, 양손으로 듬성듬성한 머리칼을 훑는 것도, 턱을 쓰다듬는 것도, 양팔로 어깨나 상반신을 껴안는 것도 나를 움직이지 못했다. 그의 괴로움은 내게 실제가 될 만한 방식으로 그의 전 존재를 내게 각인시키지 못했다. 나는 그럴 수 있었지만, 그의 괴로움이 내게 실제가 되도록 할 수 있었지만, 스스로에게 그것을 허용하지 않으려 했다.

그는 내게 말했고, 나는 그에게 말했다. 그는 내게 영어로 말했고, 나는 그에게 방언으로 밀렀디. 우리는 그런 식으로, 우리 사유의 언어로 서로에게 말할 때 서로를 훨씬 잘 이해했다. 내게 말할 때 그의 목소리는 부드러웠는데, 마치 자기가 말하는 것을 스스로 듣고 싶어 하는 듯했다. 그의 목소리는 다정했고, 때로는 결코 잊지 못할 장소에서 뜻밖에 마주친 시냇물 소리 같았다. 내가 젊었을 때, 그가 처음으로 나를 만났을 때, 그의 생에 내 존재가 영속적이리라는 사실을 그가 몰랐을 때, 그는 내 치아가 어떤 종류든 강한 빛을 받아서 반짝이는 모습을 좋아했고, 내 입을 벌릴 수 있다면 무슨 짓이든 했다. 그는 나로 하여금 한숨을 쉬게 하고 말하게 했으나 웃게 할 수는 없었으니, 나는 그를 위해 입을 벌리고 웃지 않으려 했다. 그가 식사하는 모습은 언제나 내게 역겨운 광경이었지만, 그 역시 인간이고 허약하다는 사실을 일깨우는 많은 것들이 내 안에서 엄청난 분노를 차오르게 함을 깨닫고, 이미 오래전에 그런 일로 놀라지 않는 법을 익혔다. 만일 그가 인간이라면, 그가 속한 모든 사람들 역시 인간일 테니, 그렇다면 나와 내가 속한 모든 사람들은 어디에 남아야 하는가?

그는 교양이라곤 없는 사람이었고, 업적이라곤 없는 사람이었다. 그는 많은 것을 알았으나, 스스로의 경험을 통해 알게 된 것은 아니었다. 그가 아는 것들은 많은 이들의 경험을 정제하고 압축한 것이었고, 그중 그가 아는 이는 아무도 없었다. 이런 점에서 그를 비난할 수는 없었다. 알지 못하고, 앞으로도 알 수 없을 사람들에게서 유래한 신념들을 믿는 — 심지어 그 신념들을 위해 죽기까지 하는 — 일이 뭐 그리 드문가? 그는 상속자였고, 그런 사람들에게 항상 그러하듯, 상속 재산의 출처는 그에게 짐이었다. 그는 무지한 사람이 아니었고, 그에겐 정의감이, 무엇이 옳고 무엇이 그른지에 대한 감각이 있었다. 심지어 그는 어느 정도 용기 있는 사람이기도 했다. 그는 스스로를 비난할 수 있었다. 하지만 스스로를 비난하는 것은 스스로를 용서하는 것이며, 남들에게 저지른 죄를 스스로에게 용서를 구하는 일이란 누구나 감히 요구할 수 없는 권리다.

결혼하기 전과 결혼한 지 얼마 안 되었을 때, 우리는 도미니카의 수도, 로조에서 살았다. 로조 같은 장소에서는 늘 전쟁이 치러지지만, 승리는 없고 교착 상태만이, 다음 기회에 대한 기약만이 있을 뿐이다. 우리는 로조를 떠났다. 거의 신성할 정도로 마음이 평온한 상태에서 떠났는데, 숙고를 초월하고 충동을 넘어선 일이었기 때문이다. 우리는 높은 산지, 하지만 가장 높은 산꼭대기는 아닌 장소로 이사했다. 휴식을 위한 장소였다. 우리는 지쳐 있었다. 우리 자신으로 있는 데에 지치고, 우리 자신의 유산 탓에 지쳤다. 그는 나를 숭배했고, 나를 사랑했다. 내가 그런 것들을 필요로 하지 않는다는 사실은, 도리어 나에 대한 그의 감정을 증폭할 뿐이었다. 그는 내가 자신의 과거를 잊게 해 주었다고 생각했다. 그에겐 미래가 없었으므로 다만 현재에 머무르길 바랐다. 매일이 오늘이고, 매 순간이 이 순간이었다. 그러나 누가 진정으로 과거를 잊을 수 있을까? 승자도 그럴 수 없고, 패자도 마찬가지다. 말이 금지되었을 때조차 기억을 드러나게 하는 다른 방법들이 있기 때문이다. 마주치지 않은 눈, 다정한 인사나 작별을 배반하는 손짓, 혹은 방에 놓인 의자에 홀로 앉아서 혼자 있다고 믿으며 정신으로 하여금 안식처를 찾아다니도록 애쓰지만 끝내 찾아내지 못하는 상황(그런 것은 있을 수 없고 오직 죽음, 오로지 꿈 없는 잠에서만 가능하므로) ── 이러한 진실은 얼굴에, 몸의 자세 자체로 나타난다.

누가 잊을 수 있을까? 내가 여러 해를 같이 살았고, 그 뒤로 오랫동안 부재한 채 살게 되는 이 남자는 자기 주변에 각양각색의 것들을 모아 두곤 했다. 그는 인생에서 자신이 속한 전통에 따라 어떤 진실을 확신하게 되었고, 이 진실은 감소 법칙에 바탕하고 있으므로 살아남은 것만이 가치 있게 여겨졌다. 그와 그의 동족은 지금까지 모두 살아남았다. 그는 자신이 사는 땅을 바라보았고, 결정을 내렸고, 그 결정들은 자기 마음에 드는 것, 자기가 생각하기에 아름다울 만하고 아름다운 것에 한정되었다. 그는 땅을 개간했다. 거기서 자라나는 것들은 무엇 하나 그의 흥미를 자아내지 못했다. 이것은 개화가 신통치 않아, 그는 말했다. '개화'라는 말에, 마치 자기가 개화 자체를 창조하기라도 한 양 권위를 담아서 얘기했기에, 그 순간 나는 내 존재에 대한 의식을 잃을 만큼 너무나 유쾌하게 웃음을 터뜨렸다. 그는 유리판을 가져다가 서로 붙여서 상자를 만들더니 그 안에 도마뱀과 육지에 서식하는 게 — 바다가 아니고, 수륙 양서가 아니고, 육지에서만 서식하는 — 를 넣었다. 또 그는 유리 상자에 육지에서 서식하는, 바다가 아니고, 수륙 양서가 아니고, 육지에서만 서식하는 거북을 넣었다. 그는 유리 상자 속에 작은 개구리를 넣고 또 넣었다. 그것들은 죽었다. 개구리는 선천적 생존법을 발휘하듯, 적을 혼란하게 하는 부동자세로 굳어진 채. 그는 속(屬)이라는 제목 아래 긴 목록을 만들고, 종(種)이라는 항목 아래에도 긴 목록을 만들었다. 이따금 나는 그가 감금해 둔 개체를 풀어 주고, 그와 비슷한 것, 같은 종류의 다른 것으로 대체했다. 도마뱀을 다른 도마뱀으로, 게를 다른 게로, 개구리를 다른 개구리로. 내가 그렇게 했음을 그가 눈치챘는지는 알 도리가 없다. 그는 자신이 아는 것이라면 모두 옳다고, '진실하다'가 아니라, 옳다고 내심 굳게 확신하고 있었다. 진실은 그를 망쳤을 것이다, 진실은 늘 불확실성으로 가득 차 있으니까.

그리고 마침내 내가 진정한 고아가 되었을 때, 내 아버지가 드디어 죽었을 때, 그가 나를 모르는 채 죽었을 때, 단 한 번도 내가 믿을 수 있는 언어로 말한 적 없이, 그가 자신의 이야기를 내가 믿을 수 있을 법한 언어로 말한 적 없이 죽었을 때, 내가 진정한 고아가 되었을 때 — 내가 세상에서 얼마나 혼자이고, 앞으로 얼마나 더 혼자일지 — 그러한 현실은 내게 평온한 분위기를 가져다주었다. 지금까지 평생 동안, 칠십 년 내내 나는 혼자가 될 순간을 두려워했었다. 내가 기원한 두 사람, 나를 만든 두 사람은 죽었다. 그러나 그때 비로소 커다란 평온함이, 고요함도 받아들임도 아닌 차분함이, 그저 평온한 감각, 결의가 찾아들었다. 나는 혼자였고 두렵지 않았다. 나는 내게 진실한 모든 것을 받아들이듯이 그 사실을 받아들였다. 내 두 손, 두 눈, 두 발, 두 귀, 내 모든 감각, 나에 대해 알 수 있는 모든 것, 내가 모르는 모든 것. 내가 혼자라는 점은 이제 진실이었다. 이 사실에는 추가 조항이 붙지 않았고, 은유적인 별표(asterisk) 역시 이 진술의 일부가 아니었다. 여담은 없었다. 나는 세상에서 혼자였다.

내가 결혼한 남자, 내 남편도 혼자였으나 그는 그 사실을 받아들이지 않았고, 그에겐 그럴 힘조차 없었다. 그는 자신이 태어난 세상의 소란스러움, 정복들, 다른 족속들의 세상을 성공적으로 파괴하는 데에 의지했다. 또 그와 그가 속한 사람들이 이해하지 못하는 현실을 지닌 족속들, 그런 불가해성 앞에서 고개를 숙이는 대신 뻔뻔하게 고개를 쳐들고 저질렀던 살인에 의지했다. 이제 그는 죽은 것들에 바삐 몰두했고, 서가의 책들, 역사와 지리와 과학과 철학과 추측으로 가득한 여러 권의 서적을 정리하고, 어지럽히고, 재배치했다. 그중 무엇도 그에게 평화를 가져다주지 못했다. 지금 그는 자기가 알지 못하는 언어의 세상에서 살고 있었다. 나는 그를 위해 중재하고, 통역했다. 나는 그에게 항상 진실을 말해 주지 않았고, 매번 모든 것을 전하지도 않았다. 나는 그가 스스로 살고 있는 세상으로 들어가는 것을 막았다. 끝내 나는 그가 스스로 알게 된 모든 세상들로 들어가는 것을 막았다. 그는 내가 태어남을 허용하지 않았던 모든 아이들, 몇몇은 그의 아이였고, 몇몇은 다른 이들의 아이였던 모든 아이들이 되었다. 나는 그의 최후 역시 감독하게 되었다. 나는 그를 친절하고 다정하게 매장해 주었다. 비록 그런 것이 그에겐 무의미했을 테지만. 무엇이 세상을 돌아가게 하는가? 그에게는 그런 질문에 대한 응답이 결코 필요 없었다.

이토록 많은 슬픔이 두 사람을 둘러싼 적 있었던가? 그럼에도 같은 종류의 슬픔은 아니었으니, 이 슬픔은 같은 원천에서 비롯하지 않았기 때문이다. 그의 인생은 겉보기에 승리로 가득하고, 충족시킬 수 없는 욕망이란 거의 없고, 세상을 자기가 바라는 대로 조형할 수 있는 힘을 지닌 인생이었다. 그럼에도 — 오, 그럼에도 — 그토록 길을 잃는다는 것이 어떻게 가능한가? 길을 잃는 방법은 많다. 모든 길은 길을 잃기 위한 길이다. 그렇다면 나는 그에게 얼마나 많은 연민을 베풀어야 하나? 조상들의 성공적인 행동들이 자신에게 전례 없이 전능한 방식으로, 그리고 결과를 생각할 필요 없이 행동할 수 있도록 권리를 부여했다고 믿었다는 이유로 그를 비난할 수 있을까? 그는 인종을 믿었고, 국가를 믿었고, 이 모든 것을 너무나 전적으로 믿었기에 그 바깥으로 나설 수 있었다. 생의 마지막 순간에 그는 나와 함께 죽기만을 바랐다. 나는 그와 같은 인종이 아니고, 그의 국가에 속하지 않았음에도.

나는 누구였나? 내 어머니는 내가 태어나던 순간에 죽었다. 태어나는 순간, 당신은 아직 아무것도 아니다. 내가 태어나던 순간에 내 어머니가 죽었다는 이 사실은, 내 인생의 화두가 되었다. 내가 이 사실을 언제 처음 깨달았는지, 이 같은 내 인생의 실상을 몰랐던 때가 과연 언제였는지 나는 기억하지 못한다. 어쩌면 내가 내 손을 인식한 순간부터 알았는지도 모른다. 아니, 내가 기억하는 한, 내가 스스로를 완전히 알지 못한 순간은 단 한 순간도 없었다. 지금 내 몸은 가만하다. 그러나 움직일 때, 내 몸은 내부로 움직인다. 제 안으로 움츠러들면서, 가령 따 놓고 먹지 않아서 더러운 접시 위에 놓인 채 썩어 가는 과일이 아니라 덩굴에 매달린 채 죽어 가는 열매처럼 시들어 간다. 여러 해 동안 내 몸은 매달 살짝 부풀어 오르며 임신 상태를 흉내 내고 수태하길 갈망하면서, 결코 아이를 낳지 않겠다는 내 가슴과 머리의 결정에 애통해했다. 나는 인종에 속하길 거부했고, 국가를 받아들이길 거부했다. 나는 오직 그러는 사람들을 관찰하길 원했고, 지금도 원한다. 이제 그 어느 때보다도 잘 아는 이 정체성들의 범죄를 나는 감당할 용기가 없다. 그렇다면 나는 아무것도 아닌가? 그러하다고는 믿지 않지만, 아무것도 아님이 선고라면, 나는 기꺼이 그 선고를 받아들이겠다.

이제 나는 엄청난 공허의 소리를 들을 수 있다. 내 머리를 오른쪽으로 이렇게, 왼쪽으로 저렇게 움직여 본다. 내게는 들린다, 더 커지길 기다리는, 나를 뒤덮길 기다리는, 부드럽게 흐르는 소리가. 거기에 두려움은 담겨 있지 않고, 오직 커져 가는 호기심이 있을 뿐이다. 나는 다만 언젠가 내 존재의 이야기를, 그 안에서 스스로에게 들려줄 수 있도록 알고 싶을 따름이다. 전부 알기란 불가능하지만, 그러는 것만이 나를 만족시키리라. 과거를 뒤집는 일 역시 내게 완전한 행복을 안겨 줄 것이다. 그런 사건 — 그런 일은 사건일 테니까 — 은 내 세상을 온전히 설 수 있게 해 주리라. 내 세상은 지금도 그러하지만, 오랫동안 거꾸로 서 있었다. 대단히 무모했던 한순간, 나는 남편에게 이런 말을 한 적 있다. 나는 그로 하여금 내 가장 깊은 생각에 다가갈 수 있도록 허용했고, 그가 나를 약간이나마 이해할 수 있도록 여지를 주었다는 점에서 무모했다. 나는 그에게 내가 머리를 아래로 향한 채 태어났고, 내가 처음 본 세상은 거꾸로 뒤집혀 있었노라고 얘기했었다. 그는 웃으면서 누구나 그런 식으로 태어난다고 말했다. 나는 '누구나'가 아니었고, 그가 이 점을 이해하지 못한다는 사실을 깨닫자 나는 차라리 즐거웠다. 내게 그런 말을 할 때 그는 웃었고, 그가 그런 말을 할 때 나는 웃었다. 그가 웃자 그의 얼굴은 즐거움으로 활짝 열리며 쪼개질 듯 넓어졌다. 그러나 그의 즐거움에서 나의 즐거움을 발견했을 때, 그는 자신의 실수를 이해했다. 우리는 동시에, 둘 다 행복할 수 없었다. 인생, 역사, 어떤 이름이든 그런 일을 불가능하게 했다. 그는 결코 침울해지지 않았고, 그의 생에 어려움이란 없었다. 그리고 그는 자신의 실망들은 알지 못했다. 그의 생은 차차 어두워졌고, 열린 가능성은 닫혀

갔다. 그가 그런 식으로, 그가 묻히게 되는 방향, 동쪽 절벽의 가장자리에 서 있는 것을, 절벽 바로 끄트머리에 서 있는 것을, 위태롭지만 단단히 균형을 잡은 채, 새처럼, 맹금이 아닌 아이들에게 사랑과 환상을 불어넣는, 소박한 날개가 달린 존재처럼 서 있는 모습을 보고, 나는 그를 심연으로 밀치고 싶었다. 계획된 분노가 아니라 톡톡 두드림으로써, 마치 친구가 알은체하듯, 그에게 이렇게 말하려는 듯이. 당신은 내 인생의 위대한 사랑이 아니었다고, 그래서 나는 당신을 완전히 이해한다고, 이런 감정은 드물고 내게만 유일하다고. 아아!

내 인생에 대한 이 이야기는 내 인생의 이야기인 만큼 내 어머니 인생의 이야기이기도 했다. 그러면서 동시에 내가 가지지 않은 아이들 인생의 이야기이기도 하니, 그 까닭은 나에 대한 그들의 이야기이기 때문이다. 내 안에는 내가 한 번도 듣지 못한 목소리, 내가 한 번도 보지 못한 얼굴, 내 뿌리인 존재가 있다. 내 안에는 내게서 나왔어야 할 목소리들, 내가 형태를 이루도록 허용하지 않은 얼굴들, 나를 보도록 허락하지 않은 눈들이 있다. 이 이야기는 결코 존재하도록 허락받지 못한 사람의 이야기이자, 내가 자신이 되도록 허락하지 않은 사람의 이야기다.

나날은 길고, 나날은 짧다. 밤들은 공백이다. 밤들은 뭔가에 귀를 기울이지만, 나는 그것과 친숙해지기를 거부한다. 날이라 불리는 기간에 대해 나는 무관심을 선언한다. 그것은 허영이지만 오직 나에게만 알려진 허영이다. 나는 개인적이지 않은 모든 것을 개인적인 것이 되도록 했다. 나는 중요하지 않으므로 중요해지기를 갈망하지 않지만, 어쨌거나 나는 중요하다. 나는 나보다 위대한 것, 내가 복종할 수 있는 그것을 만나길 갈망한다. 그것은 역사책 속에 있지 않고, 내 입술에서 나올 수 있는 이름을 지닌 누구의 작품도 아니다. 죽음은 유일한 실제이니, 그것만이 유일한 확실성이며 만물에게 불가피한 운명이다.

목소리를 지닌다는 것의 의미

1949년 카리브해 서인도 제도의 앤티가섬에서 태어난 저메이카 킨케이드는 제국주의 비판, 탈식민주의, 제3세계 흑인 여성주의 등의 주제로 주목받는 작가다. 일레인 포터 리처드슨(이 작품의 주인공인 수엘라 클로데트 리처드슨과 같은 성이다.)이라는 이름으로 태어난 그는 1973년 처음 글을 발표하면서부터 저메이카 킨케이드라는 이름을 사용하기 시작했다. 한 인터뷰에서 그는 이름을 바꾼 이유를 "가족이 자신들에 대해 글 쓴다는 사실을 모르길 바랐기 때문에, 그리고 글을 써서 돈을 벌 수 있다고 생각하지 않았으므로 실패했을 경우에 비웃음당하지 않기 위해서"라고 밝혔다. 한편 '저메이카'는 카리브 지역 원주민인 아라와크족 언어로

'숲과 물의 땅'을 의미하는 Xaymaca가 영어식으로 변형되어 정착한 말이며, '킨케이드'는 '저메이카'와 잘 어울리기 때문에 선택했다고 한다. 작중에서 어머니와 아버지의 이름에 대한 주인공의 성찰, 그리고 영국의 흔한 지명들에서 따왔음을 쉽게 짐작할 수 있는, 작품의 배경이 되는 도미니카의 여러 지명들을 통해 알 수 있듯, 이름 붙이기, 혹은 이름 바꾸기 행위에는 (긍정적이든 부정적이든) 고유한 과거를 단절하고 새로운 정체성을 부여한다는 의미가 들어 있다. 작가에게 이 행위는 스스로를 해방시키는 첫 단계였지만, 흥미롭게도 가장 마지막까지 옛 이름으로 부르기를 고집했던 사람은 바로 작가의 어머니였다고 한다.

『내 어머니의 자서전』(1996)은 국내에도 이미 소개된 바 있는 『애니 존』(1985), 『루시』(1990)와 더불어 '어머니-딸' 관계를 주제로 한 3부작으로 엮이지만, 식민지 소녀의 성장 소설이라는 또 하나의 공통점으로 묶이는 앞선 두 작품과는 다소 결을 달리한다. 첫 페이지를 펼칠 때부터 쉽게 알아차릴 수 있듯이 '내 어머니의 자서전'이라는 제목에는 다층적인 역설과 독자로 하여금 얼마간 '속았다'는 기분을 들게 할 만한 요소가 담겨 있다. 우선, 자서전은 서술하는 주체 자신에 관한 글이지 타인의 생에 대한 글이 아니다. 게다가 주인공은 첫 문장에서부터 "내 어머니는 내가 태어나던 순간 죽었다."라고 어머니의 부재를, 혹은 '영속적인 부재의 존재'를 선언한다. 꿈속에서조차 얼굴을 보여 주지 않는 이 부재하는 어머니는 본래 그 땅에 뿌리를 두고 살아왔으나 영국인들에 의해 몰살당해 거의 사라져 가는 카리브족 출신이고, 갓난아이 때 모친의 손에 의해 수녀원 앞에 버려진, 그 이후 프랑스 수녀들이 부여한 이름과 그들 방식의 교육을 받고 자란, 본연의 정체성을 박탈당한 존재다.

이 어머니는 수엘라에게 복잡한 정체성을 물려준다. 인종 혹은 피부색에 의한 단순한 구분법으로 수엘라는 흑인에 속하지만, 인구 대부분을 차지하는, 노예로 강제 이주당한 아프리카계 흑인들과는 다른 카리브인 특유의 외모적 특성을 지니고 있다. 가령 "패배했으나 살아남은" 그들과 달리 "패배한 뒤 몰살당한" 카리브족의 운명은 경멸의 대상이다. 한편 수엘라의 아버지는 지배 계층인 스코틀랜드인 아버지와, 아마도 노예 출신이었을 아프리카 흑인 어머니 사이에서 태어났다. 그는 일찍이 지배자의 위치에 서는 편안함을 깨닫고 착취와 강탈을 거듭해 가며 막대한 부를 일구었다. 이러한 복잡한 핏줄을 타고난 수엘라는 어디에서도 자신이 속할 곳을 찾을 수 없다. 저메이카 킨케이드의 작품에서 지속적으로 찾아볼 수 있는 '어머니와의 멀어짐 ― 모국과의 멀어짐'이라는 모티브는 그 어느 때보다도 강렬하게 드러나며, 고독

속에서 울리는 주인공의 목소리는 격렬한 울림을 전한다.

많은 비평가들이 '분노'를 저메이카 킨케이드 작품 세계의 주요 정서로 꼽는다.(이에 대해 저자는 "나는 상황을 그대로 묘사할 뿐이다. 내가 생각하기에 사람들은 흑인을 대할 때, 또 여성을 대할 때 어려워하므로 그 두 가지 요소가 결합된 나-흑인 여성에게서 이중의 어려움을 겪는 것 같다.", "종종 나는 내가 남자였다면 세상에 대한 내 분노가 흥미와 열의를 불러일으키며 받아들여졌으리라 생각했다."라고 말한 바 있다.) 유럽 제국주의, 그리고 식민 지배로 인해 고유한 과거와 단절되고 뒤틀린 사회 구조를 지니게 된 서인도 제도의 현실에 대한 날카로운 직시가 아마 그 분노의 근원일 터다. 『내 어머니의 자서전』에서는 제국주의와 기독교로 대표되는 억압과 착취에 대한 비판이 한층 극명하게 드러난다. 정복자들의 신앙을 받아들여 성실히 교회에 출석하는 주민들을 바라보며 수엘라가 느끼는 씁쓸함, 그들이 자신과 같은 사람이라는 생각은 추호도 없이 같은 인간을 노예로 삼아 사고팔면서 절대자에 대한 공포 앞에서는 평등한 사랑을, '주인이자 친구'라는 모순적인 관계를 요구하는 백인의 기만적 심리에 대한 통렬한 분석이 그 예다. 이때 기독교 신앙은 식민주의 착취를 정당화하고, 정복당한 이들이 스스로를 사랑하지 못하도록, 스스로의 눈으로 본 현실조차 그대로 받아들이지 못하도록 하는 도구일 뿐이다.

강한 의지와 독립심을 지닌 수엘라는, 이러한 세상 속에 소외되고 지배당하는 존재로서 태어났음을 일찍이 깨닫고 자신의 정체성을 찾고자, 인생의 주도권을 잡고자 분투한다. 목소리를 내는 것, "내 인생의 이야기인 만큼 내 어머니 인생의 이야기이기도" 한 인생을 이야기하는 것 자체가 그 시도다. 수엘라가 자신을 긍정하고 정체성을 확립해 가는 과정은 여성의 몸을 중심으로 이루어진다. 작품 초반의 어린 시절 이야기부터 노인이 되어 육체의 쇠락을 겪을 때까지 수엘라는 줄곧 스스로의 육체에 대한 호기심과 매혹, 애정을 표현한다. 자기 육체에 대한 주도권을 행사하려는 수엘라의 맹렬한 의지는 원하지 않는 임신으로부터 스스로를 해방시키는 장면을 통해 극적으로 드러난다. 가령 마담 라바트는 어머니를 알지 못하는 수엘라에게 얼핏 어머니를 대신하는 다정하고 모성적인 존재인 양 다가온다. 하지만 그는 자신이 이루지 못한 소망들을 수엘라에게 '투사'하고, 수엘라를 남편에게 '선사'하며 자기가 가지지 못한 아이를 수엘라의 육체를 빌려 얻고자 하는 욕망을 드러낸다. 가혹한 의지와 엄청난 고통을 동반한 채 이루어진 이 첫 번째(그리고 이후에도 여러 차례 반복되었을) 임신 중단은 수엘라에게 인생에 대한 통제권을 결코 내려놓지 않는 방법을 일깨우는 계기가 된다. 어머니 되기와 모성에 대한 이토록 강렬한 거부는, 한편으로 "정체성들의 범죄"에 대한 거부, 육체의 식민화에 대한 거부이자 어떤 의미로는 오직 스스로에게만 어머니가 되려는, 자기 자신을 낳는 행위로도 볼 수 있다.

주도적 시선을 가진, 현실을 재구성하는 목소리를 지닌 존재로서 수엘라가 관찰하고 분석하는 대상은 자기에만 그치지 않는다. 수엘라의 냉정한 시선을 통해, 사랑하지 않는 남편 필립이 — 온화하고 다정한 성품이지만 — 조상 대대로 물려받은 정복과 지배의 유산에서 벗어나지 못한 채 정원 가꾸기라는 얼핏 무해해 보이는 취미를 통해 정복 행위를 반복하고 있다는 것, 주변을 둘러싼 모든 것에 불만과 경멸을 표하는 그의 전 아내가 스스로 영국인이라는 국가적 정체성과 단단히 결속돼 있다는 것, 그렇기에 자신은 다른 평범한 '여자들'과 달리 고귀한 숙녀라는 믿음 속에서 살아왔음이 폭로된다. 식민지 여성의 육체가 너무나 빈번하게 정복자 남성의 시선에 의해 묘사되고, 신비화되고, 이를테면 착취의 대상, 마치 식민지 그 자체로 대상화되어 왔다는 점을 고려할 때, '바라보는 이'와 '바라봐지는 이', '말하는 이'와 '말해지는 이'의 이 같은 전복은 목소리를 지닌다는 것이 얼마나 커다란 힘인지를 깨닫게 한다.

참으로 언어는 작품 속에서 다양한 방식을 통해 강력한

도구임이 드러난다. 도미니카에서 언어는 권력과 질서의 언어인 (올바른) 영어와 '적절하지 못한' 언어, "영원히 굴욕당하고 영원히 비천한 사람들의 언어"인 방언으로 나뉜다. 수엘라의 새어머니는 수엘라를 아예 존재하지 않는 사람처럼 취급하려는 증오를 오직 단둘이 있을 때만, 프랑스어 방언으로 말을 거는 행위를 통해 표출한다. 평생에 걸쳐 공고히 다진, 피부와도 같은 가면으로 스스로를 무장한 아버지조차 본성을 드러내는 순간엔 방언으로 이야기한다. 마담 라바트와 수엘라는 줄곧 서로 방언으로 소통하지만, 수엘라에게 "아이를 가졌다."라고 선언할 때 마담 라바트는 영어로 말한다. 한편 수엘라가 최초로 자신이 처한 상황을 바꿀 수 있는 힘을 발견한 것 역시 아버지에게 쓴 편지, "결코 좋아하거나 사랑하지 못할 사람들의 언어"인 영어로 쓴 편지를 통해서였다.

『내 어머니의 자서전』은 인종 문제를 갈등의 중심부에 둔 서사라고 간단히 요약할 수 있는 작품이 아니다. 때로는 차마 읽기 힘들 만큼 날것 그대로의 생생한 묘사, 단순하고 힘 있으면서도 단어 하나하나에 깊이를 실어 낸 문장으로 완성된 이 작품은 복잡하게 얽히고설킨 씨줄과 날줄로 서인도 제도의 현실을, 과거와 현재를 아우르는 역사의 무게를,

스스로의 정체성을 고뇌하는 한 여성의 절망과 분투를 엮어 냈다. 자기 육체에 대한 자각과 긍정, 인생의 주도권을 잡고 목소리를 내기 위한 수엘라의 끝없는 투쟁은 현재의 여성주의 담론에 비추어 볼 때에도 많은 시사점을 던진다. 상실로 시작하여 평온하게 상실을 받아들이는 이 이야기에서, 부디 독자 여러분도 수엘라의 고독한 목소리와 공명할 수 있기를 바란다.

김희진

옮긴이 김희진

성균관대학교에서 프랑스어문학과 영어영문학을 전공했다. 현재 같은 대학원에서 번역 이론을 공부하며 출판·기획·번역 네트워크 '사이에'의 위원으로 활동하고 있다. 『찬란한 종착역』, 『옷장을 열면 철학이 보여』, 『나의 미녀 인생』, 『치마가 짧기 때문이라고요?』, 『여장 남자와 살인자』, 『바스티앙 비베스 블로그』, 『대면』, 『시간의 밤』, 『우연히, 웨스 앤더슨』, 『7월 14일』, 『쿠사마 야요이』 등을 우리말로 옮겼다.

내 어머니의 자서전

1판 1쇄 찍음   2022년 11월 4일
1판 1쇄 펴냄   2022년 11월 11일

지은이   저메이카 킨케이드
옮긴이   김희진
발행인   박근섭·박상준
펴낸곳   (주)민음사

출판등록   1966. 5. 19. 제16-490호
주소   서울특별시 강남구 도산대로1길 62(신사동)
              강남출판문화센터 5층 (우편번호 06027)
대표전화   02-515-2000 | 팩시밀리   02-515-2007
홈페이지   www.minumsa.com

한국어판 ⓒ 민음사, 2022. Printed in Seoul, Korea

ISBN 978-89-374-2728-2 (03840)